Fire Witch
Dunkle Bedrohung

Bibliografische Information der Deutschen Nationalbibliothek
Die Deutsche Nationalbibliothek verzeichnet diese Publikation in der Deutschen Nationalbibliografie; detaillierte bibliografische Daten sind im Internet über http://dnb.d-nb.de abrufbar.

First published 2016 by Macmillan Children's Books,
an imprint of Pan Macmillan,
a division of Macmillan Publishers International Limited
Titel der Originalausgabe: Fire Witch
Die Originalausgabe erschien 2016 bei Macmillan Children's Books,
ein Imprint von Pan Macmillan, London.

Text: Matt Ralphs
Übersetzung: Doris Hummel
Umschlaggestaltung: Grafisches Atelier arsEdition unter Verwendung von Material von Fred van Deelen und Shutterstock

ISBN 978-3-8458-1641-8

www.bloomoon.de

Matt Ralphs

Fire Witch

Dunkle Bedrohung

Aus dem Englischen
von Doris Hummel

bloomoon

Inhalt

Das hier ist für meine großartige Schwester.

Hat nicht das heut'ge Parlament
einen Befugten ausgesend't,
auf dass ihm zeigen die Dämonen,
wo noch rebellische Hexen wohnen?

Hudibras von Samuel Butler

Prolog

London, England, 1656

Matthew Hopkins, Generalhexenjäger, schenkte dem Gefangenen ein freundliches Lächeln. »Nun, Nicolas?«, fragte er. »Möchtest du nicht herauskommen? Und Gottes frische Luft atmen?«

Zerlumpt, blass und von Ketten gebeugt trat Nicolas Murrell blinzelnd auf das Dach des Cromwell Towers. Eine warme Sommerbrise wehte die Schatten des Gefängnisses fort und einen herzzerbrechenden Augenblick lang ließ er seinen Gedanken freien Lauf.

Wie lange bin ich schon hier?, überlegte er. *Drei Tage? Drei Wochen?*

Es fühlte sich wie eine Ewigkeit an.

Noch vor nicht allzu langer Zeit war er ein gefürchteter Gesetzloser und Dämonologe gewesen und hatte einen Hexenzirkel gegen den Orden der Hexenjäger angeführt. Nun waren seine Pläne jedoch zu Staub zerfallen, und alles, was noch vor ihm lag, war ein langsamer Tod durch die Hand von Matthew Hopkins, seinem erbittertsten Feind.

Murrell richtete sich auf. *Ich habe keine Angst.*

»Klirr, klirr, die Ketten.« Hopkins packte lächelnd Murrells Arm und führte ihn entlang des Pfads aus Steinplatten.

Gitterrosen erfüllten die Luft mit ihrem Duft. Bienen summten zwischen den Blüten umher, sonnentrunken und gierig nach Nektar.

»Du bist nun schon seit einem Monat mein Gast in diesem Turm und hast noch kein einziges Wort gesprochen«, bemerkte Hopkins kopfschüttelnd.

Murrell erhaschte beim Gehen einen heimlichen Blick auf den Mann, der ihn gefangen und eingesperrt hatte. Man sah Hopkins an, dass er bis ins mittlere Alter, in dem er sich jetzt befand, ein recht angenehmes Leben geführt hatte. Sein Gesicht wirkte frisch und weich – aber seine Augen, oh ja, seine Augen waren so hart wie eh und je.

»Das ist wirklich ein Jammer, denn so alte Bekannte wie wir haben sich schließlich einiges zu erzählen.« Hopkins blieb stehen, zwickte mit Daumen und Zeigefinger eine Rosenblüte von ihrem Stängel und ließ sie fallen. »Krank. *Verrottet.*« Er zerquetschte sie unter seinem Stiefel. »Wie so vieles in dieser Welt.«

Sie gingen weiter, bis sie einen perfekt gepflegten Garten mit erhöhten, in Sonne getauchten Blumenbeeten erreichten. Üppiger Klatschmohn, leuchtende Ranunkeln und pralle, herzförmige Tulpen – Rot, wohin Murrell auch blickte. Überall Rot. *Blut*rot. Wie Hopkins' mörderischer Orden.

»Willkommen in meinem Ort der Zuflucht«, sagte Hopkins. »Wunderschön, nicht wahr?«

Murrell verbarg sein Unwohlsein hinter einem leeren, starren Blick. Tief unter ihnen erstreckte sich London mit seinen Dächern und Türmen, die in der diesigen Hitze flirrten.

Dieser monströse Turm ragt höher auf als jedes andere Gebäude der Stadt, dachte Murrell. *Er muss aus meilenweiter Entfernung zu sehen sein.*

»Ich hege und pflege meinen Garten voller Fürsorge und er belohnt mich dafür mit Schönheit und Farbenpracht.« Hopkins deutete auf seine Umgebung. »In diesem Geiste bewahre ich auch dich vor all jenen, die lautstark deine sofortige Hinrichtung fordern, und doch bekomme ich von dir zum Dank nicht das Geringste zurück. Was ist nur aus dem guten alten *Quid pro quo* geworden?«

Die Sonne funkelte wie ein geschwollenes Auge am Himmel. Murrell blinzelte. Er schwitzte. *Ich habe keine Angst*, sprach er sich innerlich Mut zu. *Ich habe keine … Angst.*

»Ich weiß trotzdem bereits eine Menge«, fuhr Hopkins fort und zupfte einen Dorn aus seiner Fingerkuppe. »David Drake, der Lehrling des Hexenfinders, mit dem du dich ja unbedingt anlegen musstest, hat uns berichtet, was du und dein Zirkel in Rivenpike getrieben habt. Tss, tss, tss. Gemeinsame Sache mit Dämonen zu machen und schwarze Magie zu praktizieren, in dem Versuch, meinen geliebten Orden zu Fall zu bringen? Aber alte Gewohnheiten wird man eben nur schwer wieder los, was, Nicolas?«

Murrell sah zu, wie ein Rotkehlchen mit einem offensichtlich lahmen Beinchen, das es in seine Federn hochgezogen hatte, aus einer nahen Hecke hervorhüpfte. Bildete er sich das nur ein oder sah der kleine Vogel ihn ebenfalls an?

»Drake kooperiert.« Hopkins leckte einen Tropfen Blut von seinem Finger. »Wenn du dasselbe tun würdest … könnte das unser beider Leben um *so* vieles einfacher machen.«

Das Rotkehlchen hüpfte näher, den Kopf zur Seite geneigt, die schwarzen Augen leuchtend.

»Du fragst dich wahrscheinlich, warum ich mich diesmal nicht auf dieselbe Weise um dich *gekümmert* habe«, fügte Hopkins mit einem Lächeln hinzu. »Nun, das habe ich schon früher versucht und es hat mich in keinerlei Hinsicht weitergebracht. Nicht einmal, als ich«, er ahmte mit den Fingern eine Schere nach, »einige Teile von dir abgeschnitten habe. Es kommt einem vor, als wäre das nun schon eine Ewigkeit her, nicht wahr? Erinnerst du dich noch daran?«

Murrell spürte ein Jucken an der Stelle, an der einst sein Daumen gewesen war. Und ob er sich daran erinnerte. Er erinnerte sich sogar noch sehr gut an jene Nacht.

»Daher habe ich beschlossen, in deinem Fall diesmal einen etwas radikaleren Ansatz zu verfolgen. Hier entlang, bitte.«

Schmetterlinge schwirrten um Hopkins herum, als er einem weiteren Pfad folgte. Einen kurzen Augenblick lang verschwand er aus Murrells Blickfeld.

Murrell nutzte seine Chance, hob das wehrlose Rotkehlchen vom Boden auf und spürte sofort eine warme Verbindung zwischen sich und dem Vogel. Ganz schwindlig vor Erleichterung sprach er einige magische Worte und flüsterte dann: »Sei mir gegrüßt, mein neuer Freund. Willst du hier, auf die Schnelle, mein geheimer Vertrauter werden? Willst du mir helfen, aus diesem Gefängnis zu fliehen?«

»Ich will«, antwortete das Rotkehlchen und wurde von einer beruhigenden Woge der Magie durchströmt.

»Mein Name ist Dorn und du bist nicht mehr allein.«

»Ich danke dir«, hauchte Murrell und ließ das Rotkehlchen wieder davonflattern. »Ich danke dir …«

Hopkins wartete neben einer niedrigen Metallluke auf ihn, die zwischen den Zinnen eingelassen war. Auf sein Zeichen hin tauchten zwei Soldaten scheinbar aus dem Nichts auf und packten Murrell an den Armen.

»Ich nenne es den Ofen«, erklärte Hopkins und riss die Klappe auf. »Früher war es eine Kohlenschütte. Wie du siehst, ist sie recht klein.«

Recht klein?, dachte Murrell. *Sie ist winzig! Er will mir doch gewiss nicht sagen …* Angst schnürte ihm die Luft ab, als ihm bewusst wurde, was Hopkins vorhatte.

Der steckte den Kopf in die Dunkelheit. »Meine Güte, das ist ja wie in einem Hochofen da drin!« Er tauchte mit einem Grinsen wieder auf und nickte den Wachen zu, die ihren Griff um Murrells Hals verstärkten und ihn in die Luke stießen.

Durch die Enge war er gezwungen, den Kopf zur Seite zu neigen und die Knie bis ans Kinn hochzuziehen. Er schnappte nach Luft. Aber wo Luft hätte sein sollen, war nichts als Hitze, die auf seiner Kopfhaut prickelte und seine Kehle versengte.

»Du kannst kooperieren«, sagte Hopkins, »oder du kannst braten. Es ist deine Entscheidung.«

Das Letzte, was Murrell sah, bevor die Luke mit einem Scheppern zuknallte, war, wie der Generalhexenjäger eine Schnecke vom Boden aufhob und sie über die Zinnen warf.

1
Feuerzauber

Hier beginnt verheißungsvoll der zweite Teil dieses Werkes.

Malleus Maleficarum oder
Der Hexenhammer von Dr. Heinrich Hoefer

Hazel öffnete ihr Herz und ließ der Magie freien Lauf. Feuer strömte durch sie hindurch und erhitzte ihr Blut. Sie atmete Schwefel ein und fühlte sich mächtig, *gefährlich*.

Titus' Worte hallten in ihrem Kopf wider: *Du musst deine Magie verstehen und lernen, sie zu kontrollieren*. Sie stellte die Füße weiter auseinander, um das Gleichgewicht zu halten, als das Feuer noch intensiver wurde. Ihr Herz raste, jeder Schlag ging hämmernd in den nächsten über, immer schneller und schneller.

Ich bin eine Trägerin, dachte sie. *Eine Feuerhexe. Und ich habe die Kontrolle.*

Der Mond zeigte sich nur als Sichel am Himmel, aber die Waldlichtung erstrahlte taghell, als Hazel sich in einen brennenden Kokon aus Magie hüllte. Das Licht der Flammen brachte die Bäume zum Glühen und schimmerte durch die Blätter hindurch.

Sie konzentrierte sich auf eine dunkle Gestalt, die zwanzig Schritt entfernt von ihr stand – groß, gekrümmt und mit geschwollenem, missgestaltetem Kopf. Ein Dämon, ein Ungeheuer, ein Feind, der verbrannt werden musste … Die Flammen tobten noch lauter, als sie sie mit schierer Willenskraft zu einem lodernden Ball um ihre linke Faust bündelte.

Ziel auf den Kopf …

Hazel verlagerte das Gewicht auf den hinteren Fuß, winkelte den Arm an, holte aus und schleuderte den Feuerball keuchend vor Anstrengung in einer einzigen fließenden Bewegung von sich. Er sauste davon wie ein gelber Komet mit einem Schweif aus Rauch, aber sie wusste sofort, dass ihr Wurf misslungen war.

Zu viel Kraft … Er wird …

Die Gestalt wurde nach hinten gegen einen Baum geworfen und explodierte in einem grellen Blitz, der in Hazels Augen brannte. Sie bedeckte ihr Gesicht, um sich vor der Explosion zu schützen. Als sie den Blick wieder hob, hatte sich das Feuer aufgelöst und nur den Geruch von Rauch und ein paar glimmende

Grasbüschel zurückgelassen. Sie sank auf die Knie, zitternd vor Erschöpfung.

Ein Mann in einem langen schwarzen Mantel tauchte hinter einem Baum auf und betrachtete die Verwüstung mit finsterer Miene. »Oh ja«, sagte er. »Wirklich gut gemacht. Sehr kontrolliert.«

»Ich bin mir sicher, dass niemand im Umkreis von fünfzehn Kilometern *diese* kleine Darbietung gesehen hat«, fügte die Haselmaus hinzu, die auf dem Kopf des Mannes saß.

Hazel erhob sich, versuchte mit aller Würde, die sie aufbringen konnte, ihr wildes rotes Haar wieder glatt zu streichen, und fauchte die Haselmaus an: »Ich bin wirklich nicht in der Stimmung für deinen Sarkasmus, Bramley. Und Titus: Ich gebe schließlich mein Bestes, oder etwa nicht?«

»Dein Bestes ist aber nicht gut genug«, erwiderte der alte Mann und kam auf sie zu. Sein Name war Titus White, und Hazel hatte ihn angeheuert, damit er ihre Mutter fand, nachdem sie von dem Dämonologen Nicolas Murrell entführt worden war. »Du übst mit deinen Zauberkräften nun schon seit Wochen und bist immer noch ein hoffnungsloser Fall.«

Bramley, Hazels engster Freund und magischer Vertrauter, hüpfte auf ihre Schulter und vergrub sich in ihrem Haar.

»Ich habe das Ziel doch jetzt getroffen«, verteidigte sie sich hitzig. »Jedes Mal.«

»Ja, und alles drum herum, verdammt noch mal.« Titus hob die rauchenden Überreste einer Vogelscheuche auf und warf sie auf den Haufen mit den anderen, die Hazel in dieser Nacht bereits geopfert hatte. Er schnipste mit den Fingern. »Komm mit, Mädchen.«

Hazel stampfte wütend gegen den Boden und folgte ihm zum Rand der Lichtung. Dämmrige Felder und Wälder breiteten sich über einen Hang bis zu einer weitläufigen Ansammlung funkelnder Lichter aus.

»Schau nach dort unten«, sagte Titus. »Das ist London. Wir werden morgen dort eintreffen, und wenn irgendjemand auch nur einen Hauch deiner Magie erahnt, dann werden wir beide verhaftet und auf den Scheiterhaufen geworfen.«

»Ich habe dich nie gebeten, mit mir zu kommen«, blaffte Hazel ihn an und verschränkte die Arme. »Du hast darauf *bestanden.*«

»Ja, weil deine Mutter es so gewollt hätte«, erwiderte Titus. »Und ich werde ihrem Wunsch Folge leisten – oder mir selbst die Kehle aufschlitzen.«

»Und worüber beschwerst du dich dann?«

»Ich beschwere mich, weil es ihr Wunsch wäre, dass ich dich davon abhalte, deinen Plan weiterzuverfolgen. Es ist einfach zu gefährlich, sie zu retten.«

»Ich kann sie nicht einfach Baals Fängen überlassen – wer weiß, mit welchen Folterungen dieser Dämon sie quält?« Eine kleine Feuerwelle zischte durch Hazels Haar. »Ich hole sie mir zurück, Titus, und du kannst mich nicht aufhalten.«

»Ich könnte dich in einer Truhe einsperren«, knurrte er.

Hazel funkelte ihn böse an. »Versuch es ruhig! Ich brenne mich einfach wieder raus.«

»Verdammt noch mal, Mädchen, kannst du denn nicht vernünftig sein? Murrell ist der Gefangene des Ordens. Nach allem, was wir wissen, könnte er bereits tot sein. Und selbst wenn es dir wie durch ein Wunder gelingt, mit ihm zu sprechen – warum sollte er dir helfen? Dem Mädchen, dessen Einmischung er es zu verdanken hat, dass er überhaupt erst verhaftet wurde?«

»Ich weiß es nicht, aber ich werde es trotzdem versuchen.« Hazel stampfte zurück auf die Lichtung. »Bleib hier, wenn du willst. Ich brauche deine Hilfe nicht.«

»Und was ist mit Bramley?«, rief Titus ihr nach. »Lässt du ihm eine Wahl, ob er sich den Gefahren wirklich aussetzen will, in die du ihn mit hineinstürzt?«

Titus' riesiges Pferd Ajax war an einem Baum festgebunden.

Hazel hörte auf, mit der Hand über seine Nüstern zu streicheln. »Ich tue das Richtige«, murmelte sie, und als hätte er ihre Zweifel gespürt, stupste sie der alte Hengst zärtlich mit der Nase an.

Hazel überließ ihn wieder seinem Gras und kletterte in den Kutschenwagen, den sie und Titus ihr Zuhause nannten. Das Innere bestand aus einem einzigen Raum mit Stockbetten, einem Tisch und einer Werkbank und befand sich in seinem üblichen Zustand wundersamen Durcheinanders. Bücher, Karten und seltsame mechanische Apparate lagen über sämtliche Oberflächen verstreut. Auf einem zufrieden glühenden Ofen köchelte ein Topf mit Milch. Hazel holte tief Luft und spürte, wie sich ein Teil ihrer Beklommenheit wieder auflöste. Die Kutsche war in den vergangenen Wochen ihr Zuhause geworden und mittlerweile hing sie sehr daran.

»Du bist ja so still, Bram«, sagte sie, pflückte ihren winzigen Vertrauten aus ihrem Haar und setzte ihn sich auf die Handfläche.

»Ich bin müde«, erwiderte Bramley gereizt und versuchte, wieder in Hazels zerzauste rote Locken zu krabbeln. »Ich habe heute erst drei Nickerchen gemacht.«

»Du verstehst doch, warum ich nach London gehe, oder?«, wollte Hazel wissen und hob ihn direkt vor ihre Augen. »Jede weitere Sekunde, die Ma in der Unterwelt gefangen ist, tut mir *weh*. Ich kann es in meinem Herzen spüren, so als würde es sich verkrampfen und schrecklich verdrehen. Ich muss versuchen, sie zu retten, und ich brauche deine –«

»Hilfe«, beendete er den Satz für sie und sprang auf den Tisch hinunter. »Es ist alles gut, Hazel, ich will das ja auch. Du bist meine Hexe, und wo du hingehst, gehe auch ich hin.«

Bevor sie die Chance hatte, ihn zu fragen, ob er das auch wirklich so meinte, riss Titus die Tür auf und stürmte herein. »So ist es richtig, Mädchen, lauf nur weiter weg. Es ist ja auch viel einfacher, die brutale Wahrheit zu ignorieren und sich zu weigern, ihr direkt in die Augen zu schauen, hab ich nicht recht?«

»Die Wahrheit?« Wütende Magie knisterte durch Hazels Haar. »Ist es das, was du willst? Wie wär dann das hier als erste Portion: Du bist ein abgewrackter Säufer, Titus White, und es war deine Vernachlässigung, die deinen Lehrling verjagt und auf die Seite der Hexenjäger getrieben hat.«

»Aber du warst diejenige, wegen der er fast von diesem Spinnendämon getötet worden wäre!«, kläffte Titus zurück und stürzte sich auf sie.

Hazel warf sich hinter den Tisch und bündelte einen apfelgroßen Ball ihrer Magie zwischen den Händen. Sie vergewisserte sich, dass er nicht so heiß war, dass er wirklich jemandem wehtun konnte, und schleuderte ihn auf Titus' Brust. Überrascht stieß er einen Schrei aus und fiel rückwärts auf einen Stuhl.

Bevor einer der beiden einen weiteren Schlag landen konnte, ob mit Worten oder im körperlichen Sinne, schoss Bramley mit einem warnenden Blitz seiner eigenen Feuermagie dazwischen. »Könnt ihr zwei bitte ausnahmsweise mal versuchen, miteinander auszukommen?«, keifte er. »Hazel – auch wenn Titus zahlreiche Fehler und schlechte Angewohnheiten hat, ist er unser Freund und wir brauchen seine Hilfe.«

»Aber –«, begann Hazel.

»Still!« Bramley drehte sich zu Titus um. »Titus – Hazel ist starrköpfig und wird tun, was immer sie will, ganz egal, was wir sagen. Deshalb können wir uns auch einfach damit abfinden und weitermachen, hab ich recht?« Sein haariges Stirnrunzeln wurde noch tiefer. »Hab ich recht?«

Hazels Wut legte sich bereits wieder. Sie wusste, dass es nicht fair war, Titus die Schuld für Davids Verrat zu geben. Immerhin hatte sie die beiden angeheuert, damit sie ihre Mutter fanden, und deshalb gingen all die Schwierigkeiten, in die sie seither geraten waren, ganz allein auf ihr Konto.

»Weißt du, Hazel«, begann Titus und tastete sich von Kopf bis Fuß ab, um zu sehen, ob er verletzt war, »ich dachte, ich würde es hassen, als Bramley beschlossen hat, hin und wieder so mit mir zu reden, als sei er mein Vertrauter und nicht deiner, aber gelegentlich gibt er durchaus Sinnvolles von sich.«

»Ich schätze, das tut er«, lenkte auch Hazel ein. Sie nahm Titus' Hand und half ihm auf.

»Deine Treffsicherheit hat sich deutlich verbessert«, lobte er und klopfte seinen Mantel ab.

Hazel zuckte mit den Schultern. »Ich schätze, es kommt immer darauf an, wie wütend ich auf mein Ziel bin.«

Um Titus' Mundwinkel zuckte ein Lächeln. »Und dein Zauber … war kalt.«

»Ich wollte dich nur treffen und dich nicht bei lebendigem Leib verbrennen.« Hazel wandte den Blick ab. »Tut mir leid«, murmelte sie.

»Wieder Freunde?«, fragte Bramley, kletterte in seine Lieblingsteetasse und gähnte ausgedehnt. »Gut.«

Titus setzte sich an den Tisch und begann, seinen Pfeifenkopf auszuklopfen. Hazel schenkte ihnen beiden eine Tasse Milch aus dem Topf ein und ließ sich auf ihr Bett sinken.

»Also, dann werden wir morgen in London sein?«, fragte sie.

»Richtig. Wir lassen die Kutsche hier und reiten den Rest des Weges auf Ajax. Wenn David wirklich mit den Hexenjägern zusammenarbeitet, dann hat er ihnen höchstwahrscheinlich alles über uns erzählt, deshalb müssen wir inkognito reisen.«

»Ha! David …«, fauchte Bramley. »Dieser miese kleine Überläufer.«

Hazel starrte in ihre Milch. David Drake, Titus' ehemaliger Lehrling: Mutig, zuvorkommend und gut aussehend – zumindest war er das gewesen, bevor Spindel, der Spinnendämon, ihn vergiftet und ein Auge gekostet hatte. *Meine Schuld*, dachte sie. *Nicht Titus'. Meine.*

Die drei Gefährten saßen eine Weile lang schweigend da, während die Blätter der Bäume, die die Lichtung umgaben, wie Kieselsteine an einem Strand rauschten.

»Deine Mutter würde wollen, dass ich dich aufhalte, das weißt du«, durchbrach Titus schließlich die Stille.

»Ich weiß.«

»Aber das kann ich nicht, oder?«

Hazel blickte nicht auf. »Nein.«

Titus seufzte und steckte die Pfeife in seine Tasche. »Ist ja kein Wunder, dass mich das in den Alkohol treibt.«

»Ich brauche deine Hilfe«, erwiderte Hazel leise. »Ich schaffe das wirklich nicht ohne dich.«

»Ich bin doch noch hier, oder?« Titus warf eine Decke über ihren Kopf. »Und jetzt schlaf ein bisschen, du törichte Hexe. Denn wer weiß schon, was morgen bringt?«

»Schwierigkeiten, was sonst?«, grummelte Bramley in seiner Teetasse. »Und Streit.«

2
Vor den Toren

»Ich beschloss, nach London zu gehen,
der Bühne für all mein zukünftiges Elend.«

Joseph Cotton (gestorben an der Pest, 1655)

»Nun, da wären wir«, verkündete Titus und brachte Ajax auf dem Gipfel eines sonnenüberfluteten Hügels zum Stehen. »London.«

Hazel richtete sich im Sattel auf und lugte über seine Schulter. »Oh *weh* …«

Eine riesige Stadt bedeckte den Grund des Tals, braun und diesig unter dem Rauch aus fünfzigtausend Schornsteinen. Kirchtürme, Zinnen und Tempel ragten zwischen den Dächern empor, und mittendurch schlängelte sich ein breiter grauer Fluss. Wohnhäuser und Speicher säumten das Nordufer und neigten sich vor, als hätten sie Mühe, sich gegen die erdrückende Kraft der Gebäude hinter ihnen zu behaupten.

Hazel schüttelte vor Staunen den Kopf. »Das ist das Unglaublichste, was ich jemals gesehen habe.«

»Es stinkt, sogar von hier aus«, fiepste Bramley, der auf ihrer Hutkrempe saß.

»Er hat recht. Die Stadt ist eine einzige Jauchegrube«, pflichtete Titus Bramley bei und drängte Ajax weiter vorwärts.

Sie folgten einem Weg, der am Waldrand entlangführte, bis er auf eine Pflasterstraße traf, auf der deutlich mehr Verkehr herrschte: Bauern trieben ihr Vieh, Kaufleute schoben Handkarren und Straßenhändler mit prall gefüllten Tragekörben auf den Schultern priesen schreiend ihre Waren an. Sie alle waren unterwegs nach London.

Titus lenkte Ajax hinter einem schaukelnden Heuwagen in den steten Strom. Hazel wusste gar nicht, wo sie zuerst hinschauen sollte. Sie hatte noch nie zuvor so viele Menschen auf einmal gesehen. *Ich frage mich, ob ein paar von ihnen Hexen sind und ihre Kräfte ebenso geheim halten wie ich.* Bramley, der Lärm überhaupt nicht ausstehen konnte, vergrub sich wieder in ihrem Haar.

Titus kaufte bei einem Händler am Straßenrand eine Fleischpastete und reichte sie Hazel. »Vergiss nicht: Wir sind Rattenfänger.

Meine Name ist Arthur Lowe, und du bist meine Tochter, Demelza.«

»Warum muss ich denn einen so albernen Namen haben?«, fragte Hazel mit einem Mundvoll Pastete.

»Ich hatte mal einen Hund, der Demelza hieß, deshalb kann ich mir den Namen leichter merken.«

Bramley krabbelte hinter Hazels Ohr und fügte schelmisch hinzu: »Du *siehst* wie eine Demelza aus. Das passt zu dir.«

»Wir sind schon fast am Tor«, sagte Titus. »Pass auf, dass deine Ratte nicht aus ihrem Versteck kommt.«

»Wie kannst du es *wagen*?«, quiekte Bramley. »Ich bin eine Haselmaus und –«

»Still, Bram«, unterbrach Hazel ihn. »Du kannst ihn ausschimpfen, wenn wir drin sind. Aber lass dich für den Moment besser nicht blicken.«

Die Weizenfelder und Weiden fanden ein jähes Ende, als sie den Fuß eines gigantischen Erdwalls erreichten, ein Überbleibsel des Hexenkrieges, der ganz London umschloss. Die hölzernen Brüstungen waren jedoch bereits seit Langem verschwunden und seine Hänge inzwischen mit Gras überwuchert. Das mit Stein befestigte Tor stellte hingegen nach wie vor eine eindrucksvolle Verteidigung dar.

Soldaten mit Sturmhauben unterzogen sämtliche Passanten einem kurzen Verhör, bevor sie sie in die Stadt einließen. Hazels Herzschlag raste immer schneller, je weiter sie sich ihnen näherten. Sie kam sich furchtbar auffällig vor, so als seien ihre Zauberkräfte für jedermann deutlich zu erkennen.

»Dann wollen wir mal«, murmelte Titus, als sie einer der Soldaten mit seinem Speer zu sich winkte.

»Was führt Euch her?«, fragte er.

»Ich bin Arthur Lowe, Rattenfänger aus Bristol«, antwortete Titus mit dem passenden West-Country-Akzent.

Der Soldat richtete seinen durchdringenden Blick auf Hazel. »Und du?«

»Lizzie Lowe«, stellte Hazel sich vor. »Rattenfänger-Lehrling und Buchhalterin des Unternehmens.«

»Rattenfänger, ja?« Der Soldat runzelte die Stirn. »Wo sind Eure Käfige? Habt Ihr denn gar keine Frettchen dabei?«

»Mein Bruder kommt später mit unserer Ausrüstung nach«, antwortete Hazel.

Der Soldat grunzte. »Von dem Pferd runter, alle beide. Ich muss Euch auf Anzeichen für Pest untersuchen.«

»Aber wir sind kerngesund«, erwiderte Titus freundlich. »Kein Hauch von Pest.«

»Wollt Ihr mir etwa Schwierigkeiten machen?« Der Soldat hob seinen Speer.

»Nein, Sir«, versicherte Hazel und stupste Titus in die Rippen. »Wir helfen gerne.«

Sie stieg vom Pferd und erlaubte es dem Soldaten, ihren Kopf mit seiner behandschuhten Hand nach hinten zu kippen und ihren Hals nach Pestbeulen abzusuchen. Er berührte sie sehr zögerlich, nur für den Fall, dass sie doch infiziert war.

»Mit Euch scheint alles in Ordnung zu sein«, verkündete er schließlich, nachdem er sie beide untersucht hatte. »Aber wenn Ihr auch weiterhin pestfrei bleiben wollt, dann seht Euch vor, wohin Ihr geht. In Southwark wimmelt es nur so von Erregern. Betrachtet Euch hiermit als gewarnt.«

»Darum sind wir hier«, erwiderte Titus, stieg wieder auf Ajax' Rücken und half Hazel hinter sich in den Sattel. »Wir werden diesem Ungeziefer schon bald den Garaus machen –«

»Das Ungeziefer ist nicht die Ursache«, schnitt ihm der Soldat das Wort ab. »Es sind diese dreckigen Hexengefangenen, die der Orden auf dem Fluss zusammengepfercht hat.«

»Ach ja? Sind wohl viele, was?«

»Hunderte. In einem Schiffswrack eingesperrt. Die atmen ihren fauligen Dunst überallhin aus. Sie sind die Ursache für diese Seuche. Denkt an meine Worte.«

»Man sollte sie allesamt verbrennen, das ist meine Meinung«, sagte Hazel und konnte die Hässlichkeit ihrer Worte förmlich schmecken.

»Keine Ahnung, warum sie das nicht schon längst getan haben! Hopkins erledigt die Arbeit nicht, für die er bezahlt wird …« Der Soldat verstummte. »Aber ich glaube, ich habe schon genug gesagt. Weiter mit Euch.«

»Vielen Dank«, sagte Titus und tippte sich an den Hut, bevor er Ajax wieder antrieb.

»Fang, Mädchen!«, rief der Soldat und warf Hazel eine Birne zu, die sie mit einer Hand auffing.

»Danke!«, rief sie zurück.

»Ich hab dir doch gesagt, dass dein Name Demelza ist«, zischte Titus, als sie durch das Tor trotteten.

»Mein Name, meine Entscheidung.« Hazel wischte die Birne an ihrem Kleid ab. »Und ich bevorzuge Lizzie – nach Königin Elizabeth Tudor. Du hast mir doch erzählt, dass sie Hexen mochte.«

»Ja, schon, aber heutzutage sehen die Dinge leider anders aus, also sei vorsichtig. Die Hexenjäger werden nach uns suchen, also halte dich an unsere Geschichte und verstecke deine Zauberkräfte.«

»Und das bedeutet auch, dass du dein Temperament im Zaum halten musst«, fügte Bramley hinzu.

»Hört auf, an mir herumzunörgeln, alle beide«, wehrte sich Hazel. »Ich bin die ausgeglichenste Person, die man sich nur vorstellen kann.«

»Wenn das tatsächlich der Fall ist«, stöhnte Bramley, »dann sind wir alle dem Untergang geweiht.«

3
Die Geschmückte Mähre

Southwark ist ein widerwärtiger Moloch
der Bestialität und Verdorbenheit.

DER BEDACHTE REISENDE von Gerhardt Ohler

Die Southwark High Road führte in einer geraden Linie zwischen schönen Holzhäusern bis zur London Bridge und der Themse. Es war Markttag, und ein wogendes Meer aus Menschen strömte zwischen Ständen und Handkarren hindurch und feilschte um alle erdenklichen Waren, von Hüten bis zum Honigbrot. Von ihrer erhöhten Position auf Ajax' Rücken aus sah Hazel einen Wasserverkäufer, der unter der Last seiner Gefäße schwankte; einen Drucker, der mit tintebefleckten Händen neue Pamphlete anpries; zwei Edelmänner in Gehröcken und mit Perücke auf dem Kopf, die Arm in Arm aus einem Kurzwarenladen kamen, und ein bettelndes Kind, das ihnen hinterherschlich, den Blick starr auf ihre Jackentaschen gerichtet.

»Hör auf zu zappeln«, blaffte Titus Hazel an, die hinter ihm im Sattel hin und her wackelte. »Halt still!«

»Aber ich will sehen, was hier *los* ist.«

»Oh, na dann komm her.« Titus hob sie hoch und setzte sie vor sich wieder ab. »Jetzt zufrieden?«

Hazel grinste und nickte.

»Nun, ich aber nicht«, meckerte Bramley hinter ihrem Ohr. »Diese Stadt ist viel zu laut. Und was, wenn ich runterfalle? Ich würde unter all diesen Füßen zu Brei zertrampelt.«

Ein Metzger tauchte aus seinem Laden auf und schüttete einen Eimer mit Eingeweiden in die Gosse. Räudige Köter und krätzige Kinder stürzten sich auf die Reste und kämpften verbissen darum.

»Pass doch auf, du Idiot!«, brüllte Titus.

Der Metzger machte eine Geste, von der Hazel annahm, dass sie ungeheuer unhöflich war, und stampfte wieder nach drinnen.

»Wann warst du denn das letzte Mal in London?«, wollte sie wissen.

»Vor ungefähr tausend Jahren«, antwortete Titus. »Die Akademie für Hexenfinder war in Baynard's Castle untergebracht, obwohl ich den Großteil meiner Zeit auf den Straßen verbracht habe. Ich habe mich noch nie gerne lange an ein und demselben Ort aufgehalten.«

»Was glaubst du, wo sie Murrell eigesperrt haben?«, fragte Bramley.

»Wahrscheinlich halten sie ihn im Tower von London gefangen. Aber ich weiß, wo wir das mit Sicherheit herausfinden können.«

»Du führst uns in eine Schänke, hab ich recht?«, vermutete Hazel und bohrte einen Ellenbogen in Titus' Rippen.

»Tue ich, und das aus drei guten Gründen. Erstens: Wir brauchen einen diskreten Ort, an dem wir absteigen können. Zweitens: Informationen. Wenn du *irgendetwas* wissen willst, dann erkundigst du dich danach am besten in einer Schänke. Und drittens –«

»Kannst du dich dort betrinken«, vollendete Bramley den Satz.

»Jetzt hört mir mal gut zu, Mädchen und seine Ratte«, knurrte Titus. »Wir sind nun schon seit fast einem Monat unterwegs. Mir tut der Hintern weh, meine Stimmung ist im Keller und dieses närrische Unterfangen könnte gut und gerne meinen Tod bedeuten. Also, ja: Ich werde mir ein Gläschen genehmigen, verdammt noch mal.«

»Ich glaube, es ist am besten, wenn wir uns darüber nicht streiten«, flüsterte Bramley. Hazel stimmte ihm zu.

Titus lenkte Ajax aus der Menschenmenge in eine ruhige Nebenstraße. Die Dachrinnen der Häuser ragten an beiden Seiten so weit hervor, dass sich die Dächer beinahe berührten und sie in der Mitte der Gasse reiten mussten, um sich nicht die Köpfe zu stoßen. Der Lärm des Trubels verebbte, während der Geruch von Abfall immer intensiver wurde.

Hazels ursprüngliche Begeisterung, als sie die Stadt betreten hatten, wich nach und nach einem beunruhigenden Gefühl der Enge. Hier gab es zu viele Menschen, zu viele Soldaten, zu viele Mauern und Tore …

Bramley streichelte mit seinem Schwanz über ihren Nacken,

während sie langsam immer weiter der schiefen Gasse in Southwarks Labyrinth aus Nebenstraßen folgten – es war ein luftloser, verrottender Ort, an dem die Menschen, die an ihnen vorübergingen, schmutzig und mager waren und sie aus zusammengekniffenen Augen beobachteten.

»Die mögen hier keine Fremden«, bemerkte Titus.

»Und wir sind noch dazu ein ziemlich eigenartiger Haufen«, fügte Bramley hinzu.

Schließlich tauchten sie auf einem sonnenüberfluteten Vorplatz aus der Gasse auf. Am anderen Ende befand sich eine strohgedeckte Schänke mit Holzbalkon und einem Schild in Form eines sich aufbäumenden Pferdes.

»Ich bin wirklich froh, dass meine Beine noch funktionieren«, sagte Titus, als er von Ajax abstieg und sich reckte und streckte, wobei seine Gelenke hörbar knacksten.

Ein dreckverschmierter Junge mit mehreren Strohhalmen im Haar tauchte aus einem Stall auf. »Wollt Ihr in der Geschmückten Mähre übernachten, mein Herr?«, fragte er.

»Wollen wir.« Titus warf ihm eine Münze zu. »Das ist mein Pferd Ajax. Er braucht frischen Hafer und muss dringend gebürstet werden.«

Der Junge nickte und griff nach den Zügeln, während Hazel aus dem Sattel rutschte und sich zu Titus an die Tür gesellte.

Er blickte auf sie hinunter. »Rattenfänger, richtig?«

»Richtig. Und ich bin Elizabeth, *richtig*?«

Titus grunzte und ging ihr in einen Schankraum mit niedriger Decke voraus, in dem selbst am frühen Nachmittag vereinzelt Gäste saßen. Hazel war erfreut, wie kühl es im Inneren war, und ein wenig überrascht, dass es durchaus nicht unangenehm nach Tabak und Bier roch.

Hinter der Theke bediente niemand, daher wandte sich Titus an eine grimmig aussehende Frau, die mit einem Feudel energisch den Boden wischte. »Entschuldigt, Madame …?«

»Mr *Treacher!*«, bellte sie, ohne aufzublicken.

Eine fröhliche Stimme ertönte aus dem Hinterzimmer: »Ich komme schon, mein Täubchen!«

Titus sah Hazel mit hochgezogener Augenbraue an und sie versteckte ihr Grinsen hinter ihrer Hand.

Ein Mann mit der Figur eines Fasses und bordeauxroter Nase tauchte hinter dem Tresen auf. »Da ist sie«, trällerte er. »Die Frau, die ich geheiratet habe. Rotgesichtig und wutentbrannt, genau so, wie ich sie mag.«

»Ein wahres Prachtexemplar des schönen Geschlechts«, bemerkte Titus.

»Ja, das ist sie in der Tat.« Mr Treacher warf seiner Frau einen bewundernden Blick zu, während sie den Eimer mit schmutzigem Wasser zur Haustür hinausschüttete und dabei nur knapp eine vorbeiziehende Gruppe von Hafenarbeitern verfehlte.

»Mein Name ist Arthur Lowe«, stellte Titus sich vor, »und ich hätte gerne einen Krug von Eurem Besten. Das hier ist meine Tochter, Lizzie. Sie nimmt ein kleines Bier.«

»Mir wäre ein Wasser lieber«, entgegnete Hazel und hüpfte auf einen Hocker.

»Wasser?« Treacher lachte und reichte Titus sein Getränk. »Das würde ich dir nicht empfehlen, Lizzie.«

»Warum denn nicht?«

Titus starrte in seinen Krug, als enthielte er den Sinn des Lebens, und trank dann einen ausgedehnten Schluck. »Das Wasser in London sollte man besser nicht trinken. Du nimmst ein kleines Bier.«

»Na schön. Aber ich will kein kleines. Ich hätte gerne ein normal großes, bitte.«

»Klein bedeutet nicht klein im Sinne von *klein*«, erklärte Treacher. »Ein kleines Bier ist ein verwässertes Bier, das man trinken kann, ohne betrunken zu werden.«

»Und macht überhaupt keinen Spaß«, fügte Titus hinzu. »Ist aber perfekt für kleine Mädchen.«

»Na schön, dann nehme ich ein großes kleines Bier, bitte.«

»Kommt sofort«, sagte Treacher.

»Ich nehme nicht an, dass *ich* was zu trinken bekomme?«, flüsterte Bramley Hazel ins Ohr.

»Habt Ihr noch zwei Kammern frei, Mr Treacher?«, erkundigte sich Titus.

»Haben wir«, antwortete der und reichte Hazel einen Krug. »Jede Menge sogar. Die Geschäfte laufen für die Geschmückte Mähre nicht besonders gut, fürchte ich.«

»Warum denn nicht?«, wollte Hazel wissen.

»Hier in der Gegend ist die Pest ausgebrochen.«

»Der Soldat am Stadttor hat uns erzählt, dass die Hexengefangenen des Ordens die Ursache dafür sind«, bemerkte Hazel. Sie trank einen vorsichtigen Schluck von ihrem Bier und stellte fest, dass es ihr Inneres auf überraschend angenehme Weise wärmte.

»Hm, nun, da bin ich mir nicht so sicher«, erwiderte Treacher. »Ich bin alt genug, um mich an die Zeiten zu erinnern, in denen den Hexen nicht für alles Böse, das uns ins Haus wehte, die Schuld gegeben wurde. Auch Mrs Treachers Großmutter – Gott sei ihrer Seele gnädig – verfügte über gewisse magische Kräfte und sie hat niemandem jemals auch nur ein Haar gekrümmt.« Er seufzte. »Die Zeiten haben sich geändert, aber gewiss nicht zum Besten.«

»Da stimme ich Euch zu.« Titus senkte die Stimme. »Wir haben außerdem gehört, dass die Hexenjäger Nicholas Murrell gefangen genommen haben.«

Treacher nickte finster. »Ja. Sie haben ihn vor ein paar Wochen hergebracht. Wie man hört, hat er versucht, einen Dämon heraufzubeschwören, indem er kleine Kinder geopfert hat …« Er warf Hazel einen Blick zu und fügte abschwächend hinzu: »Ich weiß natürlich nicht, ob das wahr ist, aber eine Menge Leute sind bereit, es zu glauben.«

»Sie halten ihn im Tower fest, oder?«, hakte Titus nach.

Treacher schüttelte den Kopf. »Einen so wichtigen Gefangenen wie ihn sperren sie auf Cromwell Island ein.«

»Was ist Cromwell Island?«, fragte Hazel.

Treacher lehnte sich näher zu ihr. »Das ist das neue Gefängnis der Hexenjäger. Sie haben es erst vergangenes Jahr fertiggestellt. Es wurde mitten auf der Themse erbaut.« Er erschauderte. »Ein schrecklicher Ort. Ausbruchsicher.«

»Eine ausbruchsichere Insel?«, quiekte Bramley. »Das klingt nicht gerade, als dürften wir uns allzu große Hoffnungen machen.«

»Von der London Bridge aus kann man sie sehen, falls Ihr neugierig seid«, fuhr Treacher fort. »Gut, dann will ich mal Eure Zimmer fertig machen. Möchtet Ihr in der Zwischenzeit etwas essen?«

Hazels Magen knurrte. »Ja, bitte.«

»Und noch ein Bier«, fügte Titus hinzu und tippte an seinen Krug.

»Kommt sofort.«

Hazel und Titus fanden einen ruhigen Tisch in einem Nebenraum und ließen sich daran nieder.

»Ich habe dir doch gesagt, dass wir in einem Gasthaus etwas Neues erfahren«, sagte Titus.

»Mir gefällt gar nicht, was der Wirt über diese Insel erzählt hat«, wimmerte Bramley und kletterte auf Hazels Schoß. »Wenn sie wirklich so unbezwingbar ist, wie er sagt …«

Hazel tippte auf seine Nasenspitze. »Lass uns erst mal abwarten, bis wir sie gesehen haben, bevor wir in Panik ausbrechen.«

Mr Treacher brachte ihnen frisches Bier und ein mit Brot, Butter, Käse und dicken Scheiben Schinken beladenes Brett. »Bitte sehr. Gebt mir Bescheid, falls Ihr noch irgendetwas braucht.«

»Da ist ja gar nichts für mich dabei«, winselte Bramley.

»Ich dachte, Ratten mögen Käse«, erwiderte Titus und biss genüsslich in eine Scheibe Brot.

Hazel sah, wie Bramley die Nackenhaare aufstellte, schnitt hastig ein Stück von ihrer Birne ab und legte sie in ihren Schoß, damit er daran knabbern konnte. Sie aßen schweigend, bis Titus sich auf seinem Stuhl zurücklehnte und Hazel mit einem tiefen Stirnrunzeln betrachtete.

»Ja?«, fragte sie und stocherte in den Schinkenresten herum. »Spuck's schon aus.«

»Ich will, dass du vorbereitet bist.«

»Worauf vorbereitet?«

»Ein Scheitern. Wenn ich in meinem langen und ereignisreichen Leben irgendetwas gelernt habe, dann, dass die Dinge oft kein glückliches Ende nehmen.« Er senkte gedankenverloren den Blick. »Verflucht, manchmal nehmen die Dinge gar kein Ende, sondern werden immer nur noch schlimmer.«

Hazel betrachtete das zerfurchte Gesicht des Hexenfinders und fragte sich zum allerersten Mal, welche Sorgen und Nöte er im Laufe der Jahre bereits durchlitten hatte. »Vielleicht hast du recht«, sagte sie. »Aber das wird mich nicht davon abhalten, es zu versuchen.«

»Ich bewundere deine Entschlossenheit, aber wenn etwas unmöglich ist, dann ist es unmöglich – und dann muss man sich nun einmal damit abfinden, richtig?«

Hazel verschränkte die Arme. »Falsch.«

»Schauen wir uns diese Insel doch erst mal an, ja?«, schlug Bramley vor. »Und dann können wir darüber diskutieren, was wir als Nächstes tun.«

Titus leerte den letzten Schluck von seinem Bier. »Na schön, aber erzähl mir hinterher nicht, ich hätte dich nicht gewarnt, Schiet-Elfe.«

Sie wollten gerade gehen, als ein Mädchen mit schmutzigem Haar in einem zerlumpten Kleid an ihren Tisch trat und eine Hand ausstreckte. »Ein kleine Münze für eine Pest-Waise?«

Titus funkelte sie mit seinem finstersten Blick an. »Sehe ich aus, als hätte ich Geld zu verschenken?«

Hazel lächelte das Mädchen an und schob die Reste des Essens über den Tisch zu ihr hin. »Hier, nimm das.«

»Nicht die Birne!«, fauchte Bramley Hazel an. »Oh, zu spät«, fügte er niedergeschlagen hinzu, als das Mädchen hastig alles in ein dreckiges Taschentuch wickelte.

»Wie alt bist du?«, wollte Titus wissen.

»Elfeinhalb«, antwortete die Kleine.

»Elfeinhalb?«, platzte er heraus. »Du siehst aus wie sechs. Da hab ich ja schon mehr Fleisch an einer schmutzigen Gabel gesehen.«

Hazel verpasste ihm unter dem Tisch einen Tritt.

»Oh, von mir aus«, gab er sich geschlagen und reichte dem Mädchen ein paar Münzen. »Und jetzt verschwinde von hier.«

Das Mädchen machte einen kurzen Knicks und flitzte davon.

»Zu gutherzig, das ist mein Problem«, grummelte Titus.

Hazel schnaubte. »Komm jetzt, schauen wir uns diese Insel mal an.«

4
Flask und Stubbs

»Wohlan, ins Kaffeehaus.«

Samuel Pepys, Parlamentsabgeordneter,
Friedensrichter und Tagebuchschreiber

Obwohl sie von ihrer Reise nach Southwark noch recht müde waren, rappelten Hazel und Titus sich erneut auf und traten in die erdrückende Nachmittagssonne hinaus. Bramley machte es sich hinter Hazels Ohr bequem und begann, seine Schnurrhaare vom Birnensaft zu säubern.

»Du solltest dir den Weg gut einprägen, Hazel«, sagte Titus. »Wenn wir uns verlieren, musst du alleine wieder hierher zurückfinden. Glaub mir, du willst dich in Southwark nicht verlaufen.«

»Mach dir um mich keine Sorgen. Ich habe einen ausgezeichneten Orientierungssinn.«

»Seit wann?«, meldete sich Bramley.

»Seit immer.«

Titus blieb in der Mitte des Vorhofs stehen. »Dann beweise es. Bring uns zurück zur Southwark High Road.«

»Na schön.« Hazel entschied sich für eine Gasse, von der sie sich *ziemlich* sicher war, dass sie sie bereits auf ihrem Weg zur Schänke entlanggekommen waren. »Wir müssen da lang.«

Durch die Hitze, die sich unter den Dachtraufen staute, bildete sich kribbelnder Schweiß auf ihrer Haut. Das Kleid klebte an ihrem Rücken. In beide Richtungen zweigten weitere Gassen ab, die noch schmaler waren, schon bald hinter Ecken verschwanden und nicht mehr zu sehen waren.

Sie blieb an einer Tür stehen, auf die ein großes rotes Kreuz gemalt war. »Was hat das zu bedeuten?«

»Das ist ein Warnzeichen, sich fernzuhalten«, antwortete Titus. »Irgendein armer Teufel da drin hat die Pest. Sie haben ihn in dem Haus eingesperrt, bis er entweder wieder gesund ist oder tot.«

»Das ist ja *schrecklich*«, erwiderte Hazel.

»So ist das Gesetz – eine Vorsichtsmaßnahme, damit sich die Krankheit nicht noch weiter ausbreitet.«

»Hilft ihm denn gar niemand?«, wollte Bramley wissen.

»Freunde oder Nachbarn bringen vielleicht etwas zu essen

vorbei.« Titus zuckte mit den Schultern. »Aber davon abgesehen – nein.«

»Ma könnte bestimmt etwas tun«, erwiderte Hazel aufgebracht. »Sie kennt alle möglichen Heilzauber. Begreifen Männer wie Hopkins denn nicht, dass Trägerinnen dieser Stadt wirklich helfen könnten?«

Titus legte in einer seltenen Geste der Zuneigung eine Hand auf ihre Schulter. »Hazel, du musst noch lernen, dass Männer wie Hopkins Hexen auch dann hassen würden, wenn sie in der Lage wären, alle Krankheiten auf der Welt zu heilen.«

»Aber *warum*?«

»Weil ihr Frauen in einer von eifersüchtigen Männern regierten Welt seid und über Kräfte verfügt, die ihren geistigen Horizont und ihre Kontrolle übersteigen. Diese Kräfte – und ich spreche nicht nur von Magie – ängstigen sie bis in ihr tiefstes Inneres.«

Hazel runzelte die Stirn. »Von welchen Kräften sprichst du denn dann?«

»Von der Kraft, das Falsche in dieser Welt zu erkennen, und dem Bedürfnis, etwas dagegen zu unternehmen«, antwortete Titus. »Deine Mutter hatte es, ich hatte es und in gewisser Weise hatte es auch Murrell.« Sein Blick richtete sich scheinbar auf irgendetwas in weiter Ferne. »Darum haben wir vor all den Jahren im Hexenkrieg gekämpft und darum führen die Aufständischen im Norden diesen Kampf weiterhin fort.«

»Kommt jetzt, die Zeit drängt«, tadelte Bramley sie.

Hazel folgte den leicht ansteigenden Gassen und dem Lärm der Menschenmenge und führte sie schließlich auf die Southwark High Road. »Da – ich hab's geschafft!«

»Nicht schlecht«, lobte Titus sie widerwillig mit einem respektvollen Kopfnicken. »Wir machen noch eine richtige Londonerin aus dir.«

Auf dem Markt herrschte ein buntes Treiben, und Hazel hielt sich eng an Titus, während Fischverkäufer, Metzger und Obst-,

Gemüse- und Blumenhändler laut schreiend ihre Waren anpriesen. Das bunte Gemisch aus köstlichen Düften war eine willkommene Abwechslung nach dem Gestank der Nebenstraßen.

»Das ist ja unerträglich«, fiepste Bramley, als sich ein Kerzenverkäufer an ihnen vorbeidrängte und ihn beinahe von Hazels Schulter stieß.

»Schau mal, da vorne«, sagte Titus. »Das ist der Eingang zur London Bridge.«

Hazel ging auf Zehenspitzen und erkannte das Türmchen eines steinernen Torhauses, das sich über die Straße spannte. Rote Fahnen mit dem Wappen des Ordens – zwei überkreuzte Hämmer – hingen von den Zinnen. Als sie näher kamen, zeigte Titus zu einer Reihe verrottender, auf Speeren aufgespießter Köpfe hinauf. »Diebe, Verräter und Mörder«, sagte er mit erbostem Grinsen. »Aber keine Hexen – deinesgleichen verbrennen sie meistens.«

»Da bin ich aber erleichtert«, erwiderte Hazel. »Ich hab Höhenangst.«

Am Eingang zur Brücke staute sich der Verkehr, aber zumindest standen diesmal keine Wachen am Tor, die alles noch weiter verzögert hätten.

»Bleib dicht bei mir«, sagte Titus, »und verlauf dich nicht.«

Hazel folgte dem alten Hexenfinder durch das Torhaus und in eine schmale, von Geschäften, Schänken und billigen Gasthäusern gesäumte Straße. Der Gestank von Abwässern stieg ihr in die Nase, und zwischen den Gebäuden erhaschte sie einen Blick auf graues Wasser, bevor die Menge sie weiterdrängte.

»Wir müssen einen Aussichtspunkt auf die Insel finden«, bemerkte sie. »Irgendeine Stelle, von der man sie richtig gut sehen kann.«

Titus blieb vor einer Schänke stehen. »Wie wäre es hier? Da drin muss es ein Fenster mit Blick auf den Fluss geben. Und außerdem könnte ich noch ein Bierchen vertragen.«

Stimmen drangen aus einem weiß getünchten Holzhaus

nebenan zu ihnen. Auf einem ausgeblichenen Schild über der Traufe stand:

Kaffeehauſ Flaſk und Stubbſ.

»Ooh, Kaffee!«, rief Hazel aus und zerrte einen widerwilligen Titus durch die Tür. »Was man so hört, soll er den Verstand auf wunderbare Weise ankurbeln.«

»Oh, von mir aus …«

Im Inneren empfing sie ein mit Eichenholz verkleideter Raum, der von der Bedientheke bis zu den Erkerfenstern dicht an dicht mit elegant gekleideten, Perücke tragenden Herren gefüllt war, die aus Porzellantassen tranken. Rotgesichtige junge Kellnerinnen schenkten Kaffee aus riesigen Kupfergefäßen aus, die über einer Feuerstelle hingen. Er roch wunderbar intensiv und belebend.

»Diese Plörre-Häuser sprießen hier jetzt wie Pilze aus dem Boden«, grummelte Titus.

»Da hinten am Fenster ist noch ein Tisch frei«, sagte Bramley. »Schnell, bevor ihn sich jemand anders schnappt.«

Einige Kaufleute in Samtmänteln kamen bereits zur Tür herein. Hazel bahnte sich schnell vor ihnen einen Weg und lächelte süßlich, als sie sich auf einem der Stühle niederließ. Einer der Kaufleute machte den Mund auf, um zu protestieren, überlegte es sich jedoch anders, als Titus sich hinter ihm aufbaute.

»Unser Tisch, glaube ich«, brummte er. Die Kaufleute zogen sich zurück.

Ein runder Turm aus glattem schwarzem Stein ragte in der Mitte des Flusses auf. Er verfügte über keinerlei architektonischen Merkmale – keine Fenster, keine Balkone, keine Säulen – und verjüngte sich zu einem von Zinnen gesäumten Flachdach. Er sah aus wie eine gigantische Schachfigur.

»*Das* ist also Cromwell Island«, sagte Hazel.

»Mein Gott«, stöhnte Titus.

»Das ist kein Gefängnis, das ist eine Festung«, warf Bramley ein. »Wie sollen wir denn jemals da reinkommen?«

»Das ist noch schlimmer, als wir dachten.« Titus bedeutete einer der Bedienungen, ihnen Kaffee zu bringen.

»Es muss aber einen Weg geben, da reinzukommen«, erwiderte Hazel entschlossen. »Es *muss.*«

Titus holte ein kleines Messingfernrohr aus seiner Tasche, fuhr es mit einer schnellen Bewegung seines Handgelenks aus und hielt es sich vors Auge. Nachdem er den Turm eine Weile mit finsterer Miene betrachtet hatte, verkündete er: »Ich sehe eine Brücke, die die Insel direkt mit dem Nordufer des Flusses verbindet ... Sie ist der einzige Weg hinein und wird ganz sicher schwer bewacht.«

»Vielleicht könnten wir ja mit dem Boot rausfahren und hochklettern?«, schlug Hazel vor.

Bramley knabberte an ihrem Ohr. »Das ist eine vollkommen verrückte Idee, selbst für dich.«

»Na schön, aber irgendwas müssen wir uns einfallen lassen«, murmelte Hazel. Sie spürte, wie die Hoffnung, die sie so sorgsam am Leben erhalten hatte, allmählich erstarb. »Wir sind doch schon so weit gekommen ...«

»Na gut, nur mal angenommen, wir schaffen es tatsächlich auf die Insel und finden Murrell«, erwiderte Titus und legte das Fernrohr wieder weg. »Wir dürfen nicht vergessen, dass er bereits seit einem Monat der Gnade der Hexenjäger ausgeliefert ist. Er ist vielleicht gar nicht mehr in der Verfassung, uns zu helfen.«

Hazel schaute ihm direkt in die Augen. »Tja, ich werde es aber trotzdem versuchen.«

»Verdammt noch mal, Mädchen! Er ist wahrscheinlich schon längst tot.«

»Er lebt noch. Das weiß ich einfach.«

»Nein, weißt du *nicht.*« Titus schlug so fest mit der flachen Hand auf den Tisch, dass das Besteck rasselte. »Du weißt gar nichts, und das ist eine wirklich schlechte Ausgangslage, wenn man einen Plan erarbeiten will.«

Eine der Bedienungen kam an ihren Tisch, stellte eine Kanne Kaffee und zwei Tassen darauf ab und verschwand dann wieder in der Menge.

Hazel verschränkte die Arme und nahm noch einmal all ihre wilde Entschlossenheit zusammen. »Ich gebe nicht auf. Wir müssen uns einfach umhören, so viel wie möglich über die Insel in Erfahrung bringen und dann einen Plan aushecken, wie wir da reinkommen.«

Bramley und Titus tauschten einen besorgten Blick.

»Guckt mal«, sagte Hazel und deutete auf ein heruntergekommenes Segelschiff, das am Ufer der Insel festgemacht lag. »Das muss das Gefängniswrack sein, von dem der Soldat gesprochen hat.«

Titus richtete das Fernrohr darauf. »Ein altes Kriegsschiff. Eine Karacke, der Form nach zu urteilen. Hm, die Schießscharten sind zugenagelt. Die Gefangenen müssen unter Deck eingeschlossen sein, eingepfercht mit den Ratten.«

Der Tisch wackelte, als er sich mit dem Ellenbogen darauf abstützte. Fluchend griff er nach einem Nachrichtenpamphlet und faltete es mehrmals, um es unter das Tischbein zu klemmen.

»Warte mal ganz kurz …« Hazel riss es ihm aus der Hand. »Schau dir das mal an, ganz unten auf der Seite.«

Titus kniff die Augen zusammen und las laut vor: »*Freie Stelle: Aspirant für den Orden der Hexenjäger. Bewerber können sich am 12. Juli um zehn Uhr im Tower von London melden.*« Er blickte auf. »Na und?«

Hazel grinste und unterdrückte eine warme Woge der Magie. »Wenn die Hexenjäger nach Rekruten suchen, dann sollte ich ihrem Aufruf folgen!«

»*Was?*«, riefen Titus und Bramley wie aus einem Munde.

»So komme ich nach Cromwell Island«, erwiderte Hazel und wedelte mit dem Pamphlet hin und her. »*So komme ich zu Nicholas Murrell.*«

5
Ein einfacher Plan

*»Ich habe allein am heutigen Tage
fünf- oder sechsundzwanzig Hexen gehängt.
Aber es gilt noch viele mehr zu jagen!«*

William Gould, Sergeant der Hexenjäger

»Du hast doch selbst gesagt, dass Murrells Zeit allmählich abläuft«, fügte Hazel hinzu, bevor Bramley oder Titus die Gelegenheit hatten, noch weiter zu protestieren. »Ich muss möglichst schnell zu ihm, sonst haben wir keine Hoffnung mehr, Ma noch retten zu können. Und auf diese Art müssten wir noch nicht einmal einen Einbruch wagen, der ohnehin schiefgehen würde. Versteht ihr das denn nicht?«

»Das Prinzip deines Plans ist mir durchaus nicht entgangen – ebenso wenig wie seine schiere Leichtsinnigkeit«, entgegnete Titus. »Aber da ist noch etwas anderes, das du nicht bedacht hast.«

»Und was wäre das?«

»Der Orden nimmt nur Jungen auf, und du bist *zufällig* ein Mädchen.«

»Er hat recht, Hazel«, bestätigte Bramley und wedelte nervös mit dem Schwanz. »Und bevor wir das vergessen: Du bist außerdem eine Trägerin.«

»Ich kann meine Zauberkräfte verbergen. Das mache ich andauernd.«

»Tust du das? Wirklich?«, fragte Titus. »Manchmal brechen sie einfach aus dir heraus. Ich habe es eben erst gesehen – ein kleiner Lichtblitz, wie ein winziger Ring um deinen Kopf.« Er deutete mit dem Daumen auf den Turm. »Wenn diese Männer herausfinden, dass du eine Trägerin bist, werden sie sich nicht damit zufriedengeben, dich einfach nur zu töten. Oh nein. Sie haben alle möglichen Instrumente, Techniken, *Methoden* …«

»Ich kontrolliere sie, das verspreche ich«, gab Hazel zurück. »Was soll ich sagen? Ich werde es tun. Das muss ich. Für Ma.«

»Du wirst völlig unvorbereitet und ganz allein sein und dich mitten in ein Rudel Wölfe begeben.«

»Ma würde dasselbe für mich tun.« Hazel zuckte mit den Schultern. »Und ich glaube, das würdest du auch, alter Mann.«

Titus schüttelte den Kopf. »Das ist nicht der Punkt …«

»Und überhaupt, ich bin nicht allein.« Hazel zeigte auf ihre Schulter, auf der Bramley hockte. »Bram wird bei mir sein.«

Titus warf ihm einen Blick zu. »Wirst du das?«

Bramley senkte die Schnurrhaare. »Ein Vertrauter lässt seine Hexe niemals im Stich.«

»Also?«, fragte Hazel und hielt ihren Blick unbeirrt auf Titus gerichtet. »Hilfst du mir?«

»Starrköpfige, *starrköpfige* Hexe ...« Titus blickte auf seine knorrigen Hände hinunter.

Hazel wartete. Sie kannte Titus inzwischen sehr gut und konnte die Besorgnis in jeder Falte seines Gesichts erkennen. Er hatte sie gern, wollte sie beschützen – und sie bat ihn, ihr dabei zu helfen, sich in schreckliche Gefahr zu begeben. Schuldgefühle rumorten in ihrem Magen, aber es gelang ihr, sie zu unterdrücken.

»Du bist wild entschlossen, die Sache durchzuziehen, oder?«, fragte Titus schließlich.

Hazel nickte.

»Und ohne meine Hilfe wirst du wahrscheinlich schon nach fünf Minuten erwischt und getötet.«

Sie nickte noch einmal.

Titus schloss die Augen und stieß ein langes Seufzen aus. »Du kannst nicht in deinen Mädchenkleidern gehen und du brauchst einen Jungennamen.«

»Danke.« Hazel nahm seine Hand und drückte sie. »Wie wär's mit William. Mir gefällt William.«

»Und du brauchst eine Familiengeschichte, die dir einen plausiblen Grund gibt, warum du dich dem Orden anschließen willst«, fuhr Titus fort. »Die Hexenjäger werden dir Fragen stellen, und du musst in der Lage sein, sie überzeugend zu beantworten.«

Er tippte mit dem Finger auf das Datum in der Anzeige. »Und du hast nur bis morgen früh um zehn Uhr Zeit, dich vorzubereiten. Also, *William*, erzähl mir deine Geschichte.«

»Ich könnte der Sohn eines Rattenfängers sein, aber das Geschäft ist am Ende, weil mein Vater ein Trunkenbold ist?« Sie lächelte. »Das müsste ich mir gut merken können.«

Titus bedachte sie mit einem strengen Blick. »Du musst das Ganze ernst nehmen, Hazel. Eine falsche Bewegung, ein Fehler, und sie erwischen dich.«

»Ich weiß«, seufzte sie, »aber wenn ich mich nicht darüber lustig mache, dann hab ich zu viel Angst, überhaupt hinzugehen.«

Titus trank seinen Kaffee aus und warf ein paar Münzen auf den Tisch. »Ich kümmere mich um die Kleidung. Du gehst zurück zum Gasthaus, ruhst dich ein bisschen aus und denkst dir eine vernünftige Geschichte aus.«

»Ich helfe ihr beim Üben«, versicherte Bramley.

»Gute Idee. Findest du den Weg allein wieder zurück?«

»Du hast doch gesehen, wie gut ich beim letzten Mal war«, antwortete Hazel.

Titus grunzte. »Sprich mit niemandem. In London wimmelt es nur so von Spitzeln. Behandle jeden als deinen Feind.«

»Mir passiert schon nichts«, erwiderte sie und verdrehte die Augen. »Hör auf, dir Sorgen zu machen.«

»Oh, natürlich – ich höre einfach auf, mir Sorgen zu machen. Kinderspiel. Dann könnte ich ja auch gleich aufhören zu atmen, oder was meinst du?«

Hazel lächelte und tätschelte seinen Arm. Das hatte ihre Mutter auch immer gesagt.

Die erdrückende Hitze des Tages hatte sich aufgelöst, als Hazel durch das Torhaus auf die Southwark High Road trat. Erleichtert stellte sie fest, dass sich auch die Menschenmassen ausgedünnt hatten.

So zu tun, als sei sie ein Junge, würde eine echte Herausforderung werden – David war der einzige Junge, den sie richtig kennengelernt hatte, und er war einige Jahre älter als sie. *Vielleicht sollte ich mir vorstellen, ich wäre Titus in jungen Jahren*, dachte sie, verwarf die Idee aber sofort wieder, weil sie ihn sich einfach nicht als irgendetwas anderes als einen alten Mann vorstellen konnte.

Erfreut, dass ihr Orientierungssinn sie nicht im Stich gelassen hatte, fand sie problemlos den Weg zurück zur Geschmückten Mähre – trotz Bramleys Versuchen, ihr zu helfen: »Hier links. Oder doch rechts? Vielleicht hätten wir doch an dem Fischstand abbiegen sollen …«

»Da bist du ja, Lizzie!« Mr Treacher winkte ihr von hinter der Theke aus zu. »Soll ich dir eure Kammern zeigen? Es ist alles bereit.«

»Ja, bitte«, bedankte sie sich mit einem Nicken.

»Dann folge mir, mein Kind«, sagte er. »Ich habe euch hinten untergebracht, dort ist es ruhiger. Bist du ganz allein?«

»Ja. Vater ist noch auf der Suche nach Kunden.«

»Er kann gerne den Laden hier auf Vordermann bringen. Mrs T. liegt mir schon seit Ewigkeiten wegen des Kellers in den Ohren.«

»Den Zahn musst du ihm sofort ziehen«, flüsterte Bramley. »Titus hat keine Ahnung, wie man Ratten fängt.«

»Ich glaube, er versucht, in der Stadt Arbeit zu finden«, erwiderte Hazel.

»Tja, ich schätze, auf der anderen Seite des Flusses ist die Bezahlung besser.« Treacher führte sie eine lange Treppe hinauf. »Ah, hallo, mein Täubchen!«

Mrs Treacher stand auf dem Treppenabsatz, Bürsten und Lappen unter die Arme geklemmt. Ihr Blick blieb unangenehm lange an Hazel hängen, bevor sie wieder Richtung Schankraum davonstampfte.

»Beachte Mrs T. gar nicht«, sagte Treacher und schob Hazel durch eine Tür. »So, da wären wir. Das ist deine Kammer, die von deinem Vater ist nebenan.«

Das Zimmer war klein und gemütlich, mit einem Waschtisch

in der Ecke und einem einladenden, mit einem Berg aus Kissen bedeckten Bett.

»Wir befinden uns hier direkt über dem Wasser.« Treacher reichte ihr einen Schlüssel. »Am Ende des Korridors ist eine Hintertür, die auf den Balkon führt. Von dort kommt ihr auf die Straße hinunter, wenn ihr das Getümmel im Schankraum vermeiden wollt.«

»Vielen Dank, Mr Treacher, Ihr seid wirklich sehr freundlich.«

»Na ja, Mrs T. und ich freuen uns, dass wir endlich mal ein Mädchen im Haus haben.« Treacher lächelte. »Aber ich mache mich jetzt besser wieder an die Arbeit. Ich schicke dir später etwas zum Abendessen herauf.«

Sobald sich die Tür geschlossen hatte, sprang Bramley auf das Bett, rollte sich darauf herum und strampelte mit den Beinchen in der Luft. »Oh, das fühlt sich gut an. Ich bin schon seit Ewigkeiten in deinem Haar eingesperrt.«

»Ich fürchte, du wirst darin noch sehr viel mehr Zeit verbringen müssen. Wir können nicht zulassen, dass die Hexenjäger dich sehen.« Hazel legte sich mit dem Rücken aufs Bett und streckte die Arme aus. »Glaubst du, unser Plan wird funktionieren?«

»Na gut, lass mich mal sehen … Wird es uns gelingen, in die Höhle der Hexenjäger einzudringen, Murrell davon zu überzeugen, dir zu helfen, *obwohl* es an deiner Einmischung lag, dass er überhaupt erst verhaftet wurde, und uns anschließend in die Unterwelt zu begeben, um deine Ma vor Baal zu retten, dem Prinzen der Dämonen? Willst du wirklich, dass ich diese Frage beantworte?«

»Vielleicht lieber nicht«, seufzte Hazel. »Aber wir können unsere Chancen verbessern, indem wir uns auf morgen vorbereiten.«

Bramley ließ sich auf einem Kissen nieder. »In Ordnung. Ich bin der Hexenjäger und frage dich aus. Du bist du, oder besser gesagt: ein Junge namens William. Bereit?«

»Ja. Fang an!«

In den nächsten beiden Stunden feuerte Bramley eine Frage nach der anderen auf Hazel ab: »Wo wurdest du geboren? Wie hieß deine Mutter mit Mädchennamen? Hast du noch Geschwister?« Anschließend brachte er ihr bei, sich beim Gehen mehr wie ein Junge zu bewegen. »Versuch es mit längeren Schritten, und ein bisschen mehr federn … Nein, nein, nein, das ist ein *Hüpfen.*«

Als die Sonne bereits untergegangen war, fühlte sich Hazel völlig erschöpft, hatte sich aber eine erfundene Familiengeschichte eingeprägt und war etwas zuversichtlicher, dass sie als Junge durchgehen würde.

»Es wird langsam spät«, sagte sie und entzündete mit einem Funken Magie die Kerzen. »Wo steckt Titus bloß?«

»Wer weiß?«, gähnte Bramley. »Wahrscheinlich betrunken in der Gosse.«

Hazel hob ihn hoch. »Komm schon, wir gehen ein bisschen frische Luft schnappen.«

6
Frische Luft

»König Charles war ein Tyrann,
ein Verräter und Hexenfreund.
Selbst der Tod war zu gut für ihn.«

Matthew Hopkins, Generalhexenjäger

Mit dem Schlüssel, den Treacher ihr gegeben hatte, schloss Hazel die Hintertür auf und trat auf den Balkon hinaus. Es war schwül und vom Fluss wehte nur ein schwaches Lüftchen zu ihr herüber.

»Es ist Ebbe«, sagte sie. »Guck dir mal den ganzen Schlamm an.«

»Ich weiß, ich kann es riechen«, schnaubte Bramley. »›Wir gehen ein bisschen frische Luft schnappen‹, hat sie gesagt. Ha. Brillante Idee.«

Hazel setzte ihre Kapuze auf und stieg die Stufen zu dem weitläufigen Netz aus Bootsanlegern hinab. Es war ein langer Weg bis hinunter zum Flussbett. Am anderen Ufer glitzerten unzählige Lichter und aus der Ferne drangen Rufe und Lachen über den blubbernden Schlick zu ihnen. In Southwark war hingegen keine Menschenseele zu sehen.

Wo sind denn alle?, wunderte sich Hazel und folgte einer Gasse, die sich zwischen die Geschmückte Mähre und eine Reihe von Häusern quetschte.

»Es ist zu ruhig«, bemerkte Bramley. »Das gefällt mir nicht.«

»Du magst keinen Lärm, du magst keine Ruhe. Was magst du überhaupt?«

»Ein warmes Nest und einen vollen Magen, und keins von beiden hab ich.«

Hazel blieb an einer Kreuzung stehen. Vor ihr lag der Hof der Geschmückten Mähre. Ein paar Männer standen vor dem Stall und unterhielten sich im Schein einer Laterne. Rechts führte eine weitere Gasse noch tiefer in das Labyrinth aus Gebäuden. Sie folgte ihr und schlenderte langsam durch die verlassene Dunkelheit.

»Warum gehen wir denn hier entlang?«, wollte Bramley wissen.

»Ich muss lernen, mich hier zurechtzufinden –«

Ein Schrei hallte in einer Gasse vor ihnen wider. Hazel erstarrte. »Was war das?«

Bramley fiel vor Angst beinahe von ihrer Schulter. »Ich glaube, es ist Zeit, dass wir wieder ins Gasthaus zurückkehren«, quiekte er.

»Aber es könnte jemand in Schwierigkeiten stecken.« Hazel schlich weiter vorwärts und drückte sich ganz dicht an die Wand. »Ich glaube, es kam von da unten ...«

»Vorsichtig!«, flüsterte Bramley.

Hazel lugte um die Ecke und sah ein zerlumptes Mädchen mit verfilztem Haarschopf, das ausgestreckt etwa zehn Schritte entfernt in einem Durchgang lag. Seine Atmung ging flach und japsend, und sein Mund stand offen, als würde es immer noch schreien.

Hazel wäre am liebsten zu der Kleinen gerannt, um zu sehen, ob sie noch lebte, aber ihr Instinkt hielt sie zurück. Irgendetwas hatte das Mädchen dazu gebracht, in Ohnmacht zu fallen, und es lag nun wie tot am Boden – und was immer es auch war, es konnte immer noch in der Nähe sein.

»Bram?«, flüsterte sie. »Riechst du das?«

»Ja. Was ist das? Milch?«

Hazel rümpfte die Nase. »*Saure* Milch. Aber wo ist ...?«

Eine Gestalt tauchte hinter einem Stapel Fässer in der Mitte des Durchgangs auf. Sie trug eine bodenlange Robe aus Leder und einen Hut mit breiter Krempe, die ihr Gesicht in Schatten tauchte. Tief vornübergebeugt, die Schultern gesenkt, kroch die Gestalt leise auf das Mädchen zu, mit so offensichtlich böswilliger Absicht, dass Hazel das Blut in den Adern gefror.

»Was ist das für ein Ding?«, wimmerte Bramley.

Die Gestalt umkreiste das Mädchen wie ein Aasgeier, der sich zu entscheiden versuchte, nach welchem Teil seiner Beute er zuerst picken sollte. Hypnotisiert vor Schreck, beobachtete Hazel, wie sie langsam einen Handschuh abstreifte und ihre langen weißen Finger nach unten ausstreckte.

Hazel bündelte einen knisternden Feuerball um ihre Faust und trat in die Gasse. »Lass sie in Ruhe!«, brüllte sie und drehte sich zur Seite, bereit, ihrer Magie freien Lauf zu lassen.

Die Gestalt wirbelte zu ihr herum. Hazels Feuerlicht erhellte eine lange, schnabelartige Nase und zwei flache, starre Augen. Bevor sie eine Entscheidung darüber treffen konnte, ob das, was sie dort vor sich sah, überhaupt menschlich war, richtete es sich zu seiner vollen, geradezu unanständigen Größe auf. Es wurde länger und länger – mager und bedrohlich und noch viel größer als Titus, größer als jeder andere Mensch, den Hazel jemals gesehen hatte.

»Hexe!«, fauchte es und streckte einen seiner langen Finger nach ihr aus.

Entsetzen kroch Hazels Wirbelsäule hinauf und wollte sie dazu bringen wegzurennen. Sie blieb jedoch stehen, wo sie war, und zog Kraft aus dem Feuer, das um ihre Finger knisterte. Sie kniff die Augen zusammen und ließ ihre Stimme so kräftig klingen, wie sie konnte. »Das ist richtig, ich bin eine Hexe – eine *Feuer*hexe. Also lass sie in Ruhe, *bevor ich dich verbrenne.*«

Die Gestalt blieb eine gefühlte Ewigkeit vollkommen still stehen, zog sich dann jedoch geräuschlos in die Schatten zurück und nahm den Geruch von saurer Milch mit sich.

Ein Flüstern schwebte durch die Dunkelheit – »Ein andermal« – und dann war die Kreatur verschwunden.

»Was *war* das?«, stammelte Bramley, der von der Nasen- bis zur Schwanzspitze bibberte.

»Ich weiß es nicht«, antwortete Hazel und eilte in den Durchgang. »Aber wir müssen dieses arme Mädchen von hier fortbringen, bevor es zurückkommt.« Sie strich die Haare aus dem Gesicht des Kindes und stieß einen Schrei des Entsetzens aus. »Oh, Bram, *sieh* nur. Es ist das bettelnde Mädchen von heute Nachmittag.«

Die Kleine war zwar nur noch Haut und Knochen, aber Hazel keuchte trotzdem heftig, nachdem sie sie die Stufen hinauf und durch die Hintertür der Gaststätte geschleppt hatte.

»Mr Treacher«, rief sie. »Ich brauche Hilfe, schnell!«

Mrs Treacher tauchte aus einem Zimmer am Ende des Flurs auf. »Was soll denn dieser Lärm …?« Die Staubwedel fielen ihr aus den Händen, als sie das Mädchen in Hazels Armen sah. »Oh, du meine Güte, was ist denn passiert?«

»Ich habe sie ganz in der Nähe in einem Durchgang gefunden.« Hazel stieß ihre Zimmertür mit der Schulter auf. »Können Sie mir helfen?«

»Natürlich. Oh, das arme kleine Ding …«

Gemeinsam legten sie das Mädchen aufs Bett und breiteten die Decken über ihm aus.

»Was ist denn mit ihr passiert?«, fragte Mrs Treacher und nahm die Hände des Mädchens in ihre.

»Sie wurde angegriffen von … irgendetwas. Was es war, weiß ich nicht.«

Sämtliche Farbe wich aus Mrs Treachers Gesicht. »Ich glaube, ich hole besser meinen Mann«, sagte sie und eilte aus dem Zimmer.

»Sie ist immer noch nicht wieder aufgewacht«, sagte Bramley, krabbelte auf Hazels Schulter und blickte auf das Mädchen hinunter. »Schüttle sie mal.«

»Sie hat sich fast zu Tode erschreckt«, murmelte Hazel. Ihr fiel auf, dass das Haar des Mädchens unter den diversen Schichten aus Schmutz in etwa dieselbe rote Farbe hatte wie ihr eigenes.

»Hast du gesehen, wie groß dieses Ding war? Und das Gesicht! Das kann doch unmöglich menschlich gewesen sein, oder?«

Hastige Schritte näherten sich der Tür, und Bramley gelang es gerade noch rechtzeitig, wieder in Hazels Haar abzutauchen, bevor beide Treachers ins Zimmer platzten.

»… und Lizzie sagt, sie hat sie ganz in der Nähe des Durchgangs entdeckt, in dem auch die anderen gefunden wurden«, teilte Mrs Treacher ihrem stirnrunzelnden Ehemann mit.

»Die anderen?«, flüsterte Bramley. »Welche anderen?«

»Oh, du meine Güte. Das ist wirklich grauenvoll«, erwiderte Mr Treacher und wischte sich die Hände hektisch an seiner Schürze sauber. »Lizzie, kannst du uns erzählen, was passiert ist?«

Während Mrs Treacher zärtlich Gesicht und Hände des Mädchens wusch, berichtete Hazel, was sie beobachtet hatte, ließ ihre Zauberkräfte dabei jedoch geflissentlich aus.

»Die Gestalt ist davongekrochen, als ich sie angebrüllt habe. Und dann habe ich das Mädchen aufgehoben und so schnell wie möglich hierhergebracht.«

Mr Treacher blähte die Wangen auf. »Das war wirklich mutig von dir. Sehr mutig. Du hast der Kleinen wahrscheinlich das Leben gerettet.«

»Mrs Treacher«, wandte sich Hazel an seine Frau. »Ihr habt vorhin noch *andere* erwähnt. Was habt Ihr denn damit gemeint?«

Die Eheleute tauschten einen Blick. Dann antwortete Mrs Treacher, während sie weiter mit einem Tuch über die Stirn des Mädchens strich: »Es hat in Southwark mehrere Todesfälle gegeben, alles Kinder, und sie wurden alle in den Gassen gefunden … Niemand weiß, wie sie gestorben sind. Die meisten Menschen haben zu viel Angst, nachts überhaupt noch vor die Tür zu gehen.«

»Wir werden morgen unter die Leute bringen, dass sich dieser Unmensch noch immer auf unseren Straßen herumtreibt«, fügte Mr Treacher hinzu.

Hazel wollte ihnen gerade die nächste Frage stellen, als die Tür aufging und Titus mit einem Bündel unter dem Arm hereinkam. Er betrachtete die Szene mit undurchdringlicher Miene. »Und, Lizzie, was hast du jetzt schon wieder angestellt?«

Die Treachers waren ohne Umschweife bereit, sich um das Mädchen zu kümmern, und trugen die Kleine so behutsam in eine der freien Kammern, dass Hazels Herz vor lauter Zuneigung zu ihnen beinahe platzte.

Nachdem ihre Schritte verhallt waren, lehnte sich Titus gegen das Fensterbrett und verschränkte die Arme. »Kann ich dich nicht mal für fünf Minuten allein lassen? Du erzählst mir jetzt besser, was passiert ist.«

Hazel setzte sich aufs Bett, Bramley auf eines ihrer Knie, und dann berichtete sie Titus alles, was sich seit ihrer Trennung zugetragen hatte. Der alte Hexenfinder hörte aufmerksam zu und seine Augen leuchteten unter der in tiefen Falten liegenden Stirn.

»Ein Schnabel, kein Mund und seltsame runde Augen«, murmelte er. »Könnte es eine Maske gewesen sein?«

»Vielleicht«, antwortete Hazel. »Im Durchgang war es dunkel und es ist alles so schnell passiert.«

»Und was ist mit dir, Meister Maus? Woran kannst du dich noch erinnern?«

Bramleys Schnurrhaare zuckten. »Ich erinnere mich noch, dass ich saure Milch riechen konnte, kurz bevor ich es gesehen habe. Ekelhaft.«

Titus zupfte an seinem Bart. »Und die Treachers sagen, es hat noch weitere Todesfälle gegeben, die mit diesem Vorfall in Zusammenhang stehen könnten?«

Hazel nickte. »Ja, deshalb finde ich, dass wir da rausgehen und nachsehen sollten …«

Titus hob eine Hand. »Das kannst du sofort wieder vergessen, Mädchen. Du hast schon genug zu tun, ohne dass du dich auch noch um diese heikle Angelegenheit kümmerst. Lass es gut sein.«

»Aber –«

»Nein, Hazel. Könntest du bitte wenigstens dieses eine Mal auf mich hören? Ich werde selbst Nachforschungen zu deinem geheimnisvollen Herumtreiber anstellen, in Ordnung? Auf die Art habe ich was zu tun, während du weg bist.«

Bramley zupfte an ihrem Ohr. »Er hat recht. Du musst dich ausruhen und auf morgen vorbereiten.«

»Oh, na schön. Aber sei vorsichtig, alter Mann«, gab sich Hazel geschlagen. »Was immer das auch für ein Ding ist, es ist groß.«

»Ich kann auf mich selbst aufpassen, vielen herzlichen Dank.« Titus kickte gegen das Bündel vor seinen Füßen. »Da sind die Burschenkleider drin. Und eine Schere, damit du dir die Haare abschneiden kannst.«

Bramley wirkte zutiefst bestürzt. »Aber in ihrem Haar … *wohne* ich.«

»Ich passe auf, dass noch genügend übrig bleibt, damit du dich darin einnisten kannst«, versicherte Hazel und streichelte mit dem Finger über seinen Rücken.

»Und pass auf, dass die Treachers dich nicht sehen, wenn du dich als Junge verkleidet hast – das würde bloß viel zu viele Fragen aufwerfen«, warnte Titus. »Hast du deine Geschichte für die Hexenjäger geübt? Kannst du alles auswendig?«

Hazel griff nach dem Bündel und begann, die Knoten zu öffnen. »Ja. Und Bramley kann es mir ins Ohr flüstern, falls ich irgendwas vergesse.«

»Sehr gut, sehr gut …«, murmelte Titus. »Und jetzt sieh zu, dass du eine ordentliche Mütze Schlaf bekommst.«

»Das mache ich. Danke, Titus.« Hazel schenkte ihm ein dankbares Lächeln. »Wünsch mir viel Glück für morgen.«

»Vergiss Glück, verdammt noch mal«, knurrte er. »Setz deinen Verstand ein, wenn du überleben willst.«

Nachdem sie sich die Haare bis kurz über die Schultern abgeschnitten hatte – eine Aufgabe, die sie als überraschend verstörend empfunden hatte –, kroch Hazel in ihr Bett und starrte in die Dunkelheit hinauf. Bramley lag auf dem Kopfkissen neben ihr und schnarchte leise mit offenem Maul.

Morgen musste sie Männern gegenübertreten, die sie töten würden, wenn sie herausfanden, was sie war. Sie kannte ihre erfundene Geschichte in- und auswendig, besaß die Fähigkeit, überzeugend zu lügen, und hatte ihre Zauberkräfte gerade weit genug unter Kontrolle, um sie vor ihnen zu verbergen, aber dennoch hämmerte ihr Herz wie wild in ihrer Brust.

Es war dieses *Warten.* Es ließ ihr zu viel Zeit, nachzudenken und sich um Bramley Sorgen zu machen, um ihre Mutter und sogar um Titus.

Ich will einfach nur, dass es losgeht, dachte sie und schloss die Augen. *Ich will es einfach nur hinter mich bringen.*

Der Schlaf übermannte sie schneller, als sie erwartet hatte. Aber schließlich war es auch ein langer, ereignisreicher Tag gewesen.

7
Der Weiße Turm

Ist es zu glauben, dass so viele Ungeheuer der Natur in der Gestalt von Menschen wandeln?

Abhandlungen zur Hexenplage
von Heinrich Kramer

Als Hazel am nächsten Morgen erwachte, dauerte es ein paar Augenblicke, bis sie wusste, wo sie war, aber dann erinnerte sie sich von einem plötzlichen Adrenalinschub begleitet wieder an alles.

Heute stecke ich meinen Kopf in das Maul des Drachen. Ich hoffe nur, er beißt nicht.

Anhand des Stands der Sonne schätzte sie, dass es ungefähr sieben Uhr war. Das Auswahlverfahren begann um zehn. Sie hatte also noch drei Stunden Zeit, bevor sie am Tower von London sein musste. Sie zog die Kleider an, die Titus für sie besorgt hatte – eine schwarze knielange Hose, ein Leinenhemd und eine kurze Jacke mit Knöpfen –, und murmelte immer wieder »Mein Name ist William Lowe, ich komme aus Putney und bin der Sohn eines Rattenfängers« vor sich hin.

»Nicht übel«, gähnte Bramley vom Kopfkissen aus. »Ein Junge zu sein, steht dir gut.«

»Und die Haare? Sind die in Ordnung?«

Bramley neigte den Kopf zur Seite. »Ja, ich denke schon.«

»Oder soll ich noch mehr abschneiden?«

»Nein!«, quiekte er. »Du musst auch noch was übrig lassen, worin ich mich verstecken kann.«

Hazel setzte sich eine ausgebeulte Stoffmütze auf den Kopf. »So. Die Verkleidung ist komplett.«

»Moment mal eben!«, rief Bramley und blickte sich mit gespielter Überraschung um. »Hazel, wo bist du denn hin? Wo *bist* du, Hazel?«

»Haha, sehr witzig.« Sie hob ihn hoch und setzte ihn auf ihre Schulter. »Lass uns den alten Griesgram aufwecken.«

Sie erhielt keine Antwort, als sie an Titus' Tür klopfte, und steckte vorsichtig den Kopf ins Zimmer. Er schlief noch und lag komplett angezogen auf der Bettdecke.

»Er hat seine Stiefel noch an«, stellte Bramley angewidert fest.

Hazel machte die Tür wieder zu und verließ das Gasthaus durch den Hinterausgang.

»Willst du ihm denn nicht Auf Wiedersehen sagen?«, fragte Bramley.

»Nein, lass ihn schlafen. Er wird sonst nur mit mir kommen wollen, und was hätte das für einen Sinn? Wir müssen ihn sowieso zurücklassen, wenn wir am Tower ankommen.«

»Und außerdem hasst du Abschiede.«

»Das tue ich. Das tue ich wirklich.«

Hazel eilte zur Southwark High Road und überquerte die London Bridge. Die Straßen waren vom geschäftigen Treiben der morgendlichen Händler und zahlreichen Passanten auf dem Weg zur Arbeit erfüllt, aber als sie sich mit Bramley hinter dem Ohr einen Weg durch die Menge bahnte, fiel ihr dies bereits leichter als noch am Tag zuvor.

Ich gewöhne mich an die Hitze, das Getümmel und den Lärm, dachte sie, als sie in eine Gasse abbog, die dem Flussufer Richtung Osten zum Tower folgte. *Aber ich würde alles dafür geben, wieder mit Ma zurück auf der Hexenlichtung zu sein.*

»Ich frage mich, wie es dem kleinen Mädchen heute Morgen geht«, sagte Bramley und durchbrach Hazels Gedankengang. »Ich hoffe, sie wacht wieder auf.«

»Ich auch. Das arme Ding. Bloß gut, dass wir gestern Abend dort waren. Wer weiß, was sonst noch alles passiert wäre?«

»Ja, wir waren wirklich tapfer, nicht wahr?«

»Ja, Bram. Vor allem du.«

Vor lauter Nervosität verspürte Hazel keinen Appetit, aber sie wusste, dass sie etwas essen musste, um bei klarem Verstand zu bleiben, deshalb kaufte sie sich ein Brötchen mit gepökeltem Schweinefleisch und aß es im Gehen.

Sie stieg einige Stufen zu einer Straße hinunter, von der man die Themse und eine scheinbar endlose Reihe vor Anker liegender Boote sehen konnte – sie empfand ein willkommenes Gefühl der Weite nach der zugebauten Enge der London Bridge. Vor ihnen ragte die blasse Steinsäule des Towers von London auf. Die verschiedenen Ebenen seiner Befestigungen und der Weiße Turm selbst glänzten förmlich in der Sonne.

Bramley zupfte an ihrem Ohr. »Da drüben am Tor sind ein paar Jungs. Vielleicht warten die ja auch auf das Auswahlverfahren.«

Hazel nahm all ihren Mut zusammen, rannte über das Straßenpflaster und gesellte sich zu ihnen. Ein paar ältere Jungen betrachteten sie von oben bis unten, schienen jedoch zu dem Schluss zu kommen, dass sie keine allzu große Bedrohung darstellte.

»Die scheinen alle zu finden, dass du wie ein Junge aussiehst«, flüsterte Bramley. »Versuch doch mal, dich mit ihnen zu unterhalten.«

Hazel schlenderte zu einem kleinen, nervös wirkenden Jungen hinüber, der ein Stück abseits von den anderen stand. »Hallo, ich bin Will«, sagte sie so schroff, wie sie konnte. »Bist du auch wegen des Auswahlverfahrens hier?«

»Woher kommt denn plötzlich diese Stimme?«, zischte Bramley. »Hör auf damit – du klingst absolut lächerlich.«

Hazel hustete und kehrte wieder zu ihrer normalen Tonlage zurück. »Tut mir leid, ich bin ein bisschen erkältet.«

»Ich bin Anthony«, erwiderte der Junge. »Ja, ich bin auch deshalb hier.« Er war kleiner als Hazel und unter seinen zerschlissenen Kleidern ganz dünn.

Bevor sie noch etwas zu ihm sagen konnte, öffnete sich mit einem lauten Knarren eines der Eingangstore des Towers. »Es kommt jemand«, flüsterte einer der Jungen, als ein hoch aufgeschossener Mann mittleren Alters, der einen mit Fell besetzten Umhang über seiner Hexenjägeruniform trug, auf sie zumarschierte. Ihm folgten zwei Wachmänner, die breit unter den Visieren ihrer Helme grinsten.

»Aus dem Weg, ihr Bettler und Nichtsnutze«, sagte der Hexenjäger. »Haut ab, verschwindet schon, ihr zerlumpter Haufen.«

Die Jungen scharrten nervös mit den Füßen und ein paar von ihnen wichen einige Schritte zurück. Hazel blieb stehen, wo sie war. Sie spürte, dass das Ganze eine Art Test war.

»Wachen!«, rief der Hexenjäger. »Verscheucht sie oder spießt sie mit euren Schwertern auf, es ist mir gleich.»

»Niemand respektiert Angst, also zeig ihnen auch keine«, flüsterte Bramley, als die Wachmänner näher kamen. »Und dieser alte Windbeutel besteht sowieso nur aus heißer Luft.«

Die Jungen wichen noch weiter zurück und ließen Hazel und Anthony, der hinter ihr stand, ungeschützt zurück. Der Hexenjäger funkelte sie böse an, aber sie weigerte sich kleinbeizugeben.

»Ich bin kein Bettler«, sagte sie und hielt das Pamphlet vor sich hoch. »Ich bin wegen des Auswahlverfahrens hier. Ich will für den Orden arbeiten.«

Anthony hob eine Hand. »Ich auch.«

Der Hexenjäger betrachtete Hazel einen Augenblick lang. »Nun gut«, erwiderte er dann und marschierte mit über den Boden wischendem Umhang zurück zum Tor.

Hazel und die anderen folgten ihm hindurch. Zu ihrer Linken ragte eine riesige Steinmauer empor, die den Weißen Turm umschloss, während zu ihrer Rechten ein breiter Hang zum Fluss hinabführte. Vor ihnen befand sich eine schwer bewachte Brücke, die sich zu Cromwell Island über das Wasser spannte.

Ich bin drin, dachte Hazel und spürte, wie ihre Beine ganz wacklig wurden. *Aber komme ich hier auch je wieder raus?*

Der Hexenjäger blieb vor einem Torbogen stehen, durch den Hazel einen Blick auf eine Rasenfläche und einen Teil der mächtigen Grundmauern des Weißen Turms erhaschen konnte.

»Ich bin Sir Edward Grimstone«, begann er und legte die Hand auf eine aufwendig verzierte Pistole, die in einem seitlichen Holster steckte. »Es ist meine Aufgabe zu entscheiden, ob irgendeiner von euch das Zeug dazu hat, für den Orden zu arbeiten. Mein erster Eindruck ist, dass dies bei keinem von euch der Fall ist. Da ich meine Aufgabe jedoch sehr ernst nehme, werde ich das Auswahlverfahren dennoch wie angedacht durchführen.«

Einer der Jungen hob die Hand. »Sir Grimestone –«

»Ich heiße *Grimstone*, du Idiot!«

Der Junge zuckte zusammen. »Entschuldigt bitte, Sir Grimstone … aber werden wir *ihn* auch treffen?«

»Ihn?« Grimstones Mund verzerrte sich zu einem Lächeln. »Ich nehme an, mit *ihn* meinst du General Hopkins? Ihr werdet ihn treffen, aber nur, wenn ihr das Auswahlverfahren übersteht. Folgt mir.«

Er führte sie durch den Torbogen auf den mit Gras bewachsenen Innenhof. Der Weiße Turm thronte über ihnen, und in der Höhe flatterten mehrere Ordensbanner mit den überkreuzten Hämmern. Ein Pavillon stand vor einer Mauer. Darin saßen hinter Schreibtischen sechs sehr ernst dreinblickende Männer. Sie gefielen Hazel kein bisschen.

»Diese Männer werden die Befragungen durchführen«, teilte Grimstone ihnen mit. »Sie haben ihre eigentliche Aufgabe auf Cromwell Island unterbrochen, um mir bei diesem Auswahlverfahren zu helfen. Sie werden jeden einzelnen von euch einer gründlichen Untersuchung unterziehen, um herauszufinden, ob ihr geistig, körperlich und intellektuell dazu in der Lage seid, dem Orden zu dienen.«

»Ich hoffe, sie sind nicht *zu* gründlich«, fiepste Bramley und vergrub sich noch tiefer in Hazels Haar.

Vielleicht hätte ich Bram lieber nicht mitbringen sollen, dachte Hazel. *Seinetwegen – und meinetwegen.*

»Gut«, fuhr Grimstone fort. »Sechs von euch – dort hinein.«

Niemand rührte sich.

Grimstone stieß Hazel in den Rücken. »Nun geh schon, wenn du so scharf darauf bist, dich zu beweisen.«

»Jetzt geht's los«, flüsterte Bramley. »Mach es genau so, wie wir es geübt haben.«

Hazel richtete sich kerzengerade auf und marschierte auf den am nächsten stehenden Schreibtisch zu.

8
Das Auswahlverfahren

»Jede alte Frau mit verrunzeltem Gesicht,
haariger Oberlippe, schiefem Zahn, schielendem Auge
oder scharfer Zunge und einem Hund
oder einer Katze an ihrer Seite steht nicht nur im Verdacht,
sondern kann eindeutig als Hexe betrachtet werden.«

Minister John Gaule

Hazel stand vor dem Schreibtisch ihres Befragers stramm, die Hände auf dem Rücken verschränkt.

Ich muss klug und gehorsam wirken, dachte sie. *Ich nehme an, genau solche Anwärter sucht der Orden.*

»Name?«, bellte der Mann, ohne auch nur von seinen Unterlagen aufzublicken.

»William Lowe«, antwortete Hazel.

»William Lowe, *Sir.*«

»Oh, entschuldigt … ähm, Sir …«

»Alter?«

»Elfeinhalb, Sir.«

»Und woher kommst du?«

»Aus Putney, Sir.«

»Beruf des Vaters?«

»Er ist Teilhaber in einem Unternehmen, Sir. Saxondale und Lowe, Rattenfänger.«

Ihr Befrager schaute mit verschnupftem Blick zu ihr hinauf. »Bisschen klein, was?«

»Ich bin stärker, als ich aussehe«, erwiderte Hazel und richtete sich so gerade auf, wie sie konnte.

»Körperlich nicht überzeugend …« Sein Federkiel kritzelte geschäftig über die Seite.

»Aber sehr eifrig«, fügte Hazel hinzu und hatte bereits jetzt das Gefühl, dass die ganze Sache nicht zu ihren Gunsten verlief.

»Das werde ich beurteilen.« Er erhob sich. »Zieh deine Jacke aus und heb die Arme über den Kopf.«

Hazel tat, wie ihr befohlen war, und spürte, wie Bramley noch tiefer in ihr Haar krabbelte. *Bitte, finde ihn nicht*, dachte sie, als sie der Mann, der unangenehm nach Knoblauch roch, unter den Armen abtastete und prüfend hinter ihre Ohren schaute.

»Kein Anzeichen für die Pest«, verkündete er. »Streck mal die Zunge raus … Hm … Nun, du scheinst gesundheitlich in guter Verfassung zu sein.« Er setzte sich wieder hin und schrieb eine weitere Zeile auf die Seite. »Und jetzt sage mir: Welche ist deine vorherrschende Gemütslage?«

Hazel starrte ihn mit leerem Ausdruck an. »Meine vorherrschende was?

»Gemütslage, Junge, Gemütslage.« Sein vor Tinte triefender Federkiel schwebte über der Seite. »Ich muss das für meine Unterlagen wissen.«

»Wovon redet der denn da?«, flüsterte Bramley.

»Bist du sanguinisch, cholerisch, melancholisch oder phlegmatisch? Nun? Was ist es? Komm schon!«

»Ich bin, äh, melon … melon … Ich bin eine Melone«, wagte Hazel eine Antwort.

»Eine *Melone*, ja?« Ihr Befrager kniff die Augen zusammen. »Dann weißt du also nicht, was die vier Gemütslagen sind?«

Hazel sank in sich zusammen, als ihr bewusst wurde, dass es keinen Sinn hatte zu bluffen. »Nein, Sir.«

»Ungebildet und noch dazu schwächlich.«

»Aber ich bin sehr –«

»Eifrig. Ja, das sagtest du bereits.« Er lehnte sich zurück und betrachtete sie einen Augenblick lang. »Ich werde dir jetzt noch ein paar Fragen stellen. Beantworte sie schnell und aufrichtig.«

Hazel nickte und durchlitt in den folgenden fünfzehn Minuten ein wahres Bombardement aus Fragen zu ihrem Leben, ihrer Familie, ihren Hoffnungen und Träumen. Sie konnte sehen, dass die anderen Aspiranten genau derselben Tortur unterzogen wurden. Auf einige der Fragen war sie vorbereitet, auf andere nicht, aber es zahlte sich aus, dass sie mit Bramley geübt hatte. Im Laufe der Befragung antwortete und improvisierte sie mit immer größerem Selbstvertrauen.

»Eine letzte Frage noch, Junge.« Der Mann legte den Federkiel weg. »Antworte wohlüberlegt. Was würdest du tun, wenn du herausfinden würdest, dass deine Nachbarin eine Hexe ist?«

Die Antwort erschien offensichtlich: *Sie denunzieren! Sie den*

Hexenjägern ausliefern! Gewiss war es das, was er hören wollte, oder?

Aber ich muss ihn auch davon überzeugen, dass ich der richtige Anwärter bin und es verdient habe, diesem brutalen Orden beizutreten. Ich muss mich von allen anderen abheben.

Die Miene ihres Befragers verhärtete sich. »Also?«

»Als ich sieben war, hatte ich einen Hund. Er hieß Stripe«, begann Hazel und suchte nach einer Geschichte, mit der sie ihn an der Nase herumführen konnte. »Eines Tages bin ich mit ihm spazieren gegangen und wir haben eine alte Frau am Straßenrand getroffen. Stripe hat sie angesprungen – er wollte nur spielen, aber die Frau wurde furchtbar wütend. Sie hat nach ihm getreten und geschrien und ihr Gesicht war vor Hass ganz verzerrt.«

Hazel wusste, dass sie die volle Aufmerksamkeit ihres Befragers hatte, als er seinen Federkiel beiseitelegte. Ermutigt spann sie ihre Lügengeschichte noch weiter.

»Ich hatte schreckliche Angst. Ich habe den armen Stripe auf den Arm genommen und bin nach Hause gerannt. Am nächsten Morgen war er tot. Ich habe meinem Vater berichtet, was passiert war, und er hat mir erzählt, dass die alte Frau eine berüchtigte Hexe war und den armen Stripe höchstwahrscheinlich mit einem Fluch belegt und getötet hat.«

Sie blickte ihrem Befrager direkt in die Augen. Was sie als Nächstes sagen würde, widersprach allem, woran sie in Wahrheit glaubte. »Seit jenem Tag *hasse* ich Hexen, und selbst wenn ich herausfinden würde, dass meine eigene Mutter eine ist, würde ich sie auf der Stelle töten.« Hazel musste ein paar Tränen wegblinzeln. Die hässlichen, brutalen Worte schmeckten wie Gift auf ihrer Zunge.

Ihr Befrager blickte sie einen ausgedehnten Moment lang an und entließ sie dann mit einem Winken. »Geh und warte bei den anderen.«

Bildete sie sich das nur ein oder klang seine Stimme ein kleines bisschen wärmer als zuvor?

»Ich weiß, dass es dir bestimmt nicht leichtgefallen ist, das zu sagen«, flüsterte Bramley. »Aber du hast das Richtige getan. Jetzt können wir nur noch abwarten und sehen, was passiert.«

Hazel entdeckte Anthony, der niedergeschlagen draußen vor dem Pavillon stand. »Wie ist es bei dir gelaufen?«, erkundigte sie sich mit einem ermutigenden Lächeln.

»Ich war nervös, da ist er ungeduldig geworden. Und das hat mich dann nur *noch* nervöser gemacht. Ich hab mein Bestes getan, aber …«

»Ich bin mir sicher, dass es gar nicht so schlimm war, wie du glaubst«, versuchte Hazel ihn aufzumuntern.

Die Bewerbungsgespräche waren beendet. Grimstone und die Befrager versammelten sich, berieten sich leise miteinander und blickten immer wieder zu den Aspiranten hinüber. Hazel biss sich auf die Unterlippe. Sie hasste es, warten zu müssen.

Endlich entließ Grimstone die versammelten Männer mit einem Kopfnicken und stolzierte wieder auf die Bewerber zu. Er hielt ein Blatt Papier in der Hand. »Vortreten, wenn ich euren Namen aufrufe. Anthony Simpson.«

Anthony sah ebenso überrascht wie krank vor Schreck aus, als er sich aus der Gruppe löste.

»Bedeutet das, er wurde ausgewählt oder abgelehnt?«, fragte Bramley leise.

Hazel hoffte beinahe, dass er abgelehnt worden war – Anthony schien ihr viel zu nett für die Arbeit des Ordens zu sein.

Grimstones Blick fiel auf sie. »William Lowe.«

Hazel stellte sich neben Anthony und fragte sich, ob sie drin oder draußen war.

»Gut, der Rest von euch kann gehen«, verkündete Grimstone. »William, Anthony, ich habe euch ausgewählt, euch dem Großen Orden der Hexenjäger anzuschließen. Herzlichen Glückwunsch.«

»Du hast es geschafft«, quiekte Bramley, während die erfolglosen Anwärter enttäuscht aus dem Innenhof trotteten. »Gut gemacht!«

Eine Woge der Erleichterung schwappte durch Hazels Körper, und sie konnte gerade noch den Drang unterdrücken, einen Freudenschrei auszustoßen.

»Danke, Sir Grimstone«, sagte sie. »Ich werde Euch nicht enttäuschen.«

»Ich bin nicht derjenige, um den du dir Sorgen machen musst«, erwiderte Grimstone mit einem kalten Lächeln. »Sondern dein neuer Meister.«

9
Eine riskante Enthüllung

»Die Pest! Der fahle Reiter! Und mit ihm,
o seht nur, das Ende der Welt!«

Der apokalyptische Priester Jeremy Coleman

Titus erwachte aus einem Traum, heimgesucht von Erinnerungen an seit Langem verstorbene Freunde und Kameraden. Im Zimmer war es hell, die Sonne stand bereits hoch am Himmel. Er rollte sich aus dem Bett und tauchte sein Gesicht in die Waschschüssel. Er wusste mit jedem schmerzenden Knochen seines Körpers, dass Hazel ohne ihn zum Tower gegangen war.

Werde ich sie auch verlieren? Genauso, wie ich auch alle anderen verloren habe?

Ein Klopfen an der Tür riss ihn aus seinen Gedanken. Titus strich sich das tropfende Haar aus dem Gesicht, glättete sein Hemd und öffnete die Tür. Vor ihm stand Mr Treacher.

»Ah! Guten Morgen, Mr Lowe. Ich habe mich gefragt, ob Ihr vielleicht Frühstück wünscht?«

Titus strich sich über die Kehle. Sie fühlte sich ganz trocken an. Er wollte etwas zu trinken – ein starkes Bier, das ihn davon ablenken würde, dass Hazel ganz allein in der Höhle dieser Ungeheuer war. »Könntet Ihr mir einen Kaffee bringen?«, krächzte er nach einem kurzen, aber heftigen innerlichen Kampf.

»Ich schicke den Stallburschen los, damit er uns eine Kanne besorgt«, erwiderte Treacher. »Und Lizzie?«

»Sie ist unterwegs«, antwortete Titus. »Zu einem … Kunden.«

»Ah, dann erlernt sie bereits das Familiengeschäft?«

Bittere Reue stieg in Titus auf. Er musste an David denken, den Jungen, den er als Lehrling angenommen und dann an den Orden verloren hatte. Und jetzt Hazel – auch sie war zu ihnen gegangen.

Er winkte Treacher ins Zimmer. »Wie geht es dem Mädchen?«

»Sie ist noch immer nicht bei Bewusstsein, das arme kleine Ding. Eure Tochter hat vergangene Nacht großen Mut bewiesen – sie macht Euch alle Ehre.«

»Ihr Mut kommt ganz allein aus ihr selbst. Aber sagt, was den Angriff letzte Nacht angeht: Lizzie hat mir erzählt, es hätte noch andere gegeben?«

Treacher schloss die Tür. »Ich fürchte, ja. Drei Mädchen wurden in den vergangenen Wochen hier in der Gegend aufgefunden. Tot aufgefunden, meine ich.«

»Wisst Ihr, wer sie waren?«

»Nein. Niemand schien sie zu vermissen. Ihre Leichen wurden am Ende in einem Armengrab bestattet.« Treacher wandte den Blick ab und blinzelte wütend. »Wahrscheinlich waren sie Pest-Waisen, die niemanden mehr hatten, der sich um sie kümmerte.«

»Ermittelt denn keiner in dieser Sache?«

»Natürlich nicht! Die Hexenjäger sind das Gesetz, und sie interessieren sich doch nicht für ein paar Straßenkinder.«

Titus strich sich über den Bart und wartete, bis Treacher sich wieder gefangen hatte. »Ihr scheint mir ein gutherziger Kerl zu sein, Mr Treacher. Darf ich Euch etwas anvertrauen?«

»Selbstverständlich.«

»Bevor ich Rattenfänger wurde, gehörte ich zu den persönlichen Hexenfindern des Königs.«

»Was Ihr nicht sagt?« Treachers Augen weiteten sich.

»So war es. In einer Zeit, als das Hexenfinden noch eine Berufung war, auf die man stolz sein konnte. Als es uns noch um Wahrheit und Gerechtigkeit ging und nicht um die gedankenlose Verfolgung all jener, die über magische Kräfte verfügen, wie wir sie heute von Hopkins' Jägern kennen.«

Treacher wirkte nervös. Was Titus ihm anvertraute, galt als Verrat, aber nach einer Weile nickte er und erwiderte: »Wir leben in düsteren Zeiten, Mr Lowe. In sehr düsteren Zeiten.«

»Ich bin froh, dass wir uns einig sind.« Titus streckte eine Hand aus, und Treacher schüttelte sie, ohne zu zögern. »Ich möchte meine alten Kenntnisse dazu einsetzen herauszufinden, was mit diesen Mädchen geschehen ist. Wisst Ihr, wie sie gestorben sind?«

»Ich fürchte, nein. Es kursieren natürlich eine Menge Gerüchte, aber …«

»Ich interessiere mich nur für die Fakten. Wer hat die Leichen untersucht?«

»Das war der alte Seb, unser örtlicher Ombudsmann. Es ist seine Aufgabe, die Verstorbenen in der Gemeinde zu untersuchen und einen wöchentlichen Bericht an den Orden zu schicken.«

»Und wo kann ich ihn finden?«

»Ah, nun da liegt der Hase im Pfeffer«, antwortete Treacher mit einem Kopfschütteln. »Der arme Seb ist der Pest zum Opfer gefallen. Er ist bereits seit einer Woche im Pesthaus. Nach allem, was ich weiß, könnte er ebenso gut bereits tot sein.«

10
Der Generalhexenjäger

»Hexen sind wie Ratten: durchtrieben,
sündhaft und voller Schmutz.«

Matthew Hopkins, Generalhexenjäger

Hazel und Anthony standen stocksteif vor Matthew Hopkins' Amtszimmer in Habachtstellung. Die massive Eichentür war geschlossen, aber sie konnten die hitzige Diskussion im Inneren klar und deutlich mitverfolgen.

»Ihr vernachlässigt Eure Pflicht, General. Die Menschen wollen ihn tot sehen.«

»Die Menschen wissen nicht, was das Beste für sie ist, John. Das tun sie nie.«

»Das muss Hopkins' Stimme sein«, flüsterte Bramley unter Hazels neuer Mütze.

Hazel vermutete dasselbe – sie klang definitiv kalt genug für einen Mann, der einen mörderischen Kreuzzug anführte. Sie bildete sich außerdem ein, auch die erste Stimme erkannt zu haben.

Das ist John Stearne, der sogenannte Hexenschlächter, der Nicholas Murrell verhaftet hat. Wie es scheint, hat er keine Angst davor, seinem Meister die Meinung zu sagen.

Sie zupfte an ihrer neuen Uniform herum. Die weiche schwarze Hose und das Hemd waren in Ordnung, aber die Stiefel drückten ziemlich und die scharlachrote knielange Jacke kratzte am Hals. Aber wenigstens bot die Fellmütze mit dem Abzeichen der überkreuzten Hämmer Bramley ein weiteres Versteck.

»Und was ist mit Cromwell?«, fuhr Stearne mit vor Wut donnernder Stimme fort. »Wenn er wüsste, wie viele Hexen Ihr gefangen haltet …«

»Unser Lordprotektor hat mich mit der Aufgabe betraut, die Dinge hier zu regeln, wie ich es für richtig halte, während er im Norden gegen die Aufständischen kämpft.«

»Er erwartet von Euch, dass Ihr Hexen verfolgt und Euch solcher Bestien wie Murrell *tout de suite* entledigt.«

»*Tout de suite?*«, erwiderte Hopkins. »Oh, John, Ihr überrascht mich wirklich. Ich wusste gar nicht, dass Ihr *Französisch* sprecht.«

»Ich habe drei Jahre bei der Pariser Niederlassung der *Société des Chasse-Sorcières* verbracht, bevor ich mich dem Orden angeschlossen habe.«

»Ah, natürlich, die *trouvez et brûlez*-Brigade. Kein Wunder, dass es Euren Methoden an Subtilität mangelt.« Hopkins seufzte wie ein Vater, der versucht, seinem widerspenstigen Kind Vernunft einzubläuen. »Ich lasse all diese dreckigen Hexen nicht zum Spaß am Leben. Ich tue es, damit wir von ihnen lernen können. Und stellt Euch nur mal vor, welche Geheimnisse Murrell verbirgt! Ihn zu töten, wäre die reinste Verschwendung.«

»Wenn ein Mann eine Kakerlake findet, dann tritt er darauf.«

»Aber ein *gebildeter* Mann weiß, dass es eine Kakerlake nicht immer tötet, wenn man auf sie tritt.«

Hazel zuckte zusammen, als Stearne – ein sehniger Mann, der wie ein Berufsboxer gebaut war – aus dem Amtszimmer in den Korridor stürmte. Hazel und Anthony reckten beide die Hälse, um in den Raum hineinsehen zu können, und erkannten einen kleinen, recht untersetzten Mann, der mit dem Rücken zu ihnen stand und aus dem Fenster blickte.

Wenn das Matthew Hopkins sein sollte, die Geißel aller Hexen in England, dann war er nicht das, was Hazel erwartet hatte.

»Nun, Burschen«, sagte er, ohne sich umzudrehen. »Steht nicht nur da und gafft. Kommt herein.«

Anthony wurde leichenblass und sah aus, als würde er gleich die Flucht ergreifen. Hazel legte eine ermutigende Hand auf seine Schulter und führte ihn ins Zimmer.

»Er muss Augen im Hinterkopf haben«, murmelte Bramley.

Die Sonne glitzerte auf dem Emblem mit den überkreuzten Hämmern an Hopkins' Kragen, als er sich vom Fenster abwandte und sich hinter einen riesigen Eichenschreibtisch setzte. Hazel fiel auf, dass die Nagelhaut an seinen Fingern rot und entzündet aussah, so als hätte er daran herumgekaut.

Er nahm sich einen Augenblick Zeit, um seine Papiere wieder in Ordnung zu bringen, und blickte dann mit einem Lächeln zu ihnen hinauf, das seine kalten blauen Augen nicht erreichte. Die Stille schien sich bis ins Unendliche zu ziehen, bis Hazel es nicht mehr ertragen konnte und herausplatzte: »Vielen Dank, General Hopkins. Anthony und ich fühlen uns überaus geehrt, dass wir auserwählt wurden, dem glorreichen Orden zu dienen.«

Anthony brachte ein ängstliches Nicken zustande.

»Master William Lowe«, begann Hopkins und tippte auf ein Blatt Papier auf seinem Schreibtisch. »Dein Befrager hat mich darüber informiert, dass deine vorherrschende Gemütslage sanguinisch ist: leidenschaftlich und energisch.«

»Ich kann hin und wieder ziemlich hitzig werden, General«, erwiderte Hazel.

»Gut! Genau das wollen wir beim Orden – immerhin ist Feuer unser Handwerkszeug, nicht wahr?«

Hazel musste an die Scheiterhaufen denken, die sie auf ihrer Reise nach London gesehen hatte: die vom Wind verwehten Aschehügel und die bis auf die geschwärzten Stachel heruntergebrannten Pfähle. Sie passte auf, sich die Wut nicht in ihrer Stimme anmerken zu lassen, und pflichtete ihm bei: »Das ist es in der Tat, General.«

»Aber er berichtet mir auch, dass du ziemlich ungebildet bist. Was hast du dazu zu sagen?«

»Ich bin vielleicht nicht so schlau wie andere, General«, antwortete sie und war nicht in der Lage, ihren aufsteigenden Groll gänzlich zu verbergen, »aber ich bin *nicht* dumm.«

Hopkins' Lächeln fiel wie ein Bleigewicht aus seinem Gesicht. »War das mein erster Ausblick auf dein hitziges Temperament, William?«

»Es ist wahrscheinlich besser, wenn du den Generalhexenjäger nicht anbrüllst«, zischte Bramley.

»Ich bitte um Verzeihung«, sagte Hazel. »Was ich damit sagen wollte, ist, dass ich unbedingt lernen möchte und glaube, dass dies hier dafür der beste Ort für mich ist.«

»Wir werden sehen.« Hopkins wandte sich an Anthony und lächelte ihn an, wie eine Schlange eine in die Ecke gedrängte Maus anlächeln würde. »Master Anthony Simpson. Du bist genau das, wonach ich suche. Ein so engelsgleiches Gesicht! Ein Idealbild kindlicher Unschuld. Perfekt geeignet für die spezielle Aufgabe, die ich für dich vorgesehen habe. Aber alles zu seiner Zeit, nicht wahr?«

Hopkins lehnte sich zufrieden auf seinem Stuhl zurück und faltete die Hände über dem Bauch. »William, Anthony, ihr seid nun Aspiranten des Großen Ordens der Hexenfinder. Ihr werdet mir direkt Bericht erstatten, aber auch die Befehle ausführen, die euch ranghöhere Offiziere geben – was in eurem Fall alle anderen sind. Verstanden?«

»Ja, General«, antworteten Hazel und Anthony.

»Gut. Als Gegenleistung für eure loyalen und unerschütterlichen Dienste werde ich dafür Sorge tragen, dass ihr zu essen bekommt, unterrichtet werdet und es euch an nichts fehlt. Ich habe hier im Weißen Turm Zimmer für euch vorbereitet. Anthony – du hast deinem Befrager berichtet, dass es deiner Mutter nicht gut geht?«

»Äh, ja, General«, erwiderte Anthony und wirkte überrascht. »Ich möchte genug Geld verdienen, um einen Arzneikundigen bezahlen zu können, der –«

Hopkins winkte mit einer Hand ab. »Dazu besteht keine Notwendigkeit. Ich werde meinen persönlichen Leibarzt zu ihr schicken, damit er sieht, was er für sie tun kann.«

Anthony klappte die Kinnlade herunter. »D-danke, General.«

»Der Orden kümmert sich um die Seinen. Ich bringe dich sofort zu ihm, dann kannst du ihm sagen, wo sie wohnt.« Er erhob sich und ging mit Anthony im Schlepptau zur Tür. »William, ich kann Staub nicht ertragen – putze mein Amtszimmer, während ich weg bin. Ich will, dass sämtliche Oberflächen makellos sind. In der Schublade dort findest du ein Staubtuch. Komm jetzt, Anthony.«

Hazel schloss die Tür hinter ihnen und atmete langsam und zitternd aus.

»Also«, sagte Bramley und kletterte auf ihre Schulter hinunter, »du kannst sagen, was du willst, aber das nenne ich einen Mann voller Widersprüche.«

Hazel schüttelte fassungslos den Kopf. »Wie kann ein solches Ungeheuer einem normalen Menschen äußerlich nur so ähnlich sein?«

»Ich kann Staub nicht *ertragen*«, imitierte Bramley Hopkins sehr überzeugend. »Du machst dich wohl besser an die Arbeit, Master Lowe. Und stöbere mal ein bisschen herum, wenn du sowieso schon dabei bist. Vielleicht findest du ja einen Hinweis darauf, wo sie Murrell festhalten. Schau für den Anfang am besten auf seinem Schreibtisch nach.«

Mit dem Rücken zur Tür lehnte sich Hazel über den Schreibtisch und blätterte durch einen Stapel mit Ledermappen: *Neuigkeiten aus Salem, Das Schwurgericht von Lancaster, Die Hexenprozesse von North Berwick.* Schließlich entdeckte sie jedoch etwas, das ihr Herz höher schlagen ließ.

»*Ein kurzer Bericht über Englands Feind*«, rief sie aus, »*Nicolas Murrell.*«

»Oooh! Na los, mach ihn auf. Schnell!«

Hazels Blick wanderte zur Tür. »Es sieht dir gar nicht ähnlich, mir etwas so Riskantes vorzuschlagen.«

»Ha! Wir sind im Amtszimmer des Generalhexenjägers. Wie könnte es für uns wohl noch gefährlicher werden?«

In der Mappe befand sich ein Stapel Papiere. Das oberste war ein verblasstes Plakat, auf dem ein recht dämonisch aussehender Murrell zu sehen war.

»Und? Was steht da?«, drängte Bramley.

»*Nicolas Murrell*«, las Hazel vor. »*Gesucht für die Kapitalverbrechen Dämonenverehrung, Verschwörung mit Hexen, Mord und Hochverrat.*«

Sie blätterte den Stapel noch weiter durch und überflog verschiedene Berichte über mögliche Sichtungen sowie Niederschriften zu Verhören von Hexen, die Murrell gekannt hatten. »Hopkins hat auf jeden Fall hart dafür gearbeitet, ihn aufzuspüren.«

»Steht da irgendetwas darüber, wo sie ihn festhalten?«

»Gib mir noch einen Moment ...« Hazel beugte sich tiefer nach unten, um eine verschmierte Stelle zu entziffern. »Das ist ziemlich viel zu lesen. Haftbefehle, Nachrichtenpamphlete ...«

Bramley spannte sich an und krabbelte langsam wieder in ihr Haar zurück. »Es ist jemand hinter uns, Hazel. *Ich glaube, es ist er!*«

11
Der alte Seb

Jene, die mit dem entsprechenden Stand
oder Vermögen gesegnet sind,
können sich in einem Pesthaus
von ihrer Krankheit erholen.

Die Pest: Eine finstre Geschichte von Dr. Louis Székely

Der Wachmann schaute Titus misstrauisch an. »Nur, damit ich das richtig verstehe: Ihr wollt tatsächlich in dieses Pesthaus *hinein*?«

Titus hatte einen langen Weg in der Hitze durch Southwarks äußere Bezirke hinter sich, und der trostlose Anblick des Pesthauses – ein großes Steingebäude, das einsam und verlassen inmitten eines sonnenüberfluteten Fleckchens aus Brachland stand – hatte auch nicht dazu beigetragen, seine Stimmung zu heben.

»Will ich.« Er nickte.

»Aber niemand außer den Pestärzten geht da freiwillig hinein.«

»Nichtsdestotrotz bitte ich um Einlass.«

»Aber *warum*?«

»Ich muss mit Sebastian Middleton in einer äußerst dringlichen Angelegenheit sprechen. Wisst Ihr, ob er noch am Leben ist?«

»Der Ombudsmann? Gerade so eben.«

»Gott sei Dank.« Titus hielt zwei Goldmünzen hoch und rieb sie zwischen Daumen und Zeigefinger. »Also, führt Ihr mich zu ihm?«

Der Wachmann zuckte mit den Schultern und nahm das Geld. »Ist Eure Sache, schätze ich. Kommt mit mir.«

Als Titus das Pesthaus betrat, fragte er sich, was seine unglücklichen Bewohner wohl von den überkreuzten Knochen und dem grinsenden Totenschädel hielten, die in die Traufe und den Türrahmen eingeritzt waren.

Der Wachmann blieb am Ende des Korridors stehen. »Ihr könnt dort drinnen warten. Ich sehe mal nach, ob Seb in der Lage ist, zu Euch zu kommen.«

Titus trat in ein kleines Empfangszimmer mit von Motten zerfressenen Wandteppichen. Kräuterbündel waren überall auf dem Boden verteilt und erfüllten die Luft mit einem beißend süßlichen Geruch. Er zog seinen Mantel aus und setzte sich ans Fenster. Er konnte die Sonne auf seinem Rücken spüren.

Ich schätze, das ist immer noch besser, als im eigenen Haus eingesperrt und dem Tod überlassen zu werden, dachte er. *Aber es ist trotzdem ein erbärmlicher Ort, um auf sein Ende zu warten.*

Die Tür ging auf und ein Mann mit gelblicher, schweißbedeckter Haut schlurfte ins Zimmer. Er zählte vermutlich höchstens vierzig Lenze, aber seine Krankheit ließ ihn doppelt so alt aussehen. Die Decken, die über seinen Schultern lagen, dienten zweifellos dazu, die Pestbeulen hinter seinen Ohren zu verbergen.

Titus hatte früher bereits Pestopfer gesehen und wusste, dass dieser Mann schon bald tot sein würde, falls nicht noch ein Wunder geschah. Er ließ sich sein Mitleid jedoch nicht anmerken und streckte ihm eine Hand entgegen.

Der Mann winkte ab. »Besser nicht, was?« Seine Stimme klang verschleimt, und jede seiner vorsichtigen Bewegungen zeugte von den Schmerzen, die er litt. Dennoch schaute er Titus mit klaren blauen Augen an.

»Sebastian Middleton?«, fragte Titus. »Southwarks gewählter Ombudsmann?«

»Der bin ich«, antwortete er und ließ sich auf einen Stuhl nieder. »Steht nicht so da, Mann. Setzt Euch, setzt Euch.«

»Danke sehr.« Titus räusperte sich. »Mein Name ist Titus White. Mein aufrichtiges Beileid wegen Eures … äh … Zustands.«

Sebs Lachen klang wie ein hohles Bellen. »Noch bin ich nicht tot, Mr White, auch wenn ich vielleicht so aussehe. Also, was führt Euch zu mir? Ich bin wirklich neugierig.«

Titus beobachtete Seb aufmerksam und antwortete: »Ich möchte mit Euch über die toten Mädchen sprechen.«

Einen Moment lang sagte der Ombudsmann nichts, und die beiden Männer sahen einander schweigend an, während das Stöhnen der Kranken durch die Wände zu ihnen drang. »Warum wollt Ihr das wissen?«

»Ich habe ein Mündel, ein Mädchen, ungefähr im selben Alter wie die Kinder, die gestorben sind. Ich möchte, dass sie auf Londons Straßen sicher ist.«

»Ich verstehe. Und was führt Euch zu der Annahme, dass Ihr irgendetwas unternehmen könnt?«

»Ich verfüge über sehr spezielle Fähigkeiten«, antwortete Titus und lehnte sich vor. »Fähigkeiten, die ich mir im Laufe einer langen Karriere erarbeitet habe und von denen ich glaube, dass sie in einem Fall wie diesem von Nutzen sein können.«

»Ach? Eine Karriere als was?«

Titus schenkte ihm ein flüchtiges Lächeln. »Als Hexenfinder. Also, werdet Ihr mir nun helfen, der Sache ein Ende zu bereiten?«

Seb betrachtete Titus einen ausgedehnten Augenblick lang und lehnte sich dann auf seinem Stuhl zurück. »Das werde ich.«

»Ich danke Euch.« Titus hielt die entsprechende Anzahl von Fingern hoch. »Drei Opfer?«

Seb nickte. »Soweit ich weiß.«

»Und alle wurden in Gassen und Nebenstraßen in Southwark gefunden?«

»Ja. Waisen, nehme ich an, elf oder zwölf Jahre alt. Arme, zerlumpte Geschöpfe.«

»Aber dass Kinder sterben ist doch nichts Ungewöhnliches, vor allem bei einer Pestepidemie. Warum waren diese Fälle anders?« Titus wartete, während Seb rasselnd Atem holte.

»Die Armen sterben normalerweise an irgendwelchen Krankheiten oder verhungern einfach. Bei diesen Mädchen fanden sich jedoch keinerlei Anzeichen für etwas Derartiges – keine Beulen, keine infizierten Wunden. Körperlich schienen sie relativ gesund zu sein.«

»Dann wisst Ihr also nicht, wie sie gestorben sind?«

»Oh doch, ich weiß, *wie* sie gestorben sind. Ich weiß nur nicht, was es ausgelöst hat.«

Titus runzelte die Stirn. »Wie meint Ihr das?«

»Was ich damit meine, Sir, ist, dass diese Mädchen vor Angst gestorben sind.«

»Vor Angst?«

»Ihre Leichen waren ganz steif und verkrampft, Augen und Mund weit aufgerissen.« Seine Stimme senkte sich zu einem Flüstern. »So als seien sie … schreiend gestorben.«

»Gütiger Gott … Habt Ihr dem Orden davon berichtet?«

»Selbstverständlich. Ich habe ihnen gesagt, dass etwas Tödliches durch die Straßen von Southwark streift und dass ich Hilfe brauche, um der Sache nachzugehen.«

»Aber sie haben nichts getan?«

»Nicht das Geringste, verdammt sollen sie sein!«, spuckte Seb aus. »Aber was kümmern sie schon die Armen und Notleidenden?«

»Der Orden ist selbst eine Pest«, murmelte Titus.

»Freibeuter und Mörder, das sind sie.« Seb hauchte zitternd Luft aus. »Ich klammere mich mit all meiner Kraft ans Leben, Hexenfinder. Aber wenn ich nicht mehr da bin, werde ich diese Welt, die wir erschaffen haben, nicht vermissen.«

»Hier, nehmt das.« Titus holte seinen Flachmann heraus und legte ihn in Sebs zitternde Hand. »Und falls Ihr Euch noch an irgendetwas anderes erinnert, schickt eine Nachricht an Arthur Lowe in der Geschmückten Mähre.«

»Arthur Lowe?«

»Die Umstände haben mich dazu gezwungen, inkognito zu reisen.« Titus lächelte. »Auf Wiedersehen, Sebastian.«

»Auf Wiedersehen. Und, Hexenfinder?«

Titus blieb in der Tür noch einmal stehen. »Ja?«

»Seid vorsichtig. Was auch immer da draußen ist, ich glaube nicht, dass es ein Mensch ist.«

12
Eine Beförderung

»Mein Vertrauter ist ein nachtschwarzer Kater –
Dunkler Ted ist sein Name.«

Zoe Lake, die Hexe von Blean Common

»Was tust du da?« Hopkins' Stimme, kalt und kontrolliert, dröhnte direkt in Hazels Ohr.

Wie konnte er sich an mich heranschleichen, ohne dass ich ihn höre?, fragte sich Hazel erschrocken. *Und hat er Bramley gesehen?*

»Ich habe dir eine Frage gestellt.« Jetzt war seine Stimme in ihrem anderen Ohr. »Und ich erwarte eine Antwort. Sieh mich an, William, und rechtfertige dich.«

Hazel drehte sich um. Hopkins stand so dicht vor ihr, dass sie sich gegen den Schreibtisch zurücklehnen musste. Sein weiches Gesicht war ausdruckslos, aber seine angespannten Lippen ließen Hazel ganz schwindlig werden.

»Ich habe … habe abgestaubt, wie Ihr es mir aufgetragen hattet, General«, antwortete Hazel und versuchte, das Zittern in ihrer Stimme zu kontrollieren. Hopkins rührte sich immer noch nicht vom Fleck und die Schreibtischkante grub sich schmerzhaft in ihren Rücken.

Seine Augen wurden eiskalt. »Wenn du abgestaubt hast, wo ist dann dein Tuch?«

»Ich wollte gerade –«

»Lüg mich nie wieder an!«, brüllte Hopkins. »Sag mir die Wahrheit oder ich werfe dich den Hunden zum Fraß vor.«

Hazel wimmerte vor Angst. Dieser kleine, stämmige Mann verfügte zwar nicht über dieselben Kräfte wie die Hexen und Dämonen, denen sie bereits gegenübergestanden hatte, aber seine Augen schienen sich bis in ihre Seele zu bohren. *Er weiß, dass ich ein Mädchen bin. Er weiß, dass ich eine Hexe bin. Er weiß alles …*

Bramley, der nun tief in ihrem Haar versteckt war, schickte einen kleinen magischen Impuls aus. Seine Wärme breitete sich auf ihrer Kopfhaut aus und schoss ihre Wirbelsäule hinunter.

Hazel holte tief Luft und sprach so ruhig, wie sie konnte. »Es tut mir leid, General, aber als ich den Namen auf der Mappe gesehen habe, konnte ich nicht widerstehen und musste sie mir einfach ansehen.«

»Welchen Namen?«, zischte Hopkins.

»Nun, Nicolas Murrell – alle in London sprechen über ihn.«

»Tun sie das?« Hopkins machte einen Schritt zurück.

»Oh ja«, versicherte Hazel. »Sie sagen, er sei ein gefährlicher Verbrecher und Euer wichtigster Gefangener. Ich war so neugierig und wollte nur mal einen Blick in seine Akte werfen.«

»Du weißt doch, was mit neugierigen Kindern passiert, oder, William?«

»Sie werden den Hunden zum Fraß vorgeworfen, Sir?«

Hopkins Augen wirkten wieder ein kleines bisschen wärmer. Er zeigte mit einem Kopfnicken auf die Mappe. »Dann kannst du also lesen. Das ist ungewöhnlich für den Sohn eines Rattenfängers.«

»Mein Vater hat es mir beigebracht«, erwiderte Hazel, erleichtert, dass der Großteil von Hopkins' Zorn verflogen zu sein schien. »Er war der Ansicht, es sei wichtig, dass ich etwas lerne, damit ich im Leben vorankomme.«

»Ein kluger Mann.« Hopkins lehnte sich an ihr vorbei, steckte die Papiere zurück in die Ledermappe und verknotete das Band wieder.

»Es tut mir aufrichtig leid, dass ich meine Nase in Dinge gesteckt habe, die mich nichts angehen«, sagte Hazel demütig. »Aber ich will schon mein ganzes Leben lang Hexenjäger werden, und es ist mein glühendster Wunsch, dem Orden zu helfen, wo ich nur kann.«

»Was du getan hast, war falsch. Aber was noch schlimmer ist: Du hast zugelassen, dass ich dich auf frischer Tat ertappe – du musst dich schlauer verhalten, wenn du wirklich Hexenjäger werden willst.« Hopkins trommelte mit den Fingern auf der Mappe herum. »Aber ich glaube, dass du im Innersten ein ehrlicher Mensch bist. Sage mir, William, kannst du auch schreiben und nicht nur lesen?«

Hazel nickte eifrig. »Meine Schreibkünste sind ausgezeichnet.«

»Hm, nun, wie es der Zufall so will, ist mein Schreiber unpässlich und ich brauche einen lese- und schreibkundigen Ersatz für ihn. Denkst du, dass du dieser Aufgabe gewachsen bist? Es wird nicht leicht werden. Du musst den ganzen Tag an meiner Seite sein, dir Notizen machen und anschließend meine Verhöre zu Papier bringen.«

Bramley krabbelte näher zu ihrem Ohr. »Das bedeutet, dass du Murrell vielleicht ganz nahe kommst. Sag schnell Ja, bevor er es sich anders überlegt.«

Hazel richtete sich zu ihrer vollen Größe auf. »Es wäre mir eine Ehre, General.«

»Gut. Aber vergiss nicht: Du bist noch in der Probezeit. Wenn du versagst, dann darfst du wieder Putzdienste verrichten. Komm mit mir, ich will dir das Zimmer des Schreibers zeigen.«

Hazel, die sich noch immer ein bisschen wacklig fühlte, folgte Hopkins zum Ende des Korridors. »Ich hoffe, es ist nicht ungehörig von mir, das zu fragen, General, aber was ist denn mit Eurem letzten Schreiber geschehen?«

»Ich bedauere, dir das sagen zu müssen, aber er wurde bei der Ausübung seiner Pflichten schwer verwundet«, antwortete Hopkins und schob sie in einen kleinen Raum mit einem Schreibtisch und einem Fenster mit Blick auf die Einfriedung des Towers.

Regale voller Bücher und Register säumten die Wände, und in einer Ecke lag eine Strohmatratze, auf der sich Decken stapelten. Für ein Zimmer im meistgefürchteten Gebäude ganz Englands fand Hazel es überraschend gemütlich.

»Und was genau ist mit ihm geschehen?«, wollte sie wissen.

»Es geschah während eines Verhörs. Wir hatten die Gefangene, eine verurteilte Hexe, bereits seit Wochen ausgehungert, und es war niemandem aufgefallen, dass sie inzwischen so dünn geworden war, dass sie die Hände aus ihren Handschellen befreien konnte. Tja, sie hat sich mit aller Kraft auf den armen Gerard gestürzt, beißend und kratzend …« Hopkins schüttelte den Kopf und wirkte aufrichtig aufgewühlt. »Er kann nun niemandem mehr von Nutzen sein.«

Hazel drehte sich der Magen um, als sie sich fragte, welch grauenvolle Rache Hopkins an der Hexe geübt hatte. »Ich bin bereit, sämtliche Risiken einzugehen, wenn das bedeutet, dass es der Sache des Ordens dient«, verkündete sie.

Hopkins nickte anerkennend und reichte Hazel eine kleine Pergamentrolle, die mit einem Wachsstempel versiegelt war. »Das ist mein offizielles Siegel. Wenn du es den Wachen zeigst, wird dir an jedem Tor des Towers Einlass gewährt.«

»Kann ich damit auch nach Cromwell Island?«, fragte Hazel hoffnungsvoll.

»Nicht alleine, aber du wirst die Insel gewiss schon sehr bald besuchen. Ich werde morgen keinen Geringeren als Nicolas Murrell einem weiteren Verhör unterziehen, und es wird deine Aufgabe sein, es niederzuschreiben. Deshalb solltest du dich nun ausruhen, Master Lowe, denn deine richtige Arbeit für den Orden wird schon sehr bald beginnen.«

13
Drei Sommer alt

Man nimmt an, dass Tiervertraute
eine längere Lebenserwartung haben.
Von Unfällen einmal abgesehen,
können sie mindestens so lange leben
wie die Hexen, die sie begleiten.

Eine Studie der Magischen Fauna von Dr. Neil Fallon

Hazel schloss die Tür zu ihrem Zimmer und holte zitternd Luft. »Wir haben's geschafft. Ich kann es kaum glauben.«

Das Adrenalin, das ihr dabei geholfen hatte, die ganze Sache zu überstehen, löste sich wieder in ihren Adern auf und ließ sie ganz schwach und wackelig zurück. Alles, was sie wollte, war, sich auf dem Bett zusammenzurollen und zu schlafen.

»Ich weiß«, sagte Bramley, hüpfte auf ihre Schulter und schüttelte sich. »Das hast du wirklich gut gemacht – sie haben uns nicht umgebracht.«

Hazel blickte aus dem Fenster auf die umgebenden Mauern und sah Wachmänner, die auf den Zinnen patrouillierten. Dahinter ragte Cromwell Island auf, ein monumentaler Albtraum aus schwarzem Stein.

»Wir befinden uns hier mitten im finsteren Herzen des Bösen«, sagte sie, öffnete das Fenster und ließ sich von der Brise das Gesicht kühlen. »Oh, Bram, als Hopkins hinter uns aufgetaucht ist, dachte ich, das war's.«

»Aber du hast dich aus der Sache wieder erfolgreich herausgeredet, oder etwa nicht?«

»Aber was ist mit dem nächsten Mal? Wenn ich versage ...«

»Du bist ja wirklich in blendender Stimmung. Jetzt hör mir mal zu, du törichtes Kind! Es mag vielleicht nicht danach aussehen, aber wir haben diesen abscheulichen Männern gegenüber tatsächlich einen entscheidenden Vorteil.« Bramley kletterte auf das Fensterbrett hinunter und fixierte sie mit ernstem Blick. »Ich meine, denk doch mal nach: Wer um alles in der Welt würde, sofern er sich bester geistiger Gesundheit erfreut, auch nur auf die Idee kommen, dass irgendeine Hexe dumm, waghalsig und verrückt genug sein könnte, sich ins Herz des Großen Ordens der Hexenjäger einzuschleichen?«

»Niemand, schätze ich ...«, murmelte Hazel und legte die Stirn in Falten.

»Ganz genau. Das mögen vielleicht professionelle Jäger sein, aber der einzige Ort in ganz England, an dem sie *nicht* nach Hexen suchen, ist hier, in ihren eigenen Reihen. Und«, fügte Bramley mit erhobener Kralle hinzu, »ich weiß zwar nicht, was das über dich aussagt, aber Hopkins, dieses Ungeheuer, scheint dich in gewisser Hinsicht tatsächlich zu schätzen. Ich glaube, er mag deinen Mumm.« Er zwickte sie freundschaftlich in den Finger. »Ich fordere das Schicksal zwar nur sehr ungern heraus, Hazel, aber bisher schlagen wir uns sehr gut. Also, Kopf hoch, hörst du?«

»Ich versuch's. Danke, Bram.« Hazel setzte sich an den Schreibtisch und schüttelte ihr Haar aus. Es fühlte sich immer noch seltsam an, dass es jetzt so kurz war.

»Ich hoffe, Titus geht es gut. Ich wünsche mir langsam, ich hätte mich von ihm verabschiedet.«

»Er ist ungefähr hundert Jahre alt – er kann auf sich selbst aufpassen.«

»Ich schätze schon …« Hazel sah zu, wie ihr Vertrauter seine Schnurrhaare putzte. Das rostrote Fell auf seinem Rücken leuchtete in der Sonne. »Und wie alt bist du, Bram?«

»Das ist mein dritter Sommer.«

»Und wie lange leben Haselmäuse für gewöhnlich?«

»Oh, ewig.« Bramley hörte auf, sich zu putzen, und warf ihr einen verschmitzten Blick zu. »Du machst dir Sorgen, dass ich vor dir sterben werde, stimmt's?«

Hazel wandte den Blick ab. »Ja, schon ein bisschen.«

»Tja, das musst du nicht. Ich habe noch jede Menge Sommer vor mir. Und außerdem gibt es Dringenderes, worüber wir uns den Kopf zerbrechen sollten.«

»Das Verhör mit Murrell morgen?«, fragte Hazel, zog die Jacke aus und kratzte sich an der juckenden Stelle an ihrem Hals.

»Das Verhör, ganz genau. Wir müssen Murrell eine Nachricht zukommen lassen, *bevor* es so weit ist. Wenn du einfach so mit Hopkins in seiner Zelle auftauchst, wird er dich mit ziemlicher Sicherheit erkennen und dich verraten.«

»Murrell mag mich vielleicht hassen, Bram, aber ich glaube nicht, dass er mich an den Orden ausliefern würde.«

»Nicht absichtlich, da stimme ich dir zu. Aber er könnte es aus Versehen tun. Ich meine, er wird schließlich ziemlich überrascht sein, dich zu sehen, oder etwa nicht?«

»Oh! Du hast recht.« Hazel spürte, wie sich eiskalte Angst um ihre Wirbelsäule krallte. »Aber wie soll ich zu ihm kommen? Auf der Insel habe ich keinen Zutritt.«

»Du nicht, nein, aber ich schon.«

Hazel starrte ihn an. »Du denkst doch wohl nicht darüber nach, allein dort hinzugehen, oder?«

»Ich bin darüber ja auch nicht begeistert, aber ich glaube nicht, dass wir eine andere Wahl haben.« Bramley setzte sich auf die Hinterbeine und strich das Fell an seinem runden Bauch glatt. »Und außerdem passiert mir schon nichts. Guck doch mal, wie klein und flink ich bin. Und außerdem verfüge ich über einen ausgezeichneten Orientierungssinn.«

»Auf *gar* keinen Fall«, widersprach Hazel, stürmte zum Fenster und hob ihn hoch. »Allein schon der Gedanke daran –«

»Still! Ich muss das machen und ich muss es *alleine* machen. Wir haben keine andere Möglichkeit, diesem armseligen Mann eine Nachricht zu übermitteln.«

Tränen brannten in Hazels Augen. »Nein, nein, *nein*! Ich werde das nicht zulassen … Was, wenn du dich verirrst?« Ihr entwich ein ängstlicher Schrei. »Oh, Bram. Was, wenn jemand auf dich *tritt*?«

»Also wirklich!« Bramley richtete sich zu seiner vollen Größe von sechseinhalb Zentimetern auf und plusterte seine Brust auf. »Wofür hältst du mich denn? Für eine dusslige Zwergmaus? Ich kann sehr gut auf mich selbst aufpassen, vielen herzlichen Dank. Ich verstecke mich in den Schatten und krieche unter Türen und durch Gitter und Tore hindurch, bis ich ihn gefunden habe.« Bramleys Stimme wurde wieder sanfter. »Nicht weinen, Hazel – ich bin zurück, ehe du dich‘s versiehst.«

Hazel wischte sich die Nase mit einem Ärmel ab. »Na schön, du törichte, *törichte* Haselmaus.«

»Schon besser. Gut, du musst mich so dicht wie möglich an die Brücke ranbringen. Die Zeit drängt, wir sollten uns also besser beeilen.«

Hazel drückte Bramley einen Augenblick lang ganz fest an ihr Herz und ließ ihn dann wieder auf ihre Schulter hinaufkrabbeln. Sie setzte die Mütze auf, streifte die Jacke über und verließ das Zimmer. Niemand nahm Notiz von ihr, als sie die Treppe hinunter und durch den Innenhof ging.

Auf dem Themsedamm wimmelte es von patrouillierenden Soldaten, tratschenden Beamten und umherstreifenden Hexenjägern. Hazel hielt den Blick gesenkt und eilte an ihnen allen vorbei auf die Brücke zu, die nach Cromwell Island führte.

»Hazel, wir versuchen, uns unauffällig zu verhalten«, schimpfte Bramley mit ihr. »Ich habe noch nie jemanden gesehen, der suspekter ausgesehen hätte.«

»Ich komme mir auch suspekt *vor*«, zischte Hazel zurück. »Ich habe mich noch nie suspekter gefühlt.«

»Hol tief Luft, geh langsamer und lass deine Schritte ein bisschen mehr federn«, sagte Bramley und streichelte mit seinem Schwanz über ihren Nacken. »So ist es gut! Augen *hoch*, Mädchen. Wir sind fast da …«

Hazel wurde langsamer, als sie den Schatten erreichten, den Cromwell Island über das Wasser warf. Einer der Soldaten, die die Brücke bewachten, musterte sie kurz, erkannte dann jedoch ihre Uniform und widmete sich wieder seiner Unterhaltung.

»Ich glaube, näher komme ich nicht ran«, sagte sie und beugte sich nach unten, als wollte sie ihre Schnürsenkel zubinden.

»Ich weiß nicht, wie lange das dauern wird«, begann Bramley, »und es ist ein weiter Weg zurück zu deinem Zimmer im Tower. Es ist besser, wenn wir uns morgen wieder hier treffen. Komm und hol mich hier ab, wenn du kannst.«

»Du kommst *besser* zurück«, flüsterte Hazel und die Worte blieben ihr beinahe im Hals stecken.

»Das werde ich.« Bramley krabbelte an ihrem Arm hinunter. »Niemand wird so ein winziges Ding wie mich bemerken, hab ich recht?«

Bevor Hazel Gelegenheit hatte, sich richtig von ihm zu verabschieden, sprang ihr kleiner Vertrauter in den Rinnstein hinab und trippelte in Richtung der Brücke davon. Sie wäre ihm am liebsten nachgerannt und hätte ihn eingefangen und nie wieder losgelassen. Aber stattdessen machte sie sich langsam auf den Weg zurück zum Tower.

Bilder und Geräusche rauschten an ihr vorbei und durch sie hindurch. Sie konnte weder die Sonne spüren noch die sanfte Brise. Alles, was sie durch ihre Benommenheit wahrnahm, war ein schmerzvolles Gefühl des Verlustes in ihrer Magengegend. Bramley war fort und er kehrte vielleicht nie wieder zu ihr zurück.

Sie rannte die Treppe hinauf, als ihr bewusst wurde, dass sie die Schleusen nicht mehr länger würde halten können – und tatsächlich: Als sie ihr Zimmer erreicht und die Tür hinter sich geschlossen hatte, sank sie zu Boden und weinte bitterlich bis tief in die Nacht hinein.

Es war bereits dunkel, ihre Augen rot und ihr Gesicht verquollen, als sich Hazel wieder fasste und beschloss, ein wenig zu lesen, um sich abzulenken und sich nicht mehr so viele Sorgen um Bramley zu machen. Sie entschied sich für ein Buch mit dem Titel *Die Schwarze Bibliothek* von Marcus Gascoigne, zündete eine Lampe an und setzte sich an ihren Schreibtisch, um sich die kommenden Stunden bis zum Morgen zu vertreiben.

Ihre Augenlider wurden bereits schwerer, als sich die Tür öffnete und Hopkins hereinplatzte.

»William«, brüllte er. »Dann konntest du also auch nicht schlafen? Ausgezeichnet!«

Hazel sprang von ihrem Stuhl auf. »General, Sir. Wie spät ist es denn? Ist alles in Ordnung?«

»Oh ja, alles bestens«, versicherte Hopkins und wippte auf den Fußballen auf und ab. »Und es ist drei Uhr morgens. Pack deine Sachen zusammen, schnell. Tinte, Federkiele, Papier und den Klapptisch dort drüben.«

»Aber wo gehen wir denn hin?«

»Nicolas Murrell verhören, natürlich«, erwiderte Hopkins mit einem breiten Grinsen. »Wir gehen schon früher – ich bin in der Stimmung für Folter.«

14
Gewisse Methoden

»Der Orden ist wie ein Besen,
der die Nation säubern wird.«

Ordensgrande Edward Grimstone

Schwer beladen mit Angst und einem tragbaren Schreibtisch folgte Hazel Hopkins und seinen beiden in blaue Roben gehüllten Gehilfen über die Brücke zu Cromwell Island.

Bramley war nicht an dem Platz gewesen, den sie als Treffpunkt vereinbart hatten, was bedeutete, dass er sich immer noch dort drinnen befand. Hazel hatte keine Ahnung, ob es ihm gelungen war, Murrell vorzuwarnen und ihm zu erklären, dass sie sich als Junge getarnt Zugang zum Tower erschlichen hatte und auf dem Weg zu ihm war. Was ihr jedoch noch mehr zusetzte: Sie wusste nicht, ob er sich verirrt hatte oder verletzt war … oder noch Schlimmeres.

Er ist nicht tot, dachte sie eher hoffend als gewiss. *Ich würde es doch bestimmt spüren, wenn es so wäre?*

In der Mauer öffnete sich eine schwere Tür neben dem doppelflügeligen Haupttor. Ein Wachmann trat heraus und salutierte, als Hopkins und seine Gehilfen an ihm vorbeimarschierten. Hazel erinnerte sich selbst daran, dass sie das alles für ihre Mutter tat, klemmte den Tisch wieder fester unter ihren Arm und folgte den Männern ins Innere.

Ein mächtiger runder Saal, groß und hoch genug, dass zwei Segelschiffe Seite an Seite Platz darin gefunden hätten, breitete sich vor ihr aus. Der Boden sah aus wie schwarzes Eis, glatt poliert und glänzend im Schein von hundert Laternen. An der Wand schlängelte sich die Spirale eines Ganges, der von mit Eisen beschlagenen Türen gesäumt war, in Richtung der Decke hoch über ihnen empor. *Das müssen die Zellen sein*, dachte Hazel. *Es sind so viele.*

In der Mitte der Kammer schlurften etwa vierzig Hexen in zerschlissenen Häftlingskitteln, eine hinter der anderen, endlos in einem Kreis durch den Raum. Ihre nackten Füße waren vor Kälte ganz blau, die Knöchel dick geschwollen. Die Erschöpfung auf ihren Gesichtern traf Hazel mitten ins Herz. Soldaten standen ganz in der Nähe und trieben und brüllten diejenigen an, die langsamer wurden oder ins Stolpern gerieten.

Einer der Gehilfen bemerkte Hazels Starren. »Das nennen wir den *Hexengang*«, erklärte er. »Diesen Gefangenen ist es nicht erlaubt, zu essen, sich auszuruhen oder zu schlafen, solange sie ihre Sünden nicht gebeichtet oder eine ihrer sogenannten Schwestern verraten haben. Es ist eine sehr effektive Methode, die der General höchstpersönlich entwickelt hat.«

Eine Woge der Wut erhitzte Hazels Blut. Es gelang ihr nur mit größter Mühe, sie zu unterdrücken, aber als sie sich zu dem Gehilfen umdrehte, sah sie, dass er sie stirnrunzelnd anblickte. »Was ist denn los?«, fragte sie und ihre Wut verwandelte sich in Angst.

»Ich bin mir nicht sicher. Für eine Sekunde schienst du zu … *glühen*.«

»Zu glühen?« Hazel zwang sich zu einem Lächeln. »Was meint Ihr denn damit, Sir?«

»Oh, es war wahrscheinlich nichts weiter – vermutlich nur eine optische Täuschung durch das Licht.« Er blickte zu Hopkins hinüber. »Komm jetzt, der General wartet.«

Hopkins war am Fuß des Ganges stehen geblieben und atmete immer wieder tief ein, so als würde er eine sommerliche Brise genießen. Alles, was Hazel spürte, war kalte Luft, schwer vom Geruch von klammem Stein und Elend.

Sie folgten Hopkins den Gang entlang, stetig im Kreis, vorbei an zahlreichen Türen und finster dreinblickenden Wachen, bis sie sich auf halber Höhe zwischen dem Boden und der Decke befanden und die Personen unter ihnen im dämmrigen Licht kaum noch zu erkennen waren.

Hopkins blieb vor einer von zwei Soldaten bewachten Tür stehen und zog einen Schlüssel aus seiner Tasche. »Das ist das erste Mal, dass ich mit Murrell spreche, seit ich ihn in den Ofen gesteckt habe. Ich frage mich, ob er inzwischen etwas mitteilsamer gestimmt ist.«

»Niemand hält es lange im Ofen aus«, bemerkte einer der Gehilfen. »Auch er wird früher oder später mürbe werden.«

»Vielleicht, aber wir sind gut beraten, unseren Gegner nicht zu unterschätzen.« Hopkins drehte sich zu Hazel um. »William, ich will, dass du deinen Tisch in der Ecke aufstellst und meine Unterhaltung genau mitschreibst, damit ich später noch einmal alles durchgehen kann. Hast du das verstanden?«

»Ja, General.«

»Gut.«

Hopkins schloss die Tür auf und winkte sie hindurch. Auf der Schwelle zögerte Hazel kurz. Dies konnte der Moment sein, in dem ihr gesamtes Vorhaben scheiterte. Wenn Murrell ihre Identität preisgab, würde sie verhaftet und zweifellos getötet werden.

Wenn das passiert, gehe ich wenigstens nicht kampflos unter.

Die Zelle war klein und fensterlos und von drei flackernden Fackeln beleuchtet. Eine Steinbank war an einer der Wände eingelassen. In der Mitte des Raumes saß an einen Stuhl gefesselt ein Mann, der einen dreckigen Kittel aus Pferdehaar trug. Sein Gesicht lag hinter einem Vorhang aus schwarzem Haar verborgen, aber Hazel erkannte ihn sofort: Es war Nicolas Murrell, und sie war aufrichtig schockiert, wie dürr er aussah.

Es war nirgendwo eine Spur von Bramley zu sehen, was bedeutete, dass Murrell womöglich noch nichts von ihrer Anwesenheit wusste. In der Hoffnung, so außerhalb seines Blickfelds zu bleiben, verkroch sich Hazel in die dunkelste Ecke, ließ sich auf die Bank nieder und stellte den Schreibtisch so leise auf, wie sie konnte.

Auf Hopkins Zeichen hin schnappte sich einer der Wachmänner einen Eimer mit Wasser und schüttete den Inhalt über Murrell aus. Die Wucht kippte beinahe den Stuhl um, und Murrell schnappte keuchend nach Luft.

Was soll ich tun, wenn sie anfangen, ihm wehzutun?, fragte sich Hazel und breitete mit zitternden Händen Pergament auf dem Tisch aus. *Ich kann nichts tun, um ihn zu retten, aber kann ich wirklich einfach hier sitzen und zusehen, wie sie ihn misshandeln?*

Es war eine Entscheidung, von der sie hoffte, sie nicht treffen zu müssen.

Hopkins pfiff durch die Zähne, setzte sich vor seinem Gefangenen auf einen Schemel und zog eine gebogene Klinge aus der Tasche. Hazel spannte sich an, als er sich nach vorne lehnte und das Messer dazu benutzte, Murrell die Haare aus dem Gesicht zu streichen.

»Ah«, sagte er. »*Da* bist du.«

»Mein gütiger Gastgeber.« Murrells Stimme brach, so als hätte er seit langer Zeit kein Wort mehr gesprochen. »Wie schön, dass du diesen Besuch einrichten konntest.«

»Oh, das ist doch das Mindeste, was ich tun kann.« Hopkins steckte das Messer wieder weg und faltete die Hände über dem Bauch. »Also«, säuselte er, »wie gefällt dir der Ofen?«

Hazel begann, alles mitzuschreiben, hatte jedoch Mühe, die Worte ruhig zu Papier zu bringen.

»Ich empfinde die Einsamkeit als recht beruhigend«, antwortete Murrell milde.

»Du lügst! Ich habe einmal eine Gefangene zwei Tage lang darin eingesperrt, und als ich sie wieder herausgelassen habe, hat sie versucht, sich vom Dach zu stürzen.«

»*De gustibus non est disputandum*«, erwiderte Murrell und blickte zur Decke hinauf.

Hazel verstand die Worte zwar nicht, bemerkte aber, dass Hopkins Mundwinkel gereizt zuckten.

»Unsinn!«, sagte er. »Der Ofen ist für jedermann unerträglich, selbst für einen Mann, der in seinem tiefsten Herzen so krank ist wie du.«

»Und dennoch bin ich hier, gesund und munter.«

»Gesund und munter? So siehst du aber nicht aus, Nicolas.«

Hazel war unfreiwillig beeindruckt, als Murrell trotz seiner Fesseln ein gleichgültiges Schulterzucken zustande brachte.

»Ah, diese Theatralik, diese einstudierte Unbekümmertheit!«

Hopkins lächelte. »Aber ich falle natürlich nicht darauf herein – ich weiß, wie sehr du in der Hitze und der Dunkelheit gelitten hast. Und darum wird es dich auch freuen zu hören, dass ich hergekommen bin, um dir eine kleine Pause zu gewähren.«

Murrell hob die Augenbrauen. »Ach? Unter gewissen Bedingungen, nehme ich an?«

»Selbstverständlich. Du musst all meine Fragen aufrichtig beantworten, in vollem Umfang und ohne Vorbehalt. Wenn du das tust, verlege ich dich in ein Zimmer im Weißen Turm, mit einem Bett und genügend Platz, um dir die Beine zu vertreten.«

Und damit begann eine endlos scheinende halbe Stunde, in der Hopkins Murrell mit Fragen bombardierte. Wie viele Hexen hatte er in seinem Zirkel befehligt? Wo in London befanden sich die sicheren Verstecke der Aufständischen? Mit welchem Dämon hatte er einen Handel geschlossen, als er in die Unterwelt gereist war?

Die ganze Zeit über starrte Murrell nur auf den Boden und gab kein einziges Wort von sich.

»Ich weiß, dass du Trägerinnen in deinem Zirkel hattest – ich kenne sogar ihre *Namen*«, sagte Hopkins, stand auf und stellte sich hinter Murrell. »David, mein vertrauenswürdiger Informant, hat uns alles über sie erzählt.«

Dann hat *David also mit ihnen gesprochen*, dachte Hazel und streckte ihre schmerzenden Finger. *Aber tut er es freiwillig, oder haben sie ihn gefoltert, damit er ihnen alles verrät?*

»Lilith Kilbride«, fuhr Hopkins fort, »eine Frosthexe, der du besonders nahestandst. Bislang ist es uns nicht gelungen, sie zu fassen, aber früher oder später werden wir sie finden. Und dann war da noch eine Weiße Hexe, eine Heilerin: Hecate Hooper.«

Hazel biss sich auf die Unterlippe. Es fühlte sich seltsam an, den Namen ihrer Mutter aus Hopkins' Mund zu hören.

»Sie wurde ein Opfer deiner dunklen Taten«, fügte Hopkins hinzu und legte die Hände auf Murrells Schultern. »In die

Unterwelt entführt von einem Dämon. Aber trotzdem …« Er zuckte mit den Achseln. »Eine Trägerin weniger, um die ich mir Sorgen machen muss, nicht wahr?«

Nicht, wenn ich sie wieder zu mir zurückhole, dachte Hazel.

Hopkins drückte Murrells Schultern so fest, dass sein Gefangener zusammenzuckte. »Aber sie hatte eine Tochter. Erinnerst du dich noch an sie? Natürlich tust du das! Ihr Name ist Hazel. Sie ist eine Feuerhexe, sehr gefährlich, und ich will wissen, wo sie ist.«

Hazel erschrak, als sie ihren eigenen Namen hörte, drückte ein wenig zu fest mit dem Federkiel auf und brach die Spitze ab. Tinte spritzte über das ganze Pergament. Sie griff nach einem Löschblatt, um sie aufzusaugen.

»Das ist deine letzte Chance, mit uns zu kooperieren«, warnte Hopkins und stellte sich wieder vor Murrell. »Wenn du es nicht tust, kommst du zurück in den Ofen. Und diesmal lasse ich dich dort, bis du verdorrst wie eine Nacktschnecke in einer Bratpfanne.«

Murrell räusperte sich, als würde er sich darauf vorbereiten, etwas zu sagen. Hazel hielt den Atem an.

»Ja?«, drängte Hopkins ihn.

Murrell spuckte auf Hopkins' Stiefel und grinste zu ihm hinauf.

Der Generalhexenjäger packte Murrell an den Haaren und riss seinen Kopf nach hinten. »Du bist vielleicht noch nicht gebrochen, aber ich habe jede Menge Zeit, dich durch die Mangel zu drehen, bist es dich zerreißt.« Er ließ ihn wieder los und bedeutete einer der Wachen, die Tür zu öffnen. »Pack deine Sachen zusammen, William. Dieses Verhör ist beendet.«

Hazel blickte von dem Pergament vor ihr auf und sah, dass Murrell sie direkt anstarrte. Ihr Herz begann zu rasen, als sie erkannte, dass er ganz genau wusste, wer sie war. Und dem hämischen Grinsen nach zu urteilen, das er ihr schenkte, hatte er es von dem Moment an gewusst, als sie die Zelle betreten hatte.

Als die Wachen hereinkamen, um ihn loszubinden, öffnete Murrell vorsichtig eine Hand und ließ etwas auf den Boden fallen. Hazel hätte beinahe einen Schrei der Erleichterung ausgestoßen.

Es war Bramley, mit leuchtenden Augen und unverletzt. Mit geschickten Bewegungen wich er den Stiefeln der Wachen aus und huschte, den Bauch dicht über dem Boden, zu ihr hinüber. Als alle ihre Aufmerksamkeit auf etwas anderes richteten, beugte sich Hazel nach unten, hob ihn vom Boden auf und ließ ihn in ihre Tasche rutschen.

15
Hopkins' Bekenntnis

*»Ich schaffe hiermit alle legalen Hindernisse ab
und überlasse es meinen Hexenjägern,
selbst über ihre Pflichten zu bestimmen.«*

Lordprotektor Oliver Cromwell vor dem Parlament, 1645

Umgeben von einer schwarzen Zorneswolke, entließ Hopkins seine Gehilfen und rannte den ganzen Weg bis zum Tower von London zurück. Hazel eilte ihm hinterher. Sie brauchte beide Hände, um den Tisch und sämtliche Schreibutensilien zu tragen, aber die Tatsache, dass sie Bramley in ihrer Tasche spüren konnte, ließ ihr Herz so hoch schlagen wie seit Tagen nicht mehr.

Du hast es geschafft, meine schlaue kleine Haselmaus!, dachte sie. *Ich werde nie wieder mit dir schimpfen.*

Hopkins stieg zu den Zinnen hinauf und blickte finster über die Stadt. Die Morgendämmerung brach bereits an und der lachsrosa Himmel kündigte einen weiteren warmen Tag für London an.

Die manische Energie, die der Hexenjäger vor dem Verhör versprüht hatte, war von grüblerischer Besorgnis abgelöst worden. Hazel stellte den Tisch ab, steckte die Hand in die Tasche, strich Bramley liebevoll über den Rücken und wartete.

»Sieh dir das an, William«, forderte Hopkins sie auf, »und sag mir, was du siehst.«

»Ich sehe die Stadt, General. Häuser, Kirchen, den Fluss …«

»Und was noch? Da unten, auf den Straßen?«

»Äh … Menschen?«

»Menschen, genau. Insgesamt etwa sechshunderttausend, alle von diesen uralten Stadtmauern umschlossen.« Er ließ die Schultern sinken. »Und während Lord Cromwell im Norden gegen die Aufständischen kämpft, trage ich die Verantwortung für sie.«

»Die Menschen können von Glück sagen, dass sie Euch haben, General«, erwiderte Hazel, hob Bramley schnell auf ihre Schulter und ließ ihn in ihr Haar krabbeln.

»Die Menschen fürchten mich und nennen mich einen Tyrannen. Sie verstehen nicht, dass ich all das nur tue, damit sie in Sicherheit sind.«

Hazel schob sich näher zu ihm und fragte sich, warum sich Hopkins ihr gegenüber so öffnete. *Er ist müde und enttäuscht darüber, wie es mit Murrell gelaufen ist. Vielleicht hat er ja sonst niemanden, dem er vertraut und mit dem er reden kann.*

»Was ist mit Euren Amtsgenossen innerhalb des Ordens?«, fragte sie.

»Karrieristen, bis auf den letzten Mann. Sie verachten mich – einen einfachen Anwalt vom Lande, der es bis in meine Position geschafft hat. Und sie beneiden mich um meine Macht und meine Nähe zu Lord Cromwell. Ich blicke andauernd über meine Schulter, William. Andauernd.«

Hazel beschloss, sich noch etwas weiter vorzuwagen. »Habt Ihr nie geheiratet, General?«

»Oh doch, ich war einmal verheiratet. Ich hatte auch einen Sohn, ungefähr in deinem Alter. Die Pest hat sie mir beide genommen. Zu meinem großen Bedauern war ich nicht bei ihnen, als sie von mir gegangen sind.«

»Das … tut mir leid«, sagte Hazel leise.

»Es ist nun einmal passiert. Und ich bleibe alleine zurück.«

Obwohl sie wusste, wer Hopkins war, und trotz all der schrecklichen Dinge, für die sie ihn verantwortlich wusste, konnte Hazel nichts gegen das Stechen des Mitleids tun, das sie für ihn empfand – der Schmerz, den sie in seiner Stimme hörte, spiegelte wider, was sie fühlte, seit sie ihre Mutter verloren hatte.

»Jetzt bin ich mit dem Orden verheiratet und büße für meine Sünden.« Hopkins fasste sich wieder, richtete sich auf und schlug die Hände hinter dem Rücken zusammen. »Und das bist du ebenfalls, William! Du hast dich gut geschlagen dort drin.«

»Es freut mich, wenn ich Euch zu Diensten sein konnte«, erwiderte Hazel und merkte, dass ihr die Lüge ganz flüssig über die Lippen ging. »Ehrlich gesagt, General, wollte ich Euch um einen Gefallen bitten, wenn ich so forsch sein darf.«

»Ach?«

»Es ist nur so … Ich hatte noch keine Gelegenheit, meinem Vater mitzuteilen, dass der Orden mich aufgenommen hat. Er wird so stolz auf mich sein. Könntet Ihr mich für eine oder zwei Stunden entbehren, damit ich zu ihm gehen und ihm die guten Neuigkeiten berichten kann?«

Hopkins dachte darüber nach. »Ich habe später noch eine wichtige Aufgabe für dich. Aber wenn du sie zu meiner Zufriedenheit erledigst, gebe ich dir heute Abend frei, damit du deinen Vater besuchen kannst. Und nun geh auf dein Zimmer und ruhe dich aus. Ich schicke Anthony, wenn ich dich brauche.«

»Jawohl, General«, sagte Hazel und unterdrückte ein erleichtertes Seufzen. »Danke sehr.«

16
Die Geschichte einer Haselmaus

Der Pestdunst lässt sich abwehren
durch das Kauen von Tabak, Raute oder Engelwurz.

Heilmittel für das gemeine Volk
von Rachel Kellehar

Hazel eilte mit dem klappernden Tisch unter dem Arm zu ihrem Zimmer zurück. Nachdem sie die Tür geschlossen hatte, ließ sie sich auf den Stuhl fallen und setzte Bramley auf dem Schreibtisch ab.

»Bist du verletzt?«, fragte sie und fuhr mit den Händen über sein Fell. »Oh, Bram, ich hab dich so vermisst! So was lasse ich dich nie wieder machen.«

»Mir geht's gut, kein Grund für dieses Tamtam.« Er schwoll vor lauter Stolz förmlich an. »Das hab ich ziemlich gut gemacht, was?«

»Im Moment, meine kleine Haselmaus, glaube ich, dass du einfach alles schaffen kannst.« Hazel grinste. »Was hat Murrell dazu gesagt, dass ich in die Unterwelt gehen und Ma retten will?«

Bramley hielt eine Pfote hoch. »Alles zu seiner Zeit. Zuerst brauche ich mal was zu essen. Ich bin am *Verhungern*.«

Hazel fand, das war das Mindeste, was er verdiente, und stellte gleichzeitig fest, dass sie ebenfalls Hunger hatte. Sie lief in die Küche im Erdgeschoss hinunter und belud einen Teller mit Brot, Käse, warmen Fleischscheiben und zwei der schönsten Äpfel, die sie finden konnte.

Als sie zurückkehrte, war ihr Haselmaus-Vertrauter fest eingeschlafen und lag, den Schwanz über dem Kopf zusammengerollt, auf einem Löschblatt.

Hazel weckte ihn auf und schnitt einen der Äpfel in Spalten.

»Also«, sagte sie, nachdem sie gegessen hatten, »dann kannst du mir ja jetzt erzählen, was passiert ist.«

Bramley setzte sich auf die Hinterbeine und begann: »Es war eine düstere, stürmische Nacht und der Regen fiel in Strömen –«

»Nein, war es nicht! Es war ein sehr angenehmer Abend. Jetzt komm schon, mein Lieber, nicht übertreiben.«

»Du besitzt keinen Funken Fantasie, das ist dein Problem«, grummelte Bramley. »Na gut. Nachdem du mich abgesetzt hast, bin ich über die Brücke und wie ein winziger Schatten an den

Wachen vorbeigehuscht. Während ich darauf gewartet habe, dass jemand die Tür öffnet, hat mich eine Möwe mit gierigen Augen angeglotzt und sich wahrscheinlich gefragt, wie eine Haselmaus schmeckt. Glücklicherweise kam kurz darauf ein Wachtrupp vorbei, und ich konnte mich hineinschleichen, bevor sie die Gelegenheit hatte, mich zu schnappen.«

»Hattest du Angst?«, fragte Hazel mit weit aufgerissenen Augen.

»Natürlich! Und du hast noch nicht mal die Hälfte gehört. Als Nächstes musste ich herausfinden, wo sie Murrell festhalten, deshalb habe ich meine Angst überwunden und eine Wachstube gesucht.«

»Wie hast du es denn geschafft, dich zu verstecken?«

»Ich bin immer ganz dicht an der Wand geblieben«, er legte sich flach auf den Schreibtisch und schob sich mit den Hinterbeinen vorwärts, »und habe mich nur noch so fortbewegt.«

»Kluge Maus!«, lobte Hazel und versteckte ein Grinsen hinter ihrer Hand.

Bramley fuhr mit gedämpfter Stimme fort: »In der Wachstube habe ich ein paar Essensreste gefunden. Ich habe das Risiko in Kauf genommen, entdeckt zu werden, und obwohl ich mir nicht besonders viel daraus mache, ist es mir gelungen, mich mit ein wenig Käse zu stärken.«

Hazel rollte mit den Augen.

»Ich hatte *Hunger.*« Er senkte die Stimme noch weiter. »Und dann: ein glücklicher Zufall! Die Wachen haben angefangen, sich über einen ›streng geheimen Gefangenen‹ zu unterhalten. *Sie müssen Murrell meinen*, dachte ich in meinem Versteck in einem Milchkrug. Ich habe Ewigkeiten gewartet, aber dann kam endlich eine Order von Hopkins, dass sie den ›streng geheimen Gefangenen‹ unverzüglich für ein Verhör vorbereiten sollten.«

»Und was hast du dann gemacht?«

»Ich bin mit meinem speziellen Kriechgang über den Boden gekrabbelt, auf den Stiefel von einem der Wachmänner geklettert und habe mich daran festgeklammert, als ginge es um mein Leben, während er losmarschiert ist, um den Befehl auszuführen.«

»Und so hat er dich bis dorthin mitgenommen, wo sie Murrell festgehalten haben?«, fragte Hazel voller Ehrfurcht.

»Ganz genau – bis aufs Dach. Und ob du es glaubst oder nicht: Da oben ist sogar ein Garten. Er gehört Hopkins und er pflegt ihn höchstpersönlich.«

»Hopkins hat einen Garten auf dem Dach der Insel? Wie eigenartig.«

»Er ist ganz hübsch, auf geordnete, reglementierte Art und Weise. Wie dem auch sei, sie haben Murrell in einem winzig kleinen Raum ohne Fenster festgehalten, und als die Wachen die Tür geöffnet haben, bin ich hineingeflitzt.« Bramley beschloss, Hazel vor Spannung noch eine Weile zappeln zu lassen, und begann, an einem Apfelschnitz zu knabbern.

»Bram!«, sagte Hazel und tippte ihm auf die Nase. »Hopkins kann jeden Moment nach mir rufen, also *mach* schon!«

»Na gut … Also, dieser Raum war grauenvoll – kochend heiß – und Murrell war total zusammengequetscht und hat am ganzen Körper gezittert. Aber sobald er mich gesehen hat, schnappte er mich und sagte: ›Ich kenne dich. Du gehörst zu ihr!‹« Bramley blickte mit seinen leuchtenden schwarzen Augen zu ihr hoch. »Er hat dich gemeint, Hazel. Ich hatte schreckliche Angst, weil er dich doch so sehr hasst. Er hätte nur einmal zudrücken müssen und ich wäre tot gewesen.«

»Hast du ihm erklärt, warum du dort warst?«

»Das konnte ich nicht. Er hat mich ganz fest in seiner Hand gehalten, und dann haben die Wachen ihn gepackt, in diese Zelle geschleppt und an den Stuhl gefesselt. Glücklicherweise haben sie ihn dann dort drin allein gelassen – entweder weil er ihnen Angst gemacht hat oder weil er so furchtbar gestunken hat –, und wir hatten ein paar Minuten Zeit, uns zu unterhalten.«

»Und was hast du ihm erzählt?«

»Ich konnte ihm sagen, dass du hier bist, als Aspirant getarnt, und dass du mit ihm über Hecate sprechen musst. Dann sind die Wachen zurückgekommen und ich habe mich wieder in seiner Hand versteckt.« Bramley kletterte auf Hazels Arm und rieb sich an ihrem Hals. »Er hat mich versteckt, bis ihr aufgebrochen seid, und dann hat er mich freigelassen.«

»Und er hat mich nicht verraten …«

»Du hattest recht: Sosehr er dich auch verachtet, er würde niemals eine Hexe an den Orden verraten. Aber ich muss dir auch sagen, dass ich bezweifle, dass er sich bereit erklären wird, uns zu helfen, wenn er als Gegenleistung nicht auch etwas bekommt.«

»Und was?«

»Seine Freiheit natürlich – was sonst?«

»Aber er muss doch wissen, dass das völlig unmöglich ist«, sagte Hazel und spielte nervös an einer ihrer Haarsträhnen herum.

»Er hat aber nichts zu verlieren, deshalb wird er es wahrscheinlich trotzdem verlangen.«

»Tja, wie dem auch sei, ich muss mich auf jeden Fall erst mal mit ihm unterhalten. Wenigstens ist Hopkins entschlossen, ihn am Leben zu lassen. Wenn wir also einen Weg finden …«

Die Tür ging auf, und Hazel schaffte es gerade noch, Bramley in ihrer Tasche verschwinden zu lassen, bevor Anthony seinen Kopf ins Zimmer steckte.

»Hallo William«, begrüßte er sie. »Der General braucht dich sofort.«

»Oh, natürlich«, erwiderte Hazel. »Ich komme.«

* * *

Im Korridor herrschte eine seltsame Stille, als sie auf Hopkins' Amtszimmer zueilten. Hazel sah zwei Männer – einer im mittleren Alter, der andere alt und über einen Stock gebeugt, beide in lange schwarze Umhänge gehüllt – am Kopfende der Treppe stehen und in eine Diskussion vertieft.

»Wer sind die?«, flüsterte Hazel.

»Das sind Granden des Ordens«, antwortete Anthony. »Der Alte ist der Meister der Spione – er ist richtig furchteinflößend. Es findet gleich eine Besprechung mit ihnen allen statt. Dafür braucht dich der General.«

Auf der Schwelle zu Hopkins' Amtszimmer blieben sie zögernd stehen. Licht strömte durch das bodentiefe Fenster herein und zeichnete Grimstone – groß, ernst, den breiten Hut unter den Arm geklemmt – und Hopkins – den Kopf gesenkt, die Füße fest auf dem Boden verankert, die Hände hinter dem Rücken verschränkt – als Silhouetten ab.

»Und Stearne?«, erkundigte sich Hopkins. »Beehrt er uns bei unserem heutigen Treffen ebenfalls mit seiner Anwesenheit?«

»Captain Stearne wurde seit Eurer gestrigen Unterhaltung mit ihm nicht mehr gesehen.« Grimstone holte einen Brief aus seiner Tasche. »Aber meine Spione konnten das hier abfangen – ein Schreiben von ihm an Lord Cromwell.«

Hopkins hob ironisch eine Augenbraue. »In dem er mich in den höchsten Tönen lobt, nehme ich an?«

»Er teilt Lord Cromwell darin mit, Ihr wärt Eurer Aufgabe nicht gewachsen, weil Ihr zu *schwach* seid. Und die Tatsache, dass Ihr Murrell und all diese Hexen am Leben lasst, stärkt seine Argumente leider nur.«

»Ich lasse sie am Leben, um herauszufinden, wie wir sie besser bekämpfen können.«

»Das weiß ich, aber die meisten Ordensgranden sind anderer Meinung. Sie wollen, dass das Ungeziefer auf der Stelle ausgerottet wird.« Grimstone senkte die Stimme. »Und wenn er hier wäre, dann würde Cromwell dasselbe wollen.«

»Verfluchte Narren!« Hopkins schnappte sich den Brief aus Grimstones Hand und zerriss ihn. »Nun ist nicht der richtige

Zeitpunkt, von unserem Weg abzukommen. Murrell ist kurz davor, klein beizugeben, und ich bin verdammt noch mal immer noch der Herr dieses Hauses. Ich werde den Ordensgranden hier und heute die Köpfe zurechtrücken.«

Hazel hätte gerne noch mehr gehört, aber Anthony räusperte sich, um den Hexenjägern ihre Ankunft mitzuteilen.

Grimstone wandte sich zum Gehen. »Legt wenigstens ein Datum für Murrells Hinrichtung fest, General. Das könnte die Ordensgranden für eine Weile besänftigen.«

»Anthony, geh mit Sir Grimstone«, wies Hopkins ihn an und winkte Hazel zu sich. »Ich nehme an, du hast dich ausgeruht, William? Gut. Ich werde gleich eine Besprechung mit den Granden des Ordens leiten und möchte, dass du dabei bist.«

»Selbstverständlich, General«, sagte Hazel. »Könnt Ihr mir sagen, welche Aufgabe ich dabei haben werde?«

»Du wirst dabei sein, um mir zu assistieren. Aber vor allem möchte ich dich als Beobachter einsetzen.«

»Als Beobachter?«

»Ganz genau«, bestätigte Hopkins und schob einige lose Blätter auf seinem Schreibtisch zusammen. »Aufmerksames Beobachten ist ein wichtiger Bestandteil der Hexenjagd.«

»Das klingt wie etwas, das Titus sagen würde«, flüsterte Bramley.

»Sehr wohl, General«, erwiderte Hazel. »Und die Ordensgranden …?«

»Sind meine hochverehrten und gelehrten Amtsgenossen, die unter meiner Aufsicht verschiedene Abteilungen des Ordens leiten. Da wären der Bewahrer der Schriften, der Treuhänder der Schätze, der Meister der Spione, der Hüter der Gesetze und der Wächter der Zellen.« Er schüttelte den Kopf. »Und einen intriganteren, bösartigeren, hinterlistigeren Haufen findest du nirgendwo sonst, William. Grimstone ist der Einzige, dem ich vertraue.«

»Und Captain Stearne?«

»Ist mein Stellvertreter und der schlimmste von allen.« Hopkins schnitt eine Grimasse. »Lord Cromwell hat ihn ernannt, nicht ich.«

»Ich werde Euch als Eure Augen und Ohren dienen, General.«

»Gut. Nun denn, ich glaube, ich habe sie lange genug warten lassen.« Hopkins strich seine Jacke glatt. »Komme immer als Letzter zu einer Besprechung, William – so zeigst du allen, wer die Macht hat.«

»Zeit, den Hyänen gegenüberzutreten, Hazel«, fiepste Bramley. »Versuche einfach, dich unverdächtig zu verhalten.«

17
Die Ordensgranden versammeln sich

»Es ist immer später, als man denkt.«

Titus White

Die Wachen standen vor der offenen Doppeltür stramm, als Hopkins und Hazel in das Besprechungszimmer marschierten. Die sechs Männer, die um den Eichentisch saßen, erhoben sich und neigten die Köpfe – alle außer dem Mann, den Anthony als den Meister der Spione erkannt hatte. Er blieb sitzen, mit düsterem Blick, die Hände auf seinem Gehstock gefaltet.

»Das müssen die Ordensgranden sein«, flüsterte Bramley, während Hazel dem General zum anderen Ende des Tisches folgte.

Und was für ein finsterer Haufen sie sind, dachte Hazel und stellte sich links neben Hopkins' Stuhl mit der hohen Lehne.

Die Ordensgranden trugen eine etwas aufwendigere Version der schlichten schwarzen Hexenjägeruniform, und ihre Umhänge wurden von individuellen silbernen Spangen zusammengehalten: ein Schlüssel für den Wächter der Zellen, eine Silbermünze für den Treuhänder der Schätze, ein Federkiel für den Bewahrer der Schriften, ein Schlüsselloch für den Meister der Spione, eine Waage für den Hüter der Gesetze und ein Schwert für Grimstone, den Sergeanten der Rekruten.

Hopkins legte die Hände flach auf die Tischplatte. »Wie ich sehe, beehrt uns Captain Stearne heute nicht mit seiner Anwesenheit. Das spielt keine Rolle, wir werden *in absentia* fortfahren.«

»Er ist unterwegs.« Die Stimme des Meisters der Spione klang so trocken wie Staub. »Wir sollten warten.«

Hopkins senkte seinen Tonfall. »Wir fahren fort.«

»Sehr wohl«, erwiderte der Meister der Spione. »Dann lasst uns mit dem bevorstehenden Hinrichtungsspektakel beginnen. Meine geschätzten Amtsgenossen Granden und ich würden gerne erfahren, wie viele Gefangene Ihr zu exekutieren gedenkt.«

Hazel sah, wie Grimstone und Hopkins einen flüchtigen Blick wechselten. Die Besprechung verlief schon jetzt genau so, wie sie es erwartet hatten.

»Ich habe sechs Hexen ausgesucht, aus denen wir sämtliche Informationen herausgequetscht haben, die sie uns geben konnten«, erwiderte Hopkins. »Sie werden vor einem ausgewählten Publikum aus Verbündeten in der Arena auf dem Tower Hill verbrannt werden.«

»Sechs?«, spuckte der Meister der Spione aus. »Wir sollten *sechshundert* verbrennen, nicht sechs. Und was ist mit dieser Bestie Murrell? Wir müssen uns um ihn kümmern – ein für alle Mal.«

»Wie ich bereits mehrfach wiederholt habe: Murrell hat wichtige Informationen für uns, die es uns ermöglichen werden, die Hexen noch wirkungsvoller zu bekämpfen.«

»Und welche Informationen hat er Euch bislang angeboten?«, fragte der Treuhänder der Schätze.

»Ich kann es Euch sagen – gar keine!«, wetterte der Meister der Spione. »Er hat kein Wort gesprochen, seit ihn der tapfere Captain Stearne verhaftet hat.«

»Ich glaube, dieser Spion-Typ ist sogar noch schlimmer als Hopkins«, wimmerte Bramley.

Hazel sah, wie sich Hopkins' Kiefer anspannte. *Er wird jeden Moment die Beherrschung verlieren …*

»Er sollte bei dem Spektakel hingerichtet werden«, warf eine weitere Ordensgröße ein und wurde mit zustimmendem Gemurmel bedacht. »Das Volk verlangt danach …«

Hopkins erhob sich und knallte beide Fäuste auf die Tischplatte. *»Ich bin der Herr dieses Hauses!«* Sämtliche Granden, selbst der Meister der Spione, verstummten. »Lord Cromwell hat *mich* zu seinem Stellvertreter ernannt und mir sämtliche Vollmachten erteilt, während er im Norden gegen die Aufständischen kämpft. Und es ist meine Entscheidung, Murrell für den Moment am Leben zu lassen. Haben wir uns verstanden?«

Die Granden flüsterten untereinander und nickten dann widerwillig als Zeichen ihrer Zustimmung. Hazel wäre erleichtert gewesen, dass Murrells Hinrichtung fürs Erste aufgeschoben worden war, aber das dünne Lächeln des Meisters der Spione löste ein ungutes Gefühl bei ihr aus.

»Gut«, fuhr Hopkins fort. »Nun, da das geklärt ist, können wir uns anderen Dingen zuwenden und …«

Sämtliche Köpfe drehten sich, als die Tür aufging und Captain Stearne hereinrauschte, ein zusammengerolltes Pergament in der Hand.

»A-ha! Der verlorene Sohn kehrt nach Hause zurück«, rief der Meister der Spione aus und verzog sein faltiges Gesicht zu einem zufriedenen Lächeln.

»Verzeiht mein verspätetes Eintreffen, meine Herren«, begann Stearne, »aber ich habe eine Nachricht von Lord Cromwell.« Er grinste Hopkins hämisch an. »Habe ich die Erlaubnis des Vorsitzenden, sie laut vorzulesen?«

Hopkins nickte und setzte sich. Er sah aus, als wollte er jeden Moment wie eine fehlgeleitete Granate explodieren.

Stearne rollte das Pergament auf und las laut vor: *»General Hopkins, meine treuen Granden, ich befehle hiermit, dass sämtliche Hexen, die sich in Gefangenschaft des Ordens befinden, einschließlich des Schurken Nicolas Murrell, so bald wie möglich hingerichtet werden.«* Er sah Hopkins direkt in die Augen. »Alle Hexen *und* Murrell, so bald wie möglich. Lord Cromwell persönlich verlangt es.«

Hopkins kochte vor Wut, während die Granden darüber beratschlagten, wie sie Lord Cromwells Befehl am besten umsetzen sollten. Am Ende beschlossen sie, dass alle gefangenen Hexen gemeinsam in einem fantastischen öffentlichen Schauspiel bei dem bereits geplanten Spektakel auf dem Tower Hill hingerichtet und Nicolas Murrell verbrannt werden sollte.

Die kalte und pragmatische Art und Weise, in der diese Männer über den Tod so vieler Menschen diskutierten, machte Hazel ganz krank, aber sie konnte nichts weiter tun, als still dazustehen und zuzuhören.

Doch das Unbehagen nagte an ihr. Wenn Murrell bei dem Spektakel sterben würde, blieben ihr nur noch wenige Tage Zeit, um mit ihm zu sprechen. Aber wie würde er reagieren, wenn er erfuhr, dass er dem Untergang geweiht war? Würde es dadurch mehr oder weniger wahrscheinlich werden, dass er ihr half?

Es war früher Nachmittag, als die Granden die Besprechung für beendet erklärten und sich entfernten, um das nun entschieden aufwendigere Hinrichtungsspektakel zu organisieren. Nur Hopkins, Grimstone und Hazel blieben zurück.

Grimstone schloss die Tür des Sitzungssaales und atmete ganz langsam aus. »Das hätte … besser laufen können.«

»Übers Ohr gehauen! Stearne hat mich *übers Ohr gehauen*, bei Gott!«, schrie Hopkins wütend. »Ich muss Murrell noch vor dem Spektakel zum Sprechen bewegen – wenn er mir auch nur einen kleinen Informationsfetzen preisgibt, reicht es vielleicht aus, Cromwell davon zu überzeugen, dass er zu wertvoll ist, ihn zu töten.«

»Dann lasst uns zu den altbewährten Methoden zurückkehren«, schlug Grimstone vor. »Daumenschrauben, die Streckbank …«

Hazel hob eine Hand. »Entschuldigt, Sirs, dürfte ich etwas sagen?« Beide Männer sahen sie so überrascht an, als hätten sie vergessen, dass sie auch noch da war. »Ich habe nur gerade gedacht, wenn Murrell erfährt, dass er hingerichtet werden soll, dann hat er nichts mehr zu verlieren und Ihr werdet ihn *niemals* zum Reden bringen.«

»Und?«, fragte Grimstone.

»Und«, fuhr Hazel fort, »wenn Ihr ihn aus dem Ofen lasst, um, ähm, *altbewährte Methoden* bei ihm anzuwenden, dann bekommt er vielleicht Wind davon und verschließt sich für immer.«

Hopkins dachte über ihre Worte nach. »Der Junge hat recht, Grimstone. Und überhaupt haben derartige Methoden bei Murrell noch nie funktioniert. Wir lassen ihn für den Moment im Ofen eingesperrt und stellen sicher, dass wir die Einzigen sind, die mit ihm sprechen. Das Hinrichtungsspektakel ist erst in ein paar Tagen, und in dieser Zeit kann noch eine Menge passieren.«

»Sehr wohl, General«, erwiderte Grimstone. »Wenn Ihr mich jetzt entschuldigen wollt, ich widme mich lieber wieder meinen Pflichten.«

»Wenigstens hast du Murrell davor bewahrt, gefoltert zu werden«, flüsterte Bramley. »Aber wir müssen ihm immer noch eine Nachricht übermitteln.«

Hazel brauchte ein wenig Zeit abseits der Enge des Towers und sehnte sich verzweifelt danach, endlich mit Titus alles zu bereden, was sich bisher zugetragen hatte.

»General«, sagte sie. »Wäre nun ein günstiger Zeitpunkt, meinen Vater zu besuchen? Ihr meintet, Ihr würdet es mir gestatten, wenn ich meine Pflichten zu Eurer Zufriedenheit erfülle.«

»Ja, ja, geh nur«, antwortete Hopkins und starrte geistesabwesend aus dem Fenster. »Aber sei morgen früh wieder zurück.«

»Selbstverständlich, General. Ich danke Euch!« Und damit eilte Hazel glücklich zur Tür hinaus.

18
Dorn

In England gilt
das Rotkehlchen (Erithacus rubecula)
als Glücksbringer.

Eine englische Phantasmagorie
von Dr. Lee Dorian

Der Reiter stand in den Steigbügeln seines sich aufbäumenden Pferdes, das Schwert erhoben und bereit zuzuschlagen. Drei Hexen, hässliche Schabracken, kauerten vor ihm, die Gesichter vor Angst verzerrt.

»Was für eine grauenvolle Statue«, sagte Bramley hinter Hazels Ohr.

Nachdem sie den Tower verlassen hatten, hatte Hazel einen menschenleeren öffentlichen Garten mit Blumen und einem Springbrunnen entdeckt, der versteckt in der Nähe des Flussufers lag. Die frühe Abendsonne brannte heiß, und allein die Vorstellung, sich in die Menschenmenge auf der London Bridge zu stürzen, war einfach zu viel. Sie beschloss daher, sich eine Weile hier auszuruhen.

»Ich glaube, das soll Hopkins sein«, vermutete Hazel, setzte sich auf den Brunnenrand und fuhr mit den Händen durchs Wasser.

»Ha. Dann ist er aber nicht sehr gut getroffen – er ist viel dicker und seine Nase …« Bramley verstummte. »Äh, Hazel?«

Hazel hatte die Augen geschlossen und das Gesicht Richtung Sonne gedreht. »Was ist denn, Bram?«, murmelte sie.

»Ich bin mir nicht sicher. Ich glaube, du siehst lieber selbst mal nach. Da drüben, bei der Hecke.«

Hazel sah ein einbeiniges Rotkehlchen, das sie mit leuchtenden, intelligenten Augen ansah. »Aber das ist doch nur ein …« Sie schnappte nach Luft, als das Rotkehlchen in die Luft flatterte und auf ihrer Schulter landete. Bramley quiekte, zog sich zurück und tauchte auf ihrer anderen Schulter wieder auf.

»Bist du Hazel Hooper, die Feuerhexe?« Das Rotkehlchen sprach mit so melodischer Stimme, dass Hazels Herz vor Freude hüpfte.

»Das kommt darauf an, wer fragt«, blaffte Bramley den Vogel an.

»Mein Name ist Dorn«, stellte sich das Rotkehlchen vor. »Ich bin Nicolas Murrells Vertrauter.«

Hazel nahm den Vogel von ihrer Schulter und konnte seine daunenweiche Brust, die scharfen Kanten seiner Flügel und die zerbrechlichen Knochen darunter spüren. »Aber wie ist das möglich?«, platzte es aus ihr heraus. »Murrell ist keine Hexe, und nur Hexen haben Vertraute.«

»Er ist ein Dämon!«, kreischte Bramley und tauchte wieder in Hazels Haar ab.

»Ich bin ein ganz gewöhnliches Rotkehlchen. Nicht mehr und nicht weniger.«

Hazel blickte tief in Dorns glänzende Augen und setzte ihn dann auf ihren Schoß. »Ich glaube dir, aber ich hätte trotzdem gerne eine Erklärung.«

»Nicolas Murrell mag vielleicht kein Träger im eigentlichen Sinne sein«, begann Dorn und sträubte seine Federn, »aber dank seiner jahrelangen Studien und seines Ausflugs in die Unterwelt verfügt er inzwischen über einige hexengleiche Begabungen – einschließlich der Fähigkeit, sich einen willigen und wohlgesinnten Vertrauten zu erwählen.«

Bramley tauchte wieder auf. »Willst du damit sagen, du hast *eingewilligt*, sein Vertrauter zu sein? Er hat dich nicht mit irgendeinem bösen Zauber an sich gebunden?«

»Kein Zauber. Wir haben uns in dem Dachgarten dieses steinernen Turms kennengelernt«, antwortete Dorn. »Ich habe seine Seelenqualen gespürt, und als er mich um Hilfe gebeten hat, habe ich zugestimmt.«

»Dann kannst du also mit Murrell sprechen, genauso wie ich mit Bramley?«, stieß Hazel verblüfft aus. »Selbst wenn er sich im Ofen befindet?«

»Kann ich.« Dorn nickte feierlich. »Zwischen den Steinen ist eine Lücke, die groß genug ist, dass ich hindurchpasse. Er hat mich gebeten, nach dir zu suchen, als er von dem Verhör zurückgekommen ist. Ich bin froh, dass ich dich endlich gefunden habe, Hazel Hooper.«

»Das bin ich auch«, erwiderte Hazel. Sie fand, dass dieser Hoffnungsschimmer längst überfällig gewesen war.

»Man soll den Tag nicht vor dem Abend loben, Hazel.« Bramley wedelte mit anklagender Kralle vor Dorns Nase herum. »Dann sag uns, *Vogel*, was hat dein unheiliger Meister uns denn nun mitzuteilen?«

Dorn streckte einen Flügel aus. »Er weiß, warum ihr euer Leben riskiert habt, um mit ihm zu sprechen.«

»Ach, *tut* er das?«, fragte Bramley.

»Selbstverständlich. Es kann dafür nur einen Grund geben: Ihr braucht seine Hilfe, um Hecate Hooper aus der Unterwelt zu retten.«

»Ja! *Ja!*« Hazel lehnte sich näher zu dem Rotkehlchen. »Und, wird er uns helfen? Das sollte er – immerhin ist es seine Schuld, dass sie überhaupt dort gelandet ist.«

»Nicolas möchte für den Anteil, den er am Schicksal deiner Mutter hatte, Buße tun«, versicherte Dorn. »Aber damit er das tun kann, musst du von Angesicht zu Angesicht mit ihm sprechen.«

»Aber das ist doch gar nicht nötig«, widersprach Bramley. »Er kann doch auch einfach dir, seinem eigenen kleinen, gefiederten Diener, sagen, wie wir eine Pforte in die Unterwelt öffnen können, und du kannst diese Information dann an uns weitergeben.«

»Genau«, pflichtete Hazel ihm bei. »Wir können uns wieder hier treffen, wenn du mit ihm gesprochen hast …«

»*Von Angesicht zu Angesicht*«, wiederholte Dorn. »Nicolas sagt, das ist die einzige Möglichkeit.«

Hazel blickte das ernste kleine Rotkehlchen hilflos an und hatte das Gefühl, auch der letzte Funken Hoffnung in ihr würde erlöschen. »Aber ich glaube nicht, dass ich zu ihm kann …«

»Hazel Hooper – du hast einen loyalen und mutigen Vertrauten und laut Nicolas die geistige Stärke deiner Mutter. Ich zweifle nicht daran, dass du alles erreichen kannst, was du dir vornimmst.« Dorn hüpfte auf Hazels Hand und strich mit den Flügeln über ihre Haut. »Mach's gut. Nicolas freut sich darauf, dich schon bald wiederzusehen.«

19
Das Gesicht hinter Glas

Die Wand zwischen unserer Welt
und der der Dämonen ist dünn wie Papier
und es zeigen sich bereits die ersten Risse.

Weissagungen des Vergessens
von Brentford Hinds

Hazel war so tief in Gedanken versunken, als sie zum Gasthaus zurückspazierte, dass sie gar nicht bemerkte, wie die Leute einen großen Bogen um sie machten, sobald sie ihre Hexenjägeruniform sahen. Tatsächlich war sie so vertieft, dass Bramley sie daran erinnern musste, die Uniform auszuziehen, bevor sie die Geschmückte Mähre betrat.

»Diese Unterhaltung willst du mit dem alten Treacher wirklich nicht führen«, sagte er. »Und steck dein Haar unter die Mütze – du möchtest doch nicht, dass er sieht, wie kurz es ist.«

Nachdem sie wieder in ihre sicheren Knabenkleider geschlüpft war – die sie als Arbeitskleidung erklären konnte –, stieg Hazel die Hintertreppe des Gasthauses hinauf. Titus war nirgends zu sehen, also ging sie auf ihr Zimmer und schloss die Tür ab. Auf ihrem Kopfkissen lag eine in äußerst ordentlicher Handschrift verfasste Nachricht.

»Die ist von Mr Treacher«, sagte sie.

Bramley blickte über ihre Schulter. »Was steht denn drin?«

Liebe Lizzie,
ich schreibe Dir diese Zeilen für den Fall, dass Du erst spät zurückkommst und ich Dich nicht sehe. Ich freue mich, Dir mitteilen zu können, dass es dem Mädchen, das Du gefunden hast, wieder besser geht und die Kleine keine bleibenden Schäden durch die Begegnung davongetragen hat, an die sie sich ohnehin überhaupt nicht mehr erinnern kann. Mrs Treacher und ich haben beschlossen, uns von nun an um das arme Ding zu kümmern. Außerdem ermutigt mich die Tatsache, dass Dein guter Vater beschlossen hat, im Fall der toten Kinder zu ermitteln. Er hat mir darüber hinaus alles über seine »frühere Tätigkeit« anvertraut. In der Küche ist etwas zu essen, falls Du Hunger hast.

Hochachtungsvoll,
Henry Treacher

»Der alte Hexenfinder steht zu seinem Wort«, gähnte Bramley, kletterte auf Hazels Schoß und rollte sich zu einer Kugel zusammen. »Ich frage mich, was er herausgefunden hat.«

Hazel spielte an ihrer Unterlippe herum. »Ich hoffe, er kommt bald zurück. Ich muss mit ihm sprechen, bevor ich morgen früh wieder in den Tower zurückkehre.«

»Mach dir keine Sorgen, kleine Hexe. Ich bleibe wach und horche, ob er zurückkommt, während du ein bisschen ...« Er verstummte und begann zu schnarchen.

Hazel ließ ihn schlafen. Wie gewöhnlich, wenn sie mit ihren Gedanken allein war, wanderten sie zu ihrer Mutter und dem schrecklichen Ort, an dem sie gefangen war. Auf der Reise nach London hatten Hazel und Titus mehrere Bücher studiert, um so viel wie möglich über die Unterwelt zu erfahren, aber es war ihr schwergefallen, die vielen verschiedenen Theorien und widersprüchlichen Ideen zu verstehen, die diese dämonologischen Autoren vertraten.

Einige behaupteten, die Unterwelt befände sich direkt unter der Erdoberfläche und dass die Dämonen von dort voller Neid auf die Welt der Menschen hinaufblickten und sie zerstören wollten. Andere vertraten die These, Dämonen seien die fleischgewordenen Seelen der Verdammten. Am Ende war Hazel zu dem Schluss gekommen, dass diese seit Langem verstorbenen Gelehrten gar nichts mit Sicherheit wussten.

Sie hätte auch gerne die Werke von Lars Göran Petrov gelesen, dem Dämonologen, der vor vielen Jahren in die Unterwelt gereist war, nur, um dort in eine Falle gelockt und von Baal als Sklave gehalten zu werden, demselben Dämon, der nun auch ihre Mutter festhielt. Titus hatte ihr jedoch erzählt, die *Häxan Jägeres* – die schwedischen Hexenjäger – hätten seine Bücher bis auf das allerletzte Exemplar zerstört.

Was wiederum bedeutete, dass Nicolas Murrell der einzige noch lebende Mensch war, der auf diesem Gebiet überhaupt über eine gewisse Kompetenz verfügte. *Aber selbst wenn ich einen Weg finde, mit ihm zu sprechen, kann ich ihm nicht vertrauen.*

Hazel seufzte. Durch die Trennung von Titus in den vergangenen Tagen war ihr bewusst geworden, wie sehr sie sich inzwischen auf seine Weisheit und seine Stärke verließ. Er mochte vielleicht ein jähzorniger Trunkenbold sein, aber er war ihr Freund und sie vertraute ihm.

Wo bist du?, dachte sie, bevor die Erschöpfung sie übermannte und sie schließlich einschlief.

Hazel erwachte auf der Bettdecke liegend. Ihr war kalt und sie fühlte sich wie gerädert. Draußen war es dunkel und in der Schänke alles ruhig. Sie hatte das Bedürfnis, frische Luft zu schnappen, ließ Bramley auf dem Kissen schlafen und ging zum Fenster.

Titus ist wahrscheinlich immer noch nicht zurück, dachte sie. *Sonst hätte er doch sicher meinem Zimmer einen Besuch abgestattet und nachgesehen, ob ich inzwischen wieder da bin.*

Sie zog den Vorgang zurück.

Ein Gesicht aus rissigem Leder und Stichen starrte sie an. Es klebte so dicht an der anderen Seite des Fensterglases, dass Hazel ihr eigenes zu Tode erschrockenes Spiegelbild in jedem seiner runden Augen erkennen konnte. Der hässliche Schnabel, die krumme Wirbelsäule, die schmutzige Robe … Es war der Angreifer aus der Gasse.

Ein Schrei entwich Hazels Kehle, als er eine behandschuhte Hand ans Fenster presste. Die Glasscheibe knackte in ihrem Rahmen und dann schob sich plötzlich der Riegel auf. Mit einem triumphierenden Fauchen drückte die Gestalt das Fenster mit Gewalt nach innen auf und betrat das Zimmer. Die Spitze ihres Hutes schabte an der Decke entlang, als sie sich vorwärtsbewegte.

Hazel taumelte rückwärts und stolperte über die Teppichkante. Ihre Welt explodierte vor Schmerzen, als sie mit dem Kopf gegen das eiserne Bettgestell knallte.

Durch einen wirbelnden Nebel der Orientierungslosigkeit sah sie, wie die Kreatur einen Handschuh abstreifte und ihre nackten Finger anwinkelte: lang, dünn und klickend wie eine kaputte Uhr. Keine Haut, kein Fleisch, nur Knochen. Die Luft füllte sich mit dem Geruch von geronnener Milch.

Das ist kein Mensch. Das ist ein Dämon …

Hazel suchte tief in ihrem Herzen nach Magie, nach einem einzigen Funken Feuer, den sie als Waffe einsetzen konnte, aber es war, als würde der Eindringling einen unsichtbaren Dunst aussenden, der ihren Kampfeswillen betäubte. Sie stieß ein Wimmern aus und schrumpfte vor dem Bett in sich zusammen.

Die Kreatur beugte sich vornüber, die Schnabelmaske nur wenige Zentimeter von Hazels Gesicht entfernt. Was für ein Grauen mochte sich wohl darunter verbergen? Hazel erhaschte einen Hauch von bitteren Kräutern, als das Wesen eine ihrer Haarlocken um einen Skelettfinger wickelte …

»Rote Hexe«, zischte die Kreatur durch die Maske. »*Mein, jetzt!*«

Ein winziger Feuerball mit rauchendem Schwanz sprang vom Bett und landete auf dem Schnabel des Dämons. »Lass sie in Ruhe!« Es war Bramley, eingehüllt in einen Kokon seiner eigenen brennenden Zauberkraft.

Erschrocken zuckte der Dämon zusammen und zog sich zurück. Seine Augen reflektierten das Feuer wie zwei goldene Münzen. Seine Macht über Hazel brach und sie rollte aus seinem Schatten und blickte sich verzweifelt nach einer Waffe um. Bramley bohrte die Krallen noch fester in den Schnabel des Dämons und stand von der Nasen- bis zur Schwanzspitze in züngelnden Flammen.

Ich kann meine Zauberkräfte hier nicht einsetzen, dachte Hazel. *Ich stecke sonst das ganze Haus in Brand.*

Der Panik nahe, schnappte sie sich den Nachttopf, der unter

dem Bett stand. Sie schob sich dichter heran und wartete auf den richtigen Moment zuzuschlagen …

Der bodenlange Umhang des Dämons wallte hin und her, als er wie wild den Kopf von einer Seite zur anderen warf und versuchte, die hartnäckige Haselmaus abzuschütteln. Schließlich konnte sich Bramley nicht länger festhalten, schoss wie ein winziger Komet durch die Luft und landete mit einem Quieken im Aschehaufen des Kamins.

Wut packte Hazel. Sie nahm all ihre Kraft zusammen und schleuderte den Nachttopf von sich. Er traf den Dämon seitlich am Gesicht, zerschellte und schickte unzählige Porzellanscherben in sämtliche Richtungen. Der Dämon stieß einen gedämpften Schrei aus und fiel auf ein Knie.

Ich könnte weglaufen, dachte Hazel, *aber was passiert dann mit all den anderen hier im Gasthaus? Vielleicht ist dieses Ding ja zurückgekommen, um das Bettlermädchen zu holen! Ich kann sie nicht einfach dieser Gefahr überlassen …*

Als sie sah, wie Bramley aus dem Kamin hüpfte, mit Asche bedeckt und die Zähne gefletscht, war ihre Entscheidung gefallen: Sie musste kämpfen, notfalls ihre Zauberkräfte einsetzen und hoffen, dass sie damit nicht das ganze Haus in Brand setzte.

Die Kreatur zischte wie eine Schlange und verdrehte den Körper in ihre Richtung, den Kopf gebeugt und nach vorne geschoben, so nahe, dass Hazel die Porzellanscherben erkennen konnte, die im Leder stecken geblieben waren. Sie suchte in ihrem tiefsten Inneren und fand endlich einen Funken. Sie schickte ihn an den Armen hinunter, bis blasse Flammen auf ihrer Haut flackerten. Sie waren zwar nur schwach und kaum warm genug, um die Luft zu erwärmen, aber es war das Beste, was sie zustande brachte, als sie sich zur Seite drehte und sich darauf vorbereitete zu feuern.

Schwere Schritte hallten auf dem Flur wider und näherten sich schnell. Jemand musste den Lärm gehört haben und kam, um nach dem Rechten zu sehen. Instinktiv drehte sich Hazel zur Tür um und rief: »Nicht reinkommen!«

Die Klinke klapperte. »Hazel, ist alles in Ordnung? Mach die Tür auf, bitte!«

Titus!

Erleichterung strömte durch sie hindurch, als sie zur Tür stolperte, um sie zu öffnen. Sie erwartete, jede Sekunde die knochigen Finger des Dämons um ihren Hals zu spüren. Hazel riss die Tür auf, aber als Titus ins Zimmer platzte, war der Dämon plötzlich verschwunden. Das Fenster quietschte in seinen Angeln, und ein Flüstern, nur für sie hörbar, schwebte durch die Luft: »*Rote Hexe … Ich werde dich finden …*«

Als Titus den aschebedeckten Bramley und Hazels verzerrte, angsterfüllte Miene sah, fragte er: »Und, willst du mir vielleicht erzählen, was hier los war?«

Hazel rannte zu Bramley und hob ihn auf. »Bist du verletzt?«, rief sie. »Sprich mit mir, Haselmaus!«

»Igitt! Bin ich dreckig!«, würgte er hervor und schüttelte sein Fell aus. »Du musst mich baden.«

»Hazel, was ist passiert?« Titus schnupperte in die Luft. »Und warum kann ich Magie riechen?«

»Warte mal ganz kurz …« Hazel steckte den Kopf zum Fenster hinaus. Der Balkon und die Gasse darunter waren leer. Der Dämon war fort. Sie atmete zitternd aus, ging zu Titus zurück und schlang die Arme um seine Taille. »Ich glaube nicht, dass ich mich schon jemals so gefreut habe, dich zu sehen.«

»Lass mich los, Mädchen«, brummte Titus. »Und erzähl mir endlich alles.«

20
Eine kurze Besprechung

»Wie ich höre, ist die Schwarze Witwe
aus dem Exil zurückgekehrt,
um den Orden zu bekämpfen.
Möge Gott mit ihr sein.«

A. A. Hancock, Gutsherr von Glen Sporran

»›Rote Hexe … Ich werde dich finden‹«, wiederholte Titus, nachdem Hazel ihm alles erzählt hatte, was seit ihrer Trennung geschehen war. »Das gefällt mir überhaupt nicht.«

»Es war, als würde die Kreatur mich kennen«, erwiderte Hazel und erschauderte bei dem Gedanken.

»Sie muss sich an eure Begegnung in der Gasse erinnern«, warf Bramley von seinem Platz auf dem Bettgestell ein. »Und sie ist zurückgekommen, um sich an dir zu rächen, weil du das Mädchen gerettet hast.«

»Vielleicht«, sagte Hazel. »Aber ich hatte das Gefühl, dass das nicht alles war.«

»Du hast dieses Wesen jetzt schon zweimal gesehen, diesmal sogar ganz aus der Nähe«, fügte Titus hinzu und blickte auf die Lichter Londons auf der anderen Seite des Flusses. »Was glaubst du, was es ist?«

»Es trägt eine Maske, deshalb konnte ich sein Gesicht nicht erkennen«, antwortete Hazel und fuhr mit den Fingern über Bramleys mit Asche bedecktes Fell. »Aber ich bin mir sicher, dass es ein Dämon ist.«

Der alte Seb hat das auch gesagt, dachte Titus. *Wenn ich es nicht besser wüsste, würde ich vermuten, dass man uns mit einem Fluch belegt hat und wir deshalb vom Pech verfolgt sind.*

»Ich stimme Hazel zu«, meinte Bramley. »Es ist viel zu groß, um ein Mensch zu sein – das haben wir dir schon gesagt, nachdem wir es das erste Mal gesehen hatten.«

»Aber Dämonen von dieser Größe *erscheinen* nicht einfach so in unserer Welt, sie müssen von jemandem heraufbeschworen werden, der weiß, wie man so etwas macht«, entgegnete Titus. »Und warum jagt es Kinder?«

»Nicht nur *irgendwelche* Kinder«, bemerkte Bramley. »Jetzt ist es hinter Hazel her.«

»Ich hätte nie gedacht, dass ich das mal sagen würde«, gab Titus zu, »aber je früher du in den Tower zurückkehrst, desto besser.

Das ist der sicherste Ort, der mir einfällt, um dich vor dieser Kreatur zu verstecken.«

»Ich muss gleich morgen früh zurück sein. Und dann muss ich irgendwie einen Weg finden, mit Murrell zu sprechen.«

»Du hast schon oft bewiesen, dass du einfallsreich bist. Ich bin mir sicher, dir fällt etwas ein. Aber sei vorsichtig, besonders was diesen Dorn angeht – einem Tier, das sich mit Murrell einlässt, kann man nicht vertrauen.«

»Wir passen schon auf«, versicherte Bramley. »Und was wirst du in der Zwischenzeit tun?«

»Ich bin Hexenfinder – was denkst du wohl, was ich tun werde?«, antwortete Titus und überprüfte den Schussmechanismus seiner Pistole. »Ich werde nach diesem mörderischen Dämon suchen.«

»Was, *jetzt*?«

»Selbstverständlich.«

Hazel sprang auf. »Dann komme ich mit dir.«

»Nein, nein, *nein*.« Titus schubste sie wieder auf den Stuhl zurück. »Du bleibst hier und ruhst dich aus. Du musst morgen in dieser Schlangengrube deine sieben Sinne beisammen haben.« Er blieb an der Tür noch einmal stehen. »Ich bin froh, dass du gesund und in Sicherheit bist, Hazel. Sorge dafür, dass das auch so bleibt.«

Hazel legte sich aufs Bett, tief in Gedanken versunken, während sich Bramley neben ihr auf dem Kopfkissen ein Nickerchen gönnte. Sie machte sich Sorgen um Titus. Er sah müde aus und war dünner als zu dem Zeitpunkt ihres Kennenlernens.

All die Sorgen und Schuldgefühle fordern ihren Tribut. Ist er noch stark genug, um einen Dämon zu jagen? Ich bin mir da nicht so sicher.

Sie sah Bramley an – den vernünftigen, gescheiten Bramley – und schüttelte ihn sanft wach. »Hey, kleine Haselmaus. Ich möchte dich um einen Gefallen bitten, auch wenn ich fürchte, dass er dir nicht besonders gefallen wird …«

21
Bringt die Toten heraus

Tempus edax rerum
(Die Zeit, die alles verschlingt).

Ovid, Metamorphosen

Der Himmel war klar und die Sterne leuchteten kalt, als Titus die Stufen des Balkons hinunterstieg. Kein Geräusch war zu hören. Nur das Plätschern des abebbenden Flusses und das Rumpeln der gegeneinanderstoßenden Boote durchbrachen die Stille. Der Dämon konnte inzwischen meilenweit weg sein oder hinter der nächsten Ecke auf der Lauer liegen.

Aus jahrelanger Erfahrung hatte Titus gelernt, seinen Verstand trotz seiner Angst zu schärfen, aber in letzter Zeit fiel es ihm immer schwerer, die nagende Stimme in seinem Kopf zu ignorieren, die ihm sagte, er sei zu müde, zu alt und zu *schwach*, um noch irgendjemandem von Nutzen zu sein.

»Halt die Klappe«, murmelte er. »Ich bin stärker als die meisten anderen Männer, die nur halb so alt sind wie ich – und klüger.«

Ein leeres Sherryfass lag mitten in einer Gasse, die vom Fluss wegführte. War es einfach nur von dem Stapel an der Außenmauer der Schänke gefallen? Oder war es *heruntergeworfen* worden?

Titus schlich daran vorbei und kniff die Augen in der menschenleeren Dunkelheit zusammen. Selbst um diese Uhrzeit trieben sich für gewöhnlich noch ein paar Leute auf den Straßen herum: der letzte noch aufrecht stehende Trunkenbold, der bei Feierabend aus einer Schänke geworfen wurde; die Ärmsten der Armen, die die Müllberge durchwühlten; das örtliche Militär auf Patrouille. Aber da war niemand. Keine Menschenseele außer ihm.

Alle wissen von den toten Mädchen und haben zu große Angst, nachts noch vor die Tür zu gehen.

Die Tatsache, dass der Dämon – oder was immer es auch gewesen war – in die Gaststätte zurückgekehrt war, bereitete Titus große Sorgen. War er zurückgekommen, um das Bettlermädchen zu töten? Oder hatte er Hazel holen wollen? Er hatte sie die »Rote Hexe« genannt und wusste demnach über ihre Zauberkräfte Bescheid. Hatte er sie deshalb gejagt?

Titus hielt sich in den tiefsten Schatten und folgte der Gasse, wachsam, leise, die Pistole allzeit schussbereit. Der Matsch in der Gosse dämpfte seine Schritte. In der kalten Nachtluft war sein nebliger Atem zu sehen.

Sämtliche Opfer waren etwa im gleichen Alter gewesen wie Hazel, und das Haar des Bettlermädchens hatte einen ähnlichen Rotton. Ein Zufall? Titus glaubte das nicht. Er erkannte ein *Muster*. Und wenn er wirklich einen Dämon jagte, dann hatte ihn jemand heraufbeschworen und ihn mit einer mörderischen Mission in die Welt hinausgeschickt.

Und wenn ich denjenigen zu fassen kriege, wird er es bedauern, überhaupt geboren worden zu sein.

Titus trat in einen Eingang, als er ein rumpelndes, knarrendes Geräusch aus einer Seitenstraße vor sich hörte. Es wurde immer lauter. Gelber Laternenschein bemalte die Wände, tanzte dann über die Pflastersteine und erschreckte eine Ratte, die quiekte und über Titus' Stiefel davonrannte.

Er hielt mit ruhigen Händen die Pistole fest, spannte langsam den Hahn und stellte sicher, dass das Klicken nicht zu hören war. Es folgte das Rascheln von Leder, und dann tauchte ein Schatten auf der gegenüberliegenden Wand auf: von menschlicher Gestalt, nur viel länger, mit einem kegelförmigen Hut mit breiter Krempe sowie einer langen, schnabelartigen Nase.

Titus hielt den Atem an, hob die Pistole und legte den Finger auf den Abzug. War das Hazels Dämon?

Eine Gestalt in bodenlanger Robe und mit einer Laterne blieb etwa sechs Schritte von Titus' Versteck entfernt auf der Kreuzung stehen und drehte sich dann wieder in die Richtung zurück, aus der sie gekommen war. Das Gesicht war hinter einer grotesken Ledermaske verborgen, die wie der Kopf eines Vogels aussah und einem Albtraum zu entstammen schien. Unter ihrer Aufmachung war kein Zentimeter Haut zu erkennen. Das Licht der Laterne blitzte in flachen, kreisrunden Augen auf.

»Komm schon, Patrick, beeil dich«, sagte die Gestalt mit von der Maske gedämpfter Stimme. »Ich will noch vor dem Beginn des nächsten Jahrhunderts zurück sein, wenn es dir nichts ausmacht.«

Eine kleinere Gestalt mit identischer Kluft tauchte auf der Kreuzung auf und mühte sich ab, einen Handkarren den Hang hinaufzuziehen. Drei von der Pest entstellte Leichen lagen auf dem Wagen und hüpften mit jedem Ruckeln auf und ab.

»Wieso hilfst du mir nicht einfach, anstatt nur zu meckern?«

»Weil ich die Laterne trage …«

Titus sah zu, wie die unheimlichen Gestalten mit ihrem grauenvollen Wagen verschwanden und wie aus einem Munde riefen: »Bringt eure Toten heraus! Bringt eure Toten heraus!«

Er senkte die Pistole wieder und stieß den Atem aus, von dem er gar nicht bemerkt hatte, dass er ihn angehalten hatte.

Diese Männer waren Pestärzte und Pestknechte, von der Stadt angestellt, um die Opfer einzusammeln, die die Krankheit gefordert hatte, und sie zu den Massengräbern zu bringen. Nun wusste Titus, dass der Mörder eine ihrer Uniformen trug – die Lederrobe, die Schnabelmaske und den Hut hatte Hazel exakt beschrieben.

Es ergab Sinn: Was konnte es für eine bessere Verkleidung geben, die es einem Mörder erlaubte, nachts unbehelligt durch eine Stadt zu streifen? Und was gab es für eine bessere Möglichkeit, ein dämonisches Gesicht zu verbergen?

Titus lächelte. Nun hatte die Jagd erst richtig begonnen.

22
Zusammengefügt

»*Die* Anesidora, *könnte sie sprechen,*
hätte eine eigenartige Geschichte zu erzählen.«

Edward Lloyd, Kaffeehausbesitzer

Hecate Hoopers Stimme hallte in den Bäumen wider, weit entfernt und voller Angst.

Hazel, meine liebe Tochter – wo bist du?

Hazel folgte ihr und schlug sich einen Pfad durch verworrene Wurzeln und tief hängende Zweige frei, während der Atem in ihrer Kehle rasselte. Sie ging weiter, bis sie auf eine weite Lichtung stolperte, die in blutrotes Licht getaucht war. Eine zerklüftete Schlucht, aus der schwefeliger Rauch aufstieg, erstreckte sich vor ihr. Aus dieser bodenlosen Tiefe drangen die Schreie ihrer Mutter zu ihr.

Als Hazel erwachte, war das Kopfkissen von ihren Tränen ganz nass. *Ich komme, Ma*, dachte sie. *Halte nur noch ein bisschen länger durch.*

Es war noch früh, aber die Sonne stand bereits strahlend hell am kobaltblauen Himmel. Hazel ließ Bramley in einer Falte der Bettdecke schlummern und zog sich an. Schwarze Hose, schwarzes Hemd, karminrote Jacke, die Stiefel eng geschnürt: Ihr Mut wuchs mit jedem Kleidungsstück, das sie anlegte. Sie hatte die Hexenjäger mit einem Gespinst aus Lügen überlistet und diese Uniform war die Rüstung ihrer Täuschung.

Sie blies Bramley sanft an, um ihn aufzuwecken – was ihr verschlafenen Protest einbrachte –, und trug ihn in Titus' Zimmer. Sie war erleichtert, den alten Hexenfinder wohlauf und in Sicherheit schnarchend auf seinem Stuhl vorzufinden, und schüttelte ihn wach.

»Wa… Was ist passiert?« Titus kam allmählich zu sich, und als er Hazel vor sich sah, erschrak er fürchterlich und bellte: »Guter Gott, welch höllischen Wicht sehe ich dort vor mir?«

Hazel fiel wieder ein, dass dies das erste Mal war, dass er sie in der Uniform des Ordens sah. »Ist schon gut, ich bin's nur – Hazel.«

»In ihrer Verkleidung als William, der Hexenjäger«, fügte Bramley hinzu.

»Und ich dachte schon, der Orden hätte sein winzigstes Mitglied geschickt, um mich zu verhaften«, knurrte Titus und rieb sich die Augen. »Grässlicher Aufzug.«

Hazel strich die Ärmel ihrer Jacke glatt. »Ich finde sie eigentlich ganz schick. Und außerdem hat sie Innentaschen, die wirklich praktisch sind.«

»Aber das, wofür sie *steht*, ist …«

»Ich weiß, ich weiß«, unterbrach Hazel ihn und hob die Hände. »Ich ziehe dich nur auf.«

»Sehr witzig.« Titus tauchte seinen Kopf in die Waschschüssel.

»Also, was ist letzte Nacht passiert?«, wollte Hazel wissen, als er wieder auftauchte. »Ich nehme an, du hast den Dämon nicht gefunden?«

»Nein«, bestätigte er, »aber ich habe durchaus etwas Interessantes über deinen nächtlichen Herumtreiber oder Dämon oder was auch immer erfahren …« Er berichtete Hazel und Bramley von den Pestärzten, denen er begegnet war, erzählte ihnen jedoch nichts von seiner Vermutung, dass es der Mörder vielleicht gar nicht auf Hazel persönlich abgesehen hatte, sondern auf Mädchen, die ihr sehr ähnlich sahen.

»Dann sind die Ledermaske und die Robe also nur eine Tarnung«, sagte Hazel.

»Ja, und eine gute noch dazu.« Titus grinste. »Aber davon abgesehen sind sie auch eine *Spur!* Ich werde mich mit dem Gildemeister der Pestärzte unterhalten und mal sehen, was ich herausfinden kann.«

»Was macht dich so sicher, dass er mit dir sprechen wird?«, fragte Bramley.

»Oh, er wird mit mir sprechen, wenn ich ihm erzähle, dass ein Mörder in diesen Straßen sein Unwesen treibt und die Uniform seiner Männer trägt.« Titus wischte sich die Haare aus dem Gesicht. »Wisst ihr, es fühlt sich richtig *gut* an, endlich wieder Nachforschungen anzustellen.«

»Freut mich, das zu hören.« Hazel räusperte sich. »Und vielleicht wäre es ja sogar noch besser, wenn du dabei ein wenig Hilfe hättest.«

»Hilfe?« Titus sah sie völlig verwirrt an. »Was denn für Hilfe?«

»Oh, du weißt schon, so was wie einen Gefährten.« Hazel hielt Bramley auf ihrer Handfläche hoch.

»Wovon spricht sie?« knurrte Titus Bramley an.

»Hazel glaubt, es wäre gut für uns, wenn wir eine Weile zusammenarbeiten würden.«

Titus verschränkte die Arme. »Ich *mag* keine Gesellschaft. Die kommt mir nur in die Quere.«

»Bitte, Titus«, flehte Hazel. »Bramley würde sich so darüber freuen – stimmt's?«

»Oh ja«, versicherte die Haselmaus tonlos. »Sehr.«

»Ich habe Angst, dass die Hexenjäger ihn entdecken könnten«, fügte Hazel hinzu. »Und ich glaube einfach, dass es für uns beide sicherer wäre, wenn ich alleine bin, solange ich mich im Tower aufhalte.«

Titus überlegte eine Weile und streckte dann seine Hand aus. »Na schön. Komm her, Meister Maus.«

»Aber wo soll ich denn schlafen?«, jammerte Bramley. »Dein Haar ist so schmutzig!«

»Oh, um Himmels willen …« Titus wühlte in der Brusttasche seines Hemds herum und holte mehrere Musketenkugeln, ein paar lose Tabakblätter und seine Ersatzpfeife heraus. »Bitte, du kannst da einziehen.«

Hazel ließ ihren niedergeschlagenen kleinen Vertrauten in die Tasche plumpsen und wich schweren Herzens zurück. *Es ist das Richtige*, versicherte sie sich selbst. *Ich werde mich besser fühlen, wenn ich weiß, dass die beiden aufeinander aufpassen.*

»Gut«, sagte sie und fühlte sich mit einem Mal ganz unbehaglich. »Ich gehe dann wohl besser, schätze ich.«

Bramley steckte den Kopf aus Titus' Hemdtasche. »Du musst erst noch was frühstücken.«

»Ich besorge mir unterwegs etwas.«

»Und vergiss nicht, zur Hintertür rauszugehen«, erinnerte Titus sie. »Wenn Treacher dich in deiner Uniform sieht …«

»Ich weiß, ich weiß«, versicherte Hazel. »Viel Glück. Und *seid vorsichtig.*«

Titus tätschelte mit einer Hand ihre Schulter. »Das gilt zehn Mal für dich.«

»Und komm bald zurück«, fügte Bramley hinzu.

Er sah mit seinen herunterhängenden Schnurrhaaren so verlassen aus, dass Hazel sich regelrecht zwingen musste, ihn nicht wieder zurückzunehmen. »Passt einfach aufeinander auf, ja?«, bat sie, bevor sie ging und die Tür hinter sich zumachte.

23
Hazel spielt ihren Trumpf aus

»Sie nennen mich den Wandernden Gelehrten.
In Wahrheit fliehe ich
vor den dämonischen Dienern Baals.«

Lars Göran Petrov

Hazel spürte Bramleys Abwesenheit nur allzu deutlich, als sie die London Bridge überquerte. Sie fühlte sich unvollständig und unausgeglichen, wie eine Marionette mit einem durchgeschnittenen Faden. Gleichzeitig fühlte sie sich jedoch freier in dem Wissen, dass er sich in relativer Sicherheit befand und nicht entdeckt werden konnte. Und sie fand Trost darin, dass er und Titus zusammen waren. Sie würden sich natürlich die ganze Zeit über zanken und streiten, aber sie würden auch aufeinander aufpassen.

Ich hoffe nur, dass sie den Dämon finden, bevor er wieder zuschlägt, dachte sie, als sie über den Uferdamm eilte, vorbei an den aufgereihten Schiffen, immer der Biegung des Flusses folgend. Der Weiße Turm und Cromwell Island ragten vor ihr auf, wie verachtenswerte, furchteinflößende Zwillinge aus Stein.

Wenn Murrell Dorn doch nur erzählen würde, was ich wissen muss, dann wäre ich nicht gezwungen, noch mal da reinzugehen und meinen Hals zu riskieren, dachte Hazel wütend. *Warum macht er mir nur solche Schwierigkeiten?* Sie beschleunigte ihren Schritt, stürmte an den Wachen am Tor vorbei und auf das Gelände des Towers. *Weil er es kann, darum. Er hat nichts mehr zu verlieren und will mit mir verhandeln, von Angesicht zu Angesicht.*

Ein Wachmann im Weißen Turm teilte ihr mit, dass sich Hopkins in der Waffenkammer aufhielt, also folgte sie ihm eine Wendeltreppe in einen unterirdischen Raum hinunter. Die Wände waren gesäumt mit Regalen voller Schwerter, Lanzen, Speere und Pistolen und in der Luft hing der beißende Geruch von Metall.

Der Soldat deutete auf eine Tür, die aus der Hauptkammer führte. Seine flüsternde Stimme hallte von den weiß getünchten Wänden wider. »Der General ist dort drin. Er ist in nachdenklicher Stimmung.«

Hazel nickte zum Dank und fragte sich, ob ein nachdenklicher Hopkins für sie von Vorteil war oder nicht, denn sie hatte den Anflug einer Idee, wie sie ihn vielleicht, *möglicherweise*, dazu bringen konnte, das zu tun, was sie von ihm wollte.

Nachdem sie ihre Uniform zurechtgerückt hatte, marschierte sie durch die Tür. Die Waffen hier sahen älter und überholt aus: Musketen mit aufwendigen Schussmechanismen, Schwerter, die noch größer waren als sie selbst, und mittelalterliche Hellebarden, die wie Weizengarben zusammengebunden waren. Lampenlicht flackerte auf einer Reihe zerbeulter Brustharnische, die an einer der Wände hingen.

Sie fand Hopkins am anderen Ende des Raumes, wo er eine wunderschöne Rüstung betrachtete. »Aspirant Lowe meldet sich zum Dienst, General«, sagte sie und stand stramm.

»Mit Hammer und Hitze kann ein Mann Stahl zu so grandiosen Dingen wie diesem hier biegen.« Hopkins drehte sich mit schiefem Lächeln zu ihr um. »Wenn die Menschen doch nur auch so … *formbar* wären.«

»Dann hat Murrell also noch immer nichts preisgegeben?«

Hopkins schüttelte den Kopf.

»Ich bin mir sicher, dass der Ofen schon bald seinen Tribut fordern wird«, fügte Hazel hinzu und sah eine Möglichkeit, die Unterhaltung in die Richtung zu lenken, die sie wünschte. »Um ehrlich zu sein, General, wollte ich –«

»Das hier war die Rüstung von König Heinrich VIII.«, erklärte Hopkins ihr. »Dem letzten großen König von England, bevor seine Tochter, Elizabeth, eine neue Ära einläutete: ein Zeitalter der sogenannten *Toleranz.*« Er spuckte das letzte Wort aus, als sei es Gift. »Wusstest du, dass Heinrich zwei seiner Frauen wegen Hexerei hat enthaupten lassen? Manche sagen, der alte König sei von ihren rachsüchtigen Geistern bis ins Grab verfolgt worden.«

Und was ist mit Euch, General?, dachte Hazel verbittert. *Suchen Euch die Geister derjenigen, die Ihr getötet habt, in Euren Träumen ebenfalls heim?*

»Hat Eure Arbeit heute mit Nicolas Murrell zu tun, General?«, fragte sie.

»Natürlich hat sie das. Die Zeit drängt, nun, da das Datum seiner Hinrichtung feststeht.« Hopkins fuhr mit dem Daumen über die Klinge einer Streitaxt und begann anschließend, im Raum auf und ab zu gehen. »Ein junger Kerl, den Murrell eine Zeit lang gefangen gehalten hat, hat uns einige sehr wertvolle Informationen gegeben.«

Er meint David, dachte Hazel.

»Der Junge berichtete uns, dass Murrell mit einem Dämonenprinzen namens Baal verhandelt hat«, fuhr Hopkins mit einem Kopfschütteln fort. »Er hat eine Pforte zwischen unserer Welt und der Welt der Dämonen geöffnet. Hier im Orden wussten wir zwar, dass Murrell gefährlich ist, aber dass er etwas so Waghalsiges und Rücksichtsloses tun würde … Die Hybris seiner Taten verschlägt mir den Atem.«

Hazel wusste all das bereits. Tatsächlich hatte sie mit angesehen, wie Murrell das heulende, brodelnde Portal in die Unterwelt geöffnet hatte – und sie musste hilflos miterleben, wie der Dämon Baal ihre Mutter geschnappt und sie mit sich in die Tiefen seines Reiches hinuntergezogen hatte. Diese Erinnerungen verfolgten sie in jedem wachen Moment und wann immer sie in aufgewühlten Schlaf fiel.

Sie täuschte Entsetzen vor und riss die Augen weit auf. »Wie schrecklich, dass jemand so etwas tun kann. Worüber hat Murrell denn mit diesem … *Baal* … verhandelt?«

»Der Junge, David, kann sich nicht daran erinnern. Wie es scheint, wurde er von einem von Murrells dämonischen Vertrauten gebissen. Das dabei übertragene Gift beeinträchtigt sein Erinnerungsvermögen. Meine besten Arzneikundigen versuchen, ein Heilmittel für ihn zu finden, haben jedoch wenig Hoffnung. Sie wissen nicht das Geringste über Dämonengift.«

Hazel schluckte schwer. Dann litt David durch das Gift des Spinnendämons Spindel also immer noch. Und wenn es seine Erinnerungen zerstörte, was kam dann als Nächstes? Wahnsinn?

Der *Tod?* Schuldgefühle nagten an ihr. *Wenn ich Ma zurückholen kann, ist sie vielleicht in der Lage, ihn zu heilen.*

Ihr Rundgang durch die Kammer hatte sie wieder zur Rüstung von Heinrich VIII. zurückgeführt. »Ich *muss* herausfinden, worüber Murrell verhandelt hat«, murmelte Hopkins und blickte zu dem vergitterten Visier hinauf. »Welche Versprechen wurden gemacht? Welche unheiligen Abmachungen eingegangen?«

»Und was wollt Ihr tun?«

»Ich habe ihn aus dem Ofen herausholen lassen, um ein weiteres Verhör mit ihm durchführen zu können. Ich kann nur hoffen, dass ihn die Hitze und das Unbehagen endlich so weich gekocht haben, dass er mit mir reden wird. Allerdings bin ich in dieser Hinsicht wenig optimistisch.« Hopkins holte eine gebogene Klinge aus seiner Tasche und hielt sie gegen das Licht. »Wenn es doch nur einen Weg gäbe, seinen Schädel zu öffnen, in seinem Gehirn herumzustochern und seine Gedanken ans Licht zu bringen.«

Hazel beschloss, dass dies der richtige Zeitpunkt war, einen Vorstoß zu wagen. »General, darf ich offen sprechen, was diese Sache mit Murrell und seine starrsinnige Weigerung angeht, den Mund aufzumachen?«

Hopkins setzte sich auf eine Bank an der Wand und begann, mit der Klinge unter seinen ohnehin bereits makellosen Fingernägeln zu kratzen. »Du darfst.«

»Mein Vater sagt, wahnsinnig zu sein bedeutet, dasselbe immer und immer wieder zu tun und jedes Mal ein anderes Ergebnis zu erwarten.«

Hopkins sah sie stirnrunzelnd an. »Das klingt mir sehr nach einer Unverschämtheit, William.«

»Bitte entschuldigt, General«, erwiderte Hazel und verbeugte sich ehrerbietig. »Was ich damit meine, ist, dass Ihr Euch bislang immer persönlich um Murrell gekümmert habt, richtig? In Anwesenheit Eurer Gehilfen und Eures Schreibers, der jedes Wort festgehalten hat?«

»Habe ich. Er ist ein sehr wichtiger Gefangener.«

»Ganz genau!« Hazel schnipste mit den Fingern. »Und er weiß, wie wichtig er für Euch ist und dass ihn nur noch die Informationen, die er vor Euch verbirgt, am Leben erhalten.«

»Ich nehme es an«, erwiderte Hopkins langsam. »Na und?«

Hazel lehnte sich noch näher zu dem General, so nahe, dass sie einen wunden rosa Ausschlag unter seinem Kragen erkennen konnte. »Und was, wenn wir ihm das Gefühl gäben, *nicht* mehr so wichtig zu sein? Ihm den Eindruck vermittelten, Ihr hättet Besseres zu tun, als ihn zu verhören?«

»Das würde seinen kranken Stolz ganz sicher verletzen«, antwortete Hopkins und fuhr sich mit der Hand übers Kinn.

»Vielleicht sogar so sehr, dass es ihn dazu bringen würde, etwas preiszugeben, um Euer Interesse zurückzugewinnen.«

»Hm, ich bin noch nicht hundertprozentig überzeugt …«

Hazel hatte das Gefühl, ihre Chance schwinden zu sehen. Sie sprach schnell und eindringlich weiter. »Wenn Ihr Murrell dazu bringen könnt, sich auch nur ein kleines bisschen zu öffnen und Euch einen winzigen Teil seiner Pläne oder seines Wissens über Baal preiszugeben, dann könnte dies womöglich bereits ausreichen, Lord Cromwell dazu zu bewegen, ihn noch eine Weile länger am Leben zu lassen, um noch mehr von ihm zu erfahren.«

»Ja, vielleicht …« Langsam breitete sich ein Lächeln auf Hopkins' rundem Gesicht aus. »Und das würde Stearne ganz gewiss gegen den Strich gehen.«

»Oh, er wäre außer sich vor Wut«, versicherte Hazel und wagte es, wieder einen Funken Hoffnung aufkommen zu lassen. »Ich weiß, dass es weit hergeholt ist, aber bislang hat noch keine Eurer Bemühungen dazu geführt, ihn zum Reden zu bringen. Die Sache muss doch einen Versuch wert sein, denkt Ihr nicht auch?«

Hopkins saß im Schatten der Rüstung des Königs und drehte das Messer zwischen seinen Fingern hin und her. »Nun gut. Du kannst mit ihm sprechen, aber nicht lange. Er ist ein gefährlicher Mann.«

24
Hopkins' Bruder

Eine Hexe kann dazu gebracht werden,
eine andere zu verraten,
und diese wieder eine andere
und die nächste noch eine weitere.

Ein Wald aus Galgen von Albrecht Prinz

»Ist das denn wirklich notwendig?«, quiekte Bramley in Titus' Hemdtasche. »Es muss doch sicher eine andere Möglichkeit geben.«

»Mir fällt aber keine ein«, entgegnete Titus, während er eine von ärmlichen Häusern gesäumte Straße am Rand von Southwark entlangschritt. »Wir wissen, dass der Mörder die Uniform eines Pestarztes trägt, daher führen uns unsere Nachforschungen logischerweise als Nächstes zu ihrer Gilde. Ich möchte mich dort ordentlich umschauen und sehen, was da los ist.«

»Aber warum diese Täuschung? Kannst du nicht einfach da reinspazieren und ihnen deine Fragen stellen?«

»Natürlich nicht! Die Gilde der Pestärzte ist für ihre Verschwiegenheit bekannt – die geben Informationen nicht an jeden x-Beliebigen heraus. Deshalb muss ich ihnen eine Lügengeschichte auftischen.«

»Aber sie werden dir nicht glauben«, erwiderte Bramley und seine Schnurrhaare zitterten vor Angst. »Du willst dich ernsthaft als Hopkins' Bruder ausgeben? Wir wissen ja noch nicht mal, ob er einen Bruder *hat*!«

»Das spielt doch überhaupt keine Rolle. Je größer die Lüge, desto mehr Menschen kaufen sie dir ab – solange du sie mit absoluter Überzeugung verkaufst.« Er wurde langsamer, als sie das Ende der Straße erreichten. »Da ist es: das Gildehaus der Pestärzte.«

Vor ihnen, auf einem von Unkraut überwucherten Hof, stand einsam ein großes, schiefes Gebäude aus durchgebogenem Holz und braunem Gips mit schmutzigen Stabkreuzfenstern. Über der Tür hing ein Schild in Form einer Schnabelmaske.

»Kommt dir das bekannt vor?«, fragte Titus.

»Ja«, flüsterte Bramley. »So eine Maske hat der Dämon auch getragen.«

»Gut. Dann sind wir auf der richtigen Spur.« Titus schob Bramley tiefer in seine Hemdtasche hinein. »Komm mit, Meister Maus. Jetzt wollen wir uns mal mit diesen Pestärzten unterhalten.« Er ging zur Tür hinauf und stieß sie auf, ohne anzuklopfen.

Im Inneren befand sich ein kleines, schäbiges Empfangszimmer mit mehreren Türen und einer wackligen Treppe, die zur nächsten Etage hinaufführte. Zwei Männer standen in einer Ecke. Einer von ihnen, rotgesichtig und schwitzend, war gerade dabei, seine lederne Pestarztrobe auszuziehen. Seine Schnabelmaske lag flach auf dem Tisch neben ihm. Der andere trug eine ziemlich zerzauste Perücke und einen verblassten gelben Gehrock. Beide Männer verstummten, wütend über die Unterbrechung.

Titus wandte sich unbeirrt an den Mann mit der Perücke. »Seid Ihr der Gildemeister?«

»Der bin ich«, antwortete der Mann und schnaubte herablassend. »Und wer seid Ihr, dass Ihr einfach so in mein Haus –?«

»Ihr solltet wissen, wer ich bin«, knurrte Titus. »Tatsächlich solltet Ihr meinen Besuch längst erwartet haben. Ich habe meine Dienststelle vergangene Woche veranlasst, Euch ein Sendschreiben zu schicken.«

»Ein Sendschreiben? Ich kann mich nicht erinnern …« Der Gildemeister sammelte sich wieder. »Guter Mann, vielleicht sagt Ihr mir endlich, wer zum Teufel Ihr seid?«

Titus türmte sich vor dem Gildemeister kerzengerade zu seiner vollen, beeindruckenden Größe von einem Meter dreiundneunzig auf. »Ich bin Lord Frederick Hopkins, Bruder und enger Vertrauter des Generalhexenjägers höchstpersönlich, und ich komme direkt aus dem *Tower* zu Euch.«

Die Aussage zeigte sofort dramatische Wirkung. Der Gildemeister wurde leichenblass. »H-Hopkins' Bruder?«, stammelte er.

Der andere Mann, der sich inzwischen aus seiner Robe befreit hatte, murmelte hastig ein »Entschuldigt mich, Sirs« und eilte dann die Treppe hinauf.

Titus funkelte den Gildemeister böse an. »Lest Ihr Eure Sendschreiben denn nicht?«

»Ich bin mir sicher, dass ich mich daran erinnern würde …«, antwortete er und zitterte dabei wie Wackelpudding. »Vielleicht sollten wir diese Angelegenheit in meinem Amtszimmer weiter besprechen, Lord Hopkins?«

»Nun gut«, erwiderte Titus und spürte, wie Bramley einen bewundernden Impuls warmer Magie aussandte.

Der Gildemeister ging ihm in ein winziges Zimmer voraus, das mit schwarzen Büchern vollgestopft war, auf denen jeweils ein Monat und eine Jahreszahl standen: die *Bücher der Toten*, die von den Pestärzten seit Jahrzehnten geführt wurden. Titus rauschte an dem Mann vorbei und setzte sich hinter den Schreibtisch, sagte jedoch nichts und ließ den Gildemeister hilflos auf der anderen Seite stehen.

»Euer geschätztes Sendschreiben, Euer erlauchter Besuch«, brabbelte er. »Was verschafft mir denn die Ehre?«

»Beunruhigende Gerüchte, die Eure Gilde betreffen, das Verhalten Eurer Männer und *Euch selbst.*« Titus setzte seinen Hut ab, hielt seinen finsteren Blick jedoch weiter auf den Gildemeister gerichtet. »Schwarze Magie. *Hexerei.*«

Der Gildemeister sah aus, als würde er jeden Moment in Ohnmacht fallen. »H-Hexerei?«, stotterte er mit kaum hörbarer Stimme. »Ich verstehe nich-«

»Der Tod auf Euren Straßen, just im vergangenen Monat. Mord!« Titus erhob sich und knallte mit der Faust so laut auf den Tisch, dass der Gildemeister einen leisen Schrei ausstieß. »Kinder, die mit vor Angst verzerrten Gesichtern gefunden wurden. Habt Ihr davon gehört?«

»Ja, aber ich habe es für nichts als faule Gerüchte gehalten … für abergläubischen Unsinn …«

Titus schüttelte den Kopf. »Das ist es nicht. Ich habe die Leichen gesehen, und die Spuren, die sie aufweisen, deuten auf Hexerei der übelsten Art hin.«

»A-aber selbst wenn das der Fall ist, wenn Ihr mir diese Frage verzeiht, was hat das dann alles mit mir zu tun?«

»Für die letzte dieser tödlichen Taten gibt es einen Zeugen –«,

Titus legte eine dramatische Pause ein, »der ausgesagt hat, der Täter hätte die Uniform … eines Pestarztes getragen.«

Der Gildemeister brach heftig keuchend auf einem Stuhl an der Wand zusammen, während sich sein Gesicht ganz grün verfärbte.

»Der Zeuge hat uns seine Erinnerungen sehr deutlich geschildert«, fuhr Titus gnadenlos fort, »und die Indizien legen nahe, dass der Mörder ein Mitglied Eurer Gilde ist.«

»Nein, nein … Keiner meiner Männer, das schwöre ich …«

»Ich habe nicht nur die Autorität, sondern auch große Lust, ausnahmslos jeden Eurer Männer einzeln ins Kreuzverhör zu nehmen – wir werden Eure Zungen schon lockern.« Titus ging zur Tür und hielt dort noch einmal inne. »Es sei denn, Ihr könnt mir mit Informationen weiterhelfen, die mich in eine eindeutigere Richtung lenken? Denkt genau nach, Gildemeister, und wagt nicht, mich anzulügen.«

Der Gildemeister fuhr sich mit einem Taschentuch über die verschwitzte Stirn, während seine Augen wie wild im Raum hin und her huschten, so als würde er nach einer auf die Wände geschriebenen Antwort suchen. »Wartet!«, rief er schließlich. »Einer meiner Männer ist seit Wochen nicht mehr zur Arbeit erschienen. Niemand hat seither von ihm gehört oder ihn gesehen.«

»Seit wann?«

»Drei Wochen, vielleicht auch ein Monat.«

»Also kurz bevor die Morde begannen.« Titus kniff die Augen zusammen. »Dieser Mann – war er besonders groß?«

»Ja, *ja*! Abnormal groß.«

»Und er hat die Uniform getragen? Robe und Schnabelmaske?«

Der Gildemeister nickte.

»Ihr habt Euch eine Galgenfrist verdient«, sagte Titus. »Und nun verratet mir seinen Namen und seinen Aufenthaltsort, schnell. Und erzählt bloß niemandem davon. Wenn Ihr es doch tut, komme ich zurück – und bringe meinen Bruder mit. Das soll Euch gesagt sein.«

25
Ein hart erkämpftes Treffen

Die Unterwelt hallt mit einer konstanten
Symphonie der Zerstörung wider.

Die Fünf Zauber von Nikolas Menza

»Mir kommen allmählich Zweifel, was diese Sache angeht«, sagte Hopkins.

Hazel und der Generalhexenjäger standen vor derselben Zelle, in der sie schon einmal mit Murrell gesprochen hatten.

»Ich verstehe, dass Ihr Euch Sorgen um mich macht«, erwiderte Hazel. »Aber einen unbedeutenden Aspiranten wie mich zu ihm zu schicken, ist der beste Weg, Murrell davon zu überzeugen, dass er nicht mehr wichtig für Euch ist.«

Hopkins schüttelte den Kopf. »Er ist ein gefährlicher Mann und du bist noch ein Kind …«

»Ich bin der Sohn eines Rattenfängers und habe schon mein ganzes Leben lang mit Ungeziefer wie ihm zu tun.« Sie blickte Hopkins direkt in die Augen. »Bitte, General, lasst mich es Euch beweisen.«

Hazel zwang sich, nicht zusammenzuzucken, als Hopkins eine Hand auf ihre Schulter legte und sich näher zu ihr herunterbeugte. »Bleib nicht zu lange dort drin. Versetze nur seinem Stolz einen Stich, indem du ihm weismachst, ich hätte etwas Besseres zu tun, als ihn zu verhören.«

Hazel machte die Tatsache zu schaffen, dass sich ein so grausamer Mann wie Hopkins aufrichtig Sorgen um sie machte. »Verstanden, General«, versicherte sie ihm. »Ich werde vorsichtig sein.«

Hopkins machte einen Schritt zur Seite. Der Wachmann öffnete die Tür und Hazel trat in die Zelle. Die Tür knallte hinter ihr zu und sperrte sämtliche Geräusche von draußen aus. Sie zitterte. Die Steinmauern verschluckten das Licht der Laternen und gaben nichts als klamme Kälte zurück.

Diesmal gab es für Murrell keinen Stuhl. Er war angekettet und an den Handgelenken mit einem Seil gefesselt, das an der Decke befestigt und so straff gespannt war, dass seine Zehen kaum den Boden berührten. Er hob langsam den Kopf und betrachtete Hazel mit versunkenen, schmerzerfüllten Augen. Er sah viel schlimmer aus als beim letzten Mal und Hazel spürte einen Anflug von Mitleid für ihn.

»Sieh an, sieh an«, sagte er. Seine Stimme klang so rissig wie altes Porzellan. »Hazel Hooper. In welcher Rolle besuchst du mich denn heute? Als Hexe oder als Hexenjäger?«

»Als Hexe, natürlich!«, fauchte Hazel. »Das alles hier …«, sie zupfte an ihrer Uniform, »mache ich nur, damit ich mit Euch über Ma sprechen kann – und wie Ihr mir dabei helfen werdet, sie wieder zurückzuholen.«

Murrell lächelte. »Wenn ich meinen Hut noch hätte, dann würde ich ihn vor dir ziehen. Wie es scheint, kennt dein Erfindungsreichtum keine Grenzen.«

Hazel eilte zu der Stelle, an der das Seil an der Wand gesichert war. »Ich werde es ein wenig lockern, damit Ihr richtig stehen könnt.« Murrell stöhnte, als sie etwas Seil nachließ und es dann wieder mit einem Knoten festband. »Besser?«

»Ja. Danke.« Er schwenkte zu ihr herum. »Wie hast du es geschafft, dass du alleine mit mir sprechen darfst?«

»Ich habe Hopkins davon überzeugt, dass es Eure Zunge vielleicht ein wenig lockert, wenn Ihr glaubt, Ihr wärt nicht mehr so wichtig für ihn«, antwortete Hazel und ging in der Zelle im Kreis.

»Kluges Mädchen. Du kannst ruhig näher kommen, weißt du? Ich beiße nicht. Immerhin bist du die einzige Freundin, die ich in diesem Höllenloch habe.«

»Wir sind keine *Freunde*«, erwiderte Hazel kalt. Aber sie ging trotzdem auf ihn zu, zog einen Flachmann aus ihrer Jackentasche und gab ihm ein paar Schlucke von ihrem kleinen Bier zu trinken.

»Dann eben Verbündete«, verbesserte sich Murrell und leckte sich die letzten Tropfen Flüssigkeit von den aufgeplatzten Lippen. »Alte Widersacher, die gezwungen sind zusammenzuarbeiten, ja? Einander zu helfen?«

»Die einzige Hilfe, die ich Euch geben kann, ist, es Euch zu erlauben, das Richtige für meine Mutter zu tun«, entgegnete Hazel. »Und nun sagt mir, wie ich zu ihr gelangen kann. Schnell – Hopkins könnte jeden Augenblick herein-«

»Dorn hat mir schon mitgeteilt, dass es das ist, was du willst. Aber ich hatte es bereits vermutet, als mich deine Haselmaus besucht hat.« Seine Stimme klang drängender. »Hör mir zu, Hazel, du kannst nicht einfach ein paar magische Worte murmeln und ins Herz der Dämonenwelt spazieren.«

»Das weiß ich auch«, erwiderte Hazel und warf einen nervösen Blick in Richtung Tür. »Ich habe Titus' Bücher alle gelesen –«

»Ein Buch zu lesen ist nicht dasselbe wie es zu verstehen«, unterbrach Murrell sie. »Du bist kein Gelehrter, du bist noch ein Kind, das die meiste Zeit seines Lebens abgeschirmt in einem Wald verbracht hat. Du hast nicht die geringste Ahnung, mit welchen Gefahren du es zu tun bekommen wirst. Aber ich schon.« Er schüttelte seine Ketten. »Bring mich hier raus, und ich werde das Dämonentor für dich öffnen *und* dich in die Unterwelt begleiten – das ist deine einzige Hoffnung, deine Mutter gesund und munter zurückzubekommen.«

Hazels Haut glühte mit einer Welle wütender Magie. »Und was ist mit den Mauern, den Toren, den Wachen?«, fragte sie und ihre Stimme bebte vor Frustration. »Ich kann Euch nicht zur Flucht verhelfen, Murrell, das wisst Ihr genau.«

»Ich glaube, eine Hexe, die sich in den Orden einschleichen kann, kann alles schaffen, was sie sich in den Kopf setzt. Ich will nicht hier drin sterben, Hazel. Ich verspreche, dir zu helfen, wenn du mich nur *befreist*!«

Zum allerersten Mal sah Hazel die Furcht in seinen Augen, und ihr wurde etwas bewusst: Wenn auch nur die geringste Aussicht auf einen Erfolg bestanden hätte, dann hätte sie versucht, ihn vor seinem schrecklichen Schicksal zu retten, das ihn in den Händen des Ordens erwartete. Aber die gab es nicht. Es war unmöglich.

»Ich kann nicht«, sagte sie und wandte den Blick ab, um ihre Scham zu verbergen.

Murrell ließ sich in seine Ketten sinken. »Dann geh.«

»Bitte, Nicolas, tut das Richtige. Nicht für mich, sondern für meine Mutter. Sie bedeutet Euch doch noch immer etwas, oder etwa nicht?«

»Dich alleine in die Unterwelt zu schicken, um sie zu retten, käme deinem Todesurteil gleich. Wie kann ich mein ohnehin bereits so schweres Gewissen auch noch damit belasten? Verstehst du das denn nicht? Alles, was ich anfasse, zerfällt zu Staub. Meine Pläne, mein Zirkel – alles fort.«

»Aber ich biete Euch die Chance, ein Unrecht, das Ihr angerichtet habt, wiedergutzumachen.«

Die Ketten rasselten, als Murrell sich näher zu ihr lehnte. »Du musst noch lernen, dass das Leben grausam ist. Es nimmt und zerstört, und es gibt nichts, was wir – klein wie *Ameisen* – dagegen tun könnten.«

Hazel sprach leise, aber entschlossen. »Das ist mir egal. Ich liebe meine Ma, und ich weiß, dass sie dasselbe für mich tun würde. Ich werde einen Weg zu ihr finden, mit oder ohne Euch, Nicolas Murrell.« Sie wandte sich zum Gehen und dachte bereits darüber nach, was sie als Nächstes tun konnte.

»Warte«, sagte Murrell tonlos. »Wenn du das wirklich tun willst, dann werde ich dir helfen. Aber ich warne dich: Ich kann dich nicht vor dem Dämon beschützen, dem du gegenübertreten musst, wenn du mich in diesem Gefängnis zurücklässt.«

Hazel drehte sich wieder um. »Ich will nur wissen, wie ich das Tor öffnen kann. Ich finde dann schon alleine heraus, wie ich auf der anderen Seite überlebe.«

»Nun gut«, seufzte Murrell. »Du brauchst ein sehr seltenes Buch und etwas Dämonenblut, mit dem du einen ganz besonderen magischen Kreis zeichnen musst …«

26
Nur ein Ausweg

»Tod, Pest und Armut in allen Straßen.
Der Anblick raubt mir die Kraft.«

Ombudsmann Sebastian Middleton

Zehn Minuten später und mit sämtlichen Informationen ausgerüstet, die sie brauchte, klopfte Hazel an die Tür, damit der Wachmann sie wieder aus der Zelle ließ. Sie hatte beschlossen, Murrell nichts von seiner bevorstehenden Hinrichtung zu erzählen. Was hätte das für einen Sinn gehabt? Es hätte sein Leiden nur noch schlimmer gemacht und seine letzten Tage nur umso elender.

Wenn ich ihm zur Flucht verhelfen könnte, würde ich es tun, aber es ist unmöglich.

Die Tür öffnete sich, und Hazel ging ohne einen Blick zurück hinaus und gab sich dabei so gelassen, wie ihre angespannten Nerven es zuließen.

»Der General erwartet dich im Erdgeschoss, Aspirant«, teilte die Wache ihr mit.

Hazel bildete sich ein, dass er nervös klang. Als sie die Stufen hinuntereilte, bestätigte das, was unter ihr geschah, diesen Eindruck: Die Wachen trieben die Gefangenen zurück in ihre Zellen, knallten die Türen zu und schoben die Riegel vor. Die bisherige Atmosphäre düsterer Unterdrückung hatte sich in hektisches Treiben verwandelt.

Eine saure Blase der Angst stieg in Hazels Kehle auf. Ging es dabei um sie? Hatten sie entdeckt, dass sie eine Hexe war?

Hopkins stand am Haupttor, tief in ein Gespräch mit Grimstone und dem Meister der Spione versunken. Grimstone redete schnell und eindringlich, während der Meister der Spione nur aufmerksam zuhörte und wie eine uralte Krähe über seinen Gehstock gebeugt stand.

Hazel zuckte zusammen, als Hopkins aufblickte und sie entdeckte. Er schnipste mit den Fingern und winkte sie zu sich. Hazel kämpfte gegen ihre Angst an und rannte die Stufen mit so wackligen Beinen hinunter, dass sie schon fürchtete, sie würde fallen.

»Seid Ihr Euch sicher, Meister der Spione?«, fragte Hopkins, als Hazel sich zu ihnen gesellte. »Cromwell wird seit *zwei Tagen* vermisst?«

»Der berittene Bote ist in dieser Stunde aus Harrogate eingetroffen«, antwortete der General ernst. »Cromwells Stellvertreter, General Fleetwood, hat das Kommando, aber Ihr könnt Euch ja vorstellen, welcher Aufruhr dort oben herrscht.«

»Guter Gott«, keuchte Hopkins.

Hazel hörte aufmerksam zu, mehr als erleichtert, dass der ganze Tumult nichts mit ihr zu tun hatte. *Ob die Aufständischen im Norden Cromwells Verschwinden wohl zu ihrem Vorteil werden nutzen können?*, fragte sie sich. *Und was bedeutet das für Hopkins?*

»Ist diese Neuigkeit bereits weitermaßen bekannt?«, erkundigte sich Grimstone.

»Noch nicht, aber das wird sich bald ändern«, antwortete der Meister der Spione.

»Schlechte Neuigkeiten verbreiten sich schnell.« Hopkins kratzte sich mit einem Finger unter dem Hemdkragen, und Hazel sah, dass sich ein nervöser Ausschlag bereits bis zu seinen Ohren ausgebreitet hatte.

Sie verbarg ein finsteres Lächeln. Es tat gut, Hopkins' Unbehagen zu sehen. Außerdem bedeutete all diese Verwirrung, dass sie möglicherweise eine bessere Chance hatte zu entkommen. *Ich muss einfach nur den richtigen Moment abwarten und mich dann aus dem Staub machen.*

»Ich habe die Garnison in höchste Alarmbereitschaft versetzt«, berichtete Grimstone, »und die Wachen an den Toren verdoppelt.«

Hopkins nickte, tief in Gedanken versunken. »Cromwell vermisst … Was ist nur geschehen?«

Der Meister der Spione zuckte mit den Schultern. »Das weiß niemand mit Sicherheit. Er ist zu einem Treffen mit seinem Kavallerietrupp aufgebrochen und nie zurückgekehrt. Wir hoffen, dass er sich nur auf feindlichem Gebiet verirrt hat.«

»Das schlimmste Szenario wäre, dass er in die Hände der Aufständischen gefallen ist. Oder dass er tot ist«, fügte Grimstone hinzu.

»Um Himmels willen«, stieß Hopkins aus. »Er ist im Krieg – warum bleibt er nicht einfach im Kommandozelt, wie die meisten anderen Generäle auch?«

Der Meister der Spione bohrte einen langen Fingernagel in Hopkins' Brust. »Der Punkt ist, Matthew, dass Cromwell vermisst wird und damit *Ihr* das Kommando habt und vor allen erdenklichen Gefahren beschützt werden müsst, egal, ob sie von außen kommen … oder aus dem Inneren.«

Hopkins und die beiden Granden entfernten sich bereits in Richtung des Tors, als ein Soldatentrupp im Laufschritt an ihnen vorbeimarschierte. Hazel folgte den Männern und versuchte, der Unterhaltung über das Donnern der Stiefel hinweg zu folgen.

»Sämtliche Spione der Aufständischen werden durch diese Nachricht neuen Mut schöpfen«, bemerkte Grimstone. »Vielleicht werden sie sogar versuchen, einen Schlag gegen uns zu landen. Gegen *Euch*, General.«

»Das ist wahr. Irgendwelche Vorschläge?«

Hazel sah eine Chance, Murrells Hinrichtung aufzuschieben. Sie hob eine Hand. »Sirs?« Überrascht blieben die drei Männer stehen und drehten sich zu ihr um. »Ich kam nicht umhin, die besorgniserregenden Nachrichten mitanzuhören, und frage mich, ob Ihr das Hinrichtungsspektakel nicht besser aussetzen solltet?«

Der Meister der Spione wirkte vollkommen verblüfft über die Unterbrechung. »*Was?*«

»Wenn diese verflixten Aufständischen die aktuelle Situation tatsächlich ausnutzen wollen«, erläuterte Hazel und ignorierte seine Feindseligkeit, »wäre das Hinrichtungsspektakel dann nicht der perfekte Zeitpunkt für einen Schlag gegen den Orden?«

Hopkins hob eine Augenbraue und bedachte sie mit einem

flüchtigen, aber anerkennenden Blick. »Vielleicht sollten wir tatsächlich in Betracht ziehen –«

»Auf gar keinen Fall«, unterbrach ihn der Meister der Spione. »Die Vorbereitungen sind bereits in vollem Gange und wir haben das Spektakel öffentlich angekündigt. Wenn wir es jetzt absagen, wird uns das als ein Zeichen von Schwäche ausgelegt werden. Stimmt Ihr mir da nicht zu, Grimstone?«

Hazel sah enttäuscht, wie Grimstone nickte. »Wir müssen weitermachen, als wäre nichts geschehen, General.«

»Und in der Zwischenzeit müssen wir jeden durchleuchten, der sich in den vergangenen Wochen dem Orden angeschlossen hat«, fügte der Meister der Spione hinzu, ohne seinen stechenden Blick von Hazel abzuwenden. »Und am besten fangen wir gleich mit Eurem unverschämten neuen Aspiranten an. Mir gefällt seine Visage überhaupt nicht.«

»Ich werde alle neuen Rekruten zusammenrufen, sie einsperren und verhören lassen. Meine Männer werden die örtlichen Gemeinderegister, ihre Familienstammbäume und Ähnliches genauestens überprüfen«, fügte Grimstone mit einem Seufzen hinzu.

Kalte Finger der Panik krallten sich um Hazels Herz. Selbst eine flüchtige Überprüfung der familiären Angaben, die sie bei ihrem Bewerbungsgespräch gemacht hatte, würde ihr Netz aus Lügen enthüllen. Sie musste sofort von hier verschwinden.

»Derartige Vorsichtsmaßnahmen sollten sich doch wohl von selbst verstehen«, grummelte der Meister der Spione, als sie die Brücke betraten. »Man hat die Dinge hier viel zu sehr schleifen lassen.«

Grimstone warf ihm einen giftigen Blick zu.

»Nun gut, aber macht so schnell, wie Ihr könnt«, sagte Hopkins. »Ich brauche William an meiner Seite, ganz besonders jetzt.«

Hazel taumelte ihnen in den grellen Sonnenschein hinterher. Ihre Füße fühlten sich wie Blei an, ihr Inneres vollkommen hohl.

Sie werden keinen Eintrag zu einem Rattenfänger-Unternehmen mit dem Namen Saxondale und Lowe in Putney finden und auch keinen zu einem William Lowe. Sie werden mich verhören, mich untersuchen und herausfinden, dass ich ein Mädchen bin … herausfinden, dass ich eine Hexe bin …

Auf der Brücke und am Ufer wimmelte es von Soldaten und Hexenjägern in höchster Alarmbereitschaft. Hazel hatte keine Chance, sich davonzustehlen oder wegzurennen, ohne dass sie irgendjemand bemerkte. Sie konnte zwar ihren Feuerzauber einsetzen, um sich einen Weg nach draußen zu erkämpfen, aber das würde bedeuten, dass sie Menschen verletzen oder sogar töten musste.

Nein, ich muss mir etwas anderes einfallen lassen, dachte sie. Hazel blickte über das Brückengeländer auf das in der Tiefe vorbeirauschende graue Wasser. Das Geländer war niedrig. Sie konnte ohne Schwierigkeiten hinaufklettern.

Ich könnte hineinspringen und ans Ufer schwimmen, überlegte sie. *Aber wenn ich das tue, dann wird Hopkins wissen, dass ich etwas im Schilde führe, und er und seine Handlanger werden ganz London auf den Kopf stellen, um mich zu finden.*

Sie hatten die Brücke bereits fast zur Hälfte überquert. Die Möwen über ihrem Kopf schienen Hazel zu verspotten. Flussabwärts löste ein Schiff der Ostindischen Handelskompanie seine Taue und machte sich schwerfällig auf den Weg in die Fluten.

Sie musste von hier verschwinden, Hopkins aber gleichzeitig davon überzeugen, dass eine Flucht nicht der Grund dafür war. Aber wie? Angesichts der Aussicht, entdeckt und gehängt zu werden, war es ihr beinahe unmöglich, auch nur einen klaren Gedanken zu fassen.

Hopkins ließ sich ein paar Schritte zurückfallen, um mit ihr zu sprechen. »Und, William? Wie ist es dir mit Murrell ergangen?«

Ihr kam eine Idee, als sie den Namen des Dämonologen hörte: Sie war perfekt, sie war sogar *brillant*, aber Hazel wusste auch, dass Murrell einen hohen Preis dafür bezahlen würde, falls sie sie wirklich in die Tat umsetzte.

Es tut mir leid, Nicolas, aber das ist die einzige Möglichkeit.

»Murrell«, flüsterte Hazel mit krächzender Stimme. »Murrell, Murrell …«

»William?«, fragte Hopkins. »Was um alles in der Welt ist denn los?«

Er machte einen Satz, als Hazel einen Schrei ausstieß und sich mit beiden Händen an den Kopf fasste. »Mein Geist … seine Gedanken verbrennen ihn … Er hat zu mir gesprochen, aber er hat seine Lippen nicht bewegt …«

Hopkins machte wieder einen Schritt auf sie zu. »Was ist denn los? Sag es mir!«

»Seine Worte sind in meinem Kopf«, kreischte Hazel und starrte Hopkins mit durchdringenden Augen an. »Holt sie da raus!«

»Der Junge spricht in Rätseln», blaffte der Meister der Spione sie an und fuchtelte mit seinem Gehstock vor ihrem Gesicht herum. »Hör sofort auf damit!«

»Ich fürchte, da ist Hexerei im Spiel«, zischte Grimstone. »Er ist *besessen*!«

Hazel riss an ihren Haaren und kratzte mit den Fingernägeln über ihr Gesicht. »Holt sie *raus*! Holt sie *raus*!«, schrie sie und wich immer weiter in Richtung des Brückengeländers zurück.

Grimstone wirkte völlig entgeistert und selbst der alte Meister der Spione blickte verstört. Die Wachen in der Nähe drehten sich zu ihnen, um nachzusehen, was es mit dem Tumult auf sich hatte.

Hopkins ging auf Hazel zu und streckte eine Hand aus. »William Lowe«, sagte er langsam, »sieh mich an, Junge. Hab keine Angst …«

Hazel wurde ganz steif und verdrehte die Augen so weit, bis nur noch das Weiße darin zu sehen war.

Der Generalhexenjäger blieb stehen und sah zum allerersten

Mal unsicher aus. »Ich wusste, dass ich dich nicht alleine zu ihm hätte lassen dürfen.«

»Ich habe … eine Botschaft … für die berühmten Hexenverbrenner«, kreischte Hazel mit schriller, irrer Stimme.

»Ich will deine Botschaft nicht«, sagte Hopkins. »Ich will meinen Aspiranten William Lowe wieder zurück.«

Hazel neigte den Kopf zur Seite. »Die Botschaft lautet: *Ich habe gewonnen.*« Und noch bevor der entsetzte Hopkins sie packen konnte, stieg sie auf die Brüstung, breitete die Arme aus und ließ sich in den Fluss fallen.

27
Das Haus des Pestarztes

Vernagelt das Haus mit Brettern.
Versteckt eure Jungen und Mädchen!

PEST-LIEDER von John Dyler Baizley

Laut dem Gildemeister war der Name des vermissten Pestarztes Peter Feldspar und er lebte allein in der Butchers Lane in Southwark.

Titus – Bramley lugte aus seiner Hemdtasche hervor – blickte von der gegenüberliegenden Straßenseite auf das Haus. Beide hatten sorgenvoll die Stirn in Falten gelegt.

»Der Gildemeister hat nichts davon gesagt, dass Feldspar die Pest hat«, brummte Titus mit hochgezogenem Mundwinkel.

»Und warum ist da dann ein dickes rotes Kreuz an seiner Haustür?«, fragte Bramley. »Bist du sicher, dass das hier das richtige Haus ist?«

»Ziemlich sicher. Wenn Feldspar wirklich die Pest hat und die ganze Zeit hier eingesperrt war, dann würde das auch erklären, warum er nicht zur Arbeit erschienen ist.«

»Vielleicht ist er ja schon tot«, fiepste Bramley mit zitternden Schnurrhaaren.

»Oder er ist von der Krankheit nur völlig erschöpft. Wie dem auch sei, wir müssen da rein. Feldspar könnte trotzdem unser Mörder sein. Oder irgendjemand –«

»Oder irgend*etwas* …«

»Oder irgend*etwas* hat ihn aus dem Weg geräumt und seine Pestarztuniform gestohlen.« Titus vergewisserte sich, dass seine Pistole geladen war, und steckte sie dann in seinen Gürtel zurück. »Zeit, das herauszufinden.«

»Warte!«, quiekte Bramley. »Der Dämon könnte dort drin sein, jetzt, in diesem Moment, und nur auf uns warten!«

»Was für ein missmutiges kleines Wesen du doch bist. Möchtest du vielleicht, dass ich dich hier draußen in der Gosse zurücklasse? Nein? Dann komm mit.«

Titus blickte links und rechts die Straße hinunter. Die Häuser wirkten traurig und altersschwach. Die meisten Bewohner waren entweder bei der Arbeit oder auf dem heruntergekommenen Markt ganz am Ende der Straße. Die Fenster von Feldspars

Haus waren mit Fensterläden verschlossen, aber zu Titus' Überraschung war die Eingangstür nicht abgeschlossen. Sie knarrte, als er sie aufschob.

Von Titus' Spott getroffen, kletterte Bramley den Arm des alten Hexenfinders hinauf und hockte sich tapfer auf dessen Schulter. »Vorsichtig«, flüsterte er. »Mach keinen Lärm.«

»Du bist der Einzige, der hier Lärm macht.« Als Titus die Hand von der Tür nahm, waren seine Finger von vertrockneten roten Flocken bedeckt. Er schnupperte daran. Sein Herzschlag ging schneller.

»Bram«, flüsterte er und zog die Pistole aus seinem Gürtel. »Dieses Pestkreuz an der Tür – es wurde mit Blut gemalt.«

»Mit Blut?«, wimmerte Bramley. »Nehmen sie dafür nicht für gewöhnlich Farbe?«

»Natürlich tun sie das … Irgendetwas stimmt hier nicht.«

Bramley ließ sämtliche Bedenken persönlicher Hygiene außer Acht und versteckte sich in Titus' Haaren.

Der Hexenfinder betrat das Haus und schloss die Tür hinter sich. Nun drang das einzige Licht durch die Risse in den Fensterläden herein, aber es reichte aus, dass er ein komfortabel eingerichtetes Wohnzimmer, von dessen hinterem Ende eine Küche abging, und eine Treppe in den ersten Stock erkennen konnte.

Das Haus wirkte verlassen, aber Titus und Bramley beschlich dennoch ein ungutes Gefühl. Titus, der sich für einen so großen Mann erstaunlich leise bewegte, stieg die Stufen hinauf und fand sich in einem kleinen Schlafzimmer wieder. Wohlriechende Binsen bedeckten den Fußboden, und das Bett war sorgfältig gemacht.

»Ein ordentlicher Zeitgenosse«, murmelte er.

»Ja, aber wo *ist* er?«

Titus öffnete den Kleiderschrank und fand darin mehrere Jacken, Mäntel und Hemden, die nebeneinander an einer Stange hingen. Er schnüffelte daran. »Leder und Kräuter. Danach sollte die Garderobe eines Pestarztes eigentlich riechen, aber hier kann ich keinen Hauch davon erkennen.«

»Warum Kräuter?«, fragte Bramley und riskierte einen Ausflug zurück auf Titus' Schulter.

»Dafür ist der Schnabel an der Maske – sie füllen ihn mit Kräutern, von denen es heißt, sie würden den Pestdunst abhalten.«

Titus stellte sich ans Fenster und blickte auf einen kleinen Garten hinaus, in dem Kartoffeln und Stangenbohnen wuchsen und der rundum eingezäunt war. Was er in der hinteren Ecke sah, ließ ihm das Herz schwer werden. »Ich glaube, ich weiß, wo unser Mr Feldspar ist«, sagte er und ging wieder zurück nach unten.

Auf der Schwelle zur Küche blieb er stehen und fand ein einziges Durcheinander vor. Der Stuhl lag zertrümmert in einer Ecke und der Fußboden war mit zerbrochenem Geschirr und Glasscherben bedeckt. Ein Topf mit Suppe, in dem es vor krabbelnden Maden nur so wimmelte, stand auf einem eiskalten Herd.

»Hier hat ein Kampf stattgefunden«, sagte Bramley.

»Ja, und zwar ein tödlicher. Und es ist bereits vor ein paar Wochen passiert, dem verfaulten Essen nach zu urteilen.«

»Dann nehmen wir also an, der Mörder ist Feldspar zu seinem Haus gefolgt, hat ihn umgebracht, als er gerade sein Abendessen zubereitete, und hat dann seine Robe und Maske gestohlen, um sie als Verkleidung zu benutzen?«, fasste Bramley zusammen und strich sich nachdenklich über die Schnurrhaare.

»Ich mache doch noch einen guten Ermittler aus dir, Meister Maus. Ich glaube außerdem, dass der Mörder Feldspars Blut dazu benutzt hat, das Pestkreuz an die Tür zu malen. Was gibt es für eine bessere Methode sicherzustellen, dass niemand das Verbrechen entdeckt?« Titus runzelte die Stirn und hob ein Fleischermesser vom Boden auf. Er fuhr mit dem Finger über die Klinge, der anschließend mit etwas klebrig Weißem bedeckt war. »So, so, so – wie es aussieht, hat sich Feldspar nicht kampflos geschlagen gegeben. Schau mal, das ist Dämonenblut.«

Bramley schnupperte daran und rümpfte die Nase. »Saure Milch.«

»Du hattest also recht«, murmelte Titus und ließ seinen Blick zur Hintertür wandern. »Du, Hazel, der alte Seb ... Es *ist* ein Dämon, den wir jagen. Und er war hier, in diesem Zimmer.«

Er holte ein Messingrohr aus seiner Tasche, das ungefähr so lang war wie ein menschlicher Daumen. In der Mitte befanden sich zwei parallel verlaufende Skalen mit winziger eingravierter Schrift und an jedem Ende ein Okular aus Kupfer mit einer glatten gläsernen Linse.

»Wenn ich wüsste, mit was für einem Dämon wir es zu tun haben, könnte ich dieses Entropie-Monokel so einstellen, dass es seine Spur findet und wir ihm zu seinem Versteck folgen können«, sagte Titus. »Aber ohne dieses Wissen ... fürchte ich, dass die Spur bereits erkaltet ist.«

»Wie können wir denn herausfinden, was für ein Dämon es war?«, wollte Bramley wissen und kletterte wieder in Titus' Hemdtasche.

»Ich weiß es nicht ... noch nicht. Ich muss mit dem, was wir bereits über diese Bestie wissen, erst noch ein paar Nachforschungen anstellen. Wir müssen zur Kutsche zurück, damit ich meine Bücher holen kann.« Er ging in den Garten hinaus und blieb vor dem Haufen frisch umgegrabener Erde stehen, den er vom Schlafzimmerfenster aus gesehen hatte.

»Was ist da drunter?«, fragte Bramley.

»Das letzte Teil des Puzzles«, antwortete Titus. Der Gartenzaun war so hoch, dass unmöglich jemand sehen konnte, was er als Nächstes tun würde. »Ich werde einen Spaten brauchen.«

28
Pläne und Komplotte

»Die Aufständischen in den Gebieten im Norden attackieren unsere Lager und verschwinden dann wieder in der Nacht.«

Lordprotektor Oliver Cromwell auf Feldzug

Es war früher Abend, als Hazel zum Gasthaus zurücktrottete. Die Sonne hatte ihr Haar und ihre Uniform beinahe vollständig getrocknet. Sie schlich sich auf den Balkon und durch die Hintertür hinein und war erleichtert, als sie den Korridor leer vorfand. Lachen und das Gemurmel von Unterhaltungen drangen aus dem Schankraum zu ihr herauf.

Im Kamin in ihrem Zimmer lag bereits Kienspan, den Hazel mit einem flinken Funken ihrer Zauberkraft entzündete. Anschließend legte sie ihre Uniform und das offizielle Siegel des Ordens zum Trocknen aus, nur für den Fall, dass sie beides noch einmal brauchte. Mit einem weiteren Zauberfunken erwärmte sie das Wasser in der Waschschüssel, schrubbte den schlimmsten Flussgeruch von ihrer Haut und zog sich an.

Es war ein gutes Gefühl, wieder in ihre alten Kleider zu schlüpfen: das ausgebleichte, aber unglaublich bequeme Kleid, ihre wollenen Strümpfe und die geschnürten Lederstiefel. *Ich fühle mich wieder wie ich selbst*, dachte sie und genoss die Wärme des Feuers. *Auf Wiedersehen, Aspirant Lowe. Hallo, Hazel Hooper.*

Der Gestank der Themse hing noch immer in ihrem Haar. Sie erinnerte sich wieder an das schreckliche Gefühl zurück, als sie die Kontrolle verloren und der Fluss sie gepackt und unter die Brücke mitgerissen hatte – und daran, wie sie endlich wieder aufgetaucht war, nachdem sie schon geglaubt hatte, ihre Lungen würden platzen, heftig nach Luft japsend, aber in Freiheit.

Und nun bin ich hier, zurück im Gasthaus. Ich frage mich, wie es Titus und Bramley ergangen ist …

Sie fand den alten Hexenfinder am Tisch in seinem Zimmer, über eine in Leder gebundene Ausgabe von *Dämonologie* gebeugt. »Guten Abend, *Vater*«, sagte sie und zog einen unsichtbaren Hut. »Deine pflichtbewusste Tochter Lizzie ist vom Rattenfang zurückgekehrt.«

Ein flüchtiges Lächeln huschte über Titus' Bart. »Sehr schön«, begrüßte er sie. »Wird auch Zeit. Dann kannst du mich endlich wieder von deinem störenden Nager befreien.«

Hazel hüpfte zum Tisch. »Wo *ist* der kleine Knirps?«

Titus zeigte mit einem Nicken auf seine offene Handfläche, in der sich Bramley zusammengerollt hatte und friedlich schlief. »Ich kann mich seit zwei Stunden nicht bewegen«, brummte er.

»Warum denn nicht?« Hazel lachte. »Ich hätte es getan.«

»Es schien mir irgendwie nicht richtig, ihn zu stören …«

»Ich glaube, ihr zwei seid *Freunde* geworden«, neckte Hazel ihn.

Bramley rührte sich, öffnete ein Auge und sprang auf. »Hazel!«, rief er, krabbelte ihren Arm hinauf und tauchte kopfüber in ihr Haar ab, hüpfte jedoch sofort wieder mit gerümpfter Nase heraus. »Igitt! Das riecht ja furchtbar da drin. Was *hast* du nur getrieben?«

»Ja, lass mal hören«, stimmte Titus ihm zu. »Deiner fröhlichen Stimmung entnehme ich, dass du Erfolg hattest?«

Nachdem Titus etwas zu trinken und das Abendessen aus der Küche heraufgebracht hatte, erzählte Hazel ihnen alles, was ihr widerfahren war. Sie berichtete mit leiser Stimme von ihren Erlebnissen und saß mit im Schoß gefalteten Händen auf dem Bett, während ihre Gefährten ihren Worten mit stetig wachsendem Erstaunen lauschten.

»Dann hast du also so getan, als wärst du von Murrell verhext worden, und bist in den Fluss gesprungen?«, fragte Bramley von seinem Platz auf der Kante von Titus' leerem Bierkrug aus. »Aber du hättest *ertrinken* können!«

Hazel zuckte mit den Schultern. »Ich musste es tun. Es war die einzige Möglichkeit zu entkommen, bevor Hopkins mich eingesperrt und meine Geschichte überprüft hätte.«

Titus stopfte Tabak in seine Pfeife und reichte sie Hazel. Sie half ihm mit einem Funken Magie aus und gab ihm die rauchende Pfeife dann wieder zurück. »Ich glaube nicht, dass ich in all meinen langen Jahren schon mal jemanden wie dich getroffen habe«, sagte er.

»Ich *danke* dir, Titus.«

»Starrköpfig, willensstark, hinterlistig«, fügte er hinzu und paffte an seiner Pfeife. »Und leichtsinnig bis zur Dummheit.«

Hazels Lächeln verblasste. »Und ich dachte, du hättest mir ein Kompliment gemacht.«

Titus riss die Augen auf. »Oh, das hab ich doch auch.«

»Ich persönlich hätte der Liste noch *eigensinnig* hinzugefügt«, scherzte Bramley, kletterte an ihrem Arm hinauf und knabberte liebevoll an ihrem Ohr.

»Also«, sagte Titus, »Murrell meinte, du brauchst ein Buch, um das Dämonentor zu öffnen? Was für ein Buch?«

»Er hat gesagt, es heißt *Nec-ron-om-icon. Necronomicon.* Ja, genau – das war es. Er meinte, du wüsstest alles darüber.«

»Das *Necronomicon*«, murmelte Titus und lehnte sich auf seinem Stuhl zurück. »Oh, ich habe durchaus davon gehört. Es ist berüchtigt dafür, dass es verbotenes Wissen über alles Dämonische enthält. Wie hat Murrell es denn in die Finger gekriegt?«

»Er hat mir erzählt, er hätte es aus der Verbotenen Bibliothek in einem Ort namens Konstantinopel gestohlen. Es gab überhaupt jemals nur eine einzige Ausgabe, und die hat er mitgenommen.«

»Er hat es dem Ottomanischen Sultan geklaut?« Titus kicherte. »Murrell hat wirklich Schneid, das muss ich ihm lassen.«

»Hatte er es auch in seinem Versteck in Rivenpike dabei?«, wollte Bramley wissen. »Müssen wir dort etwa als Nächstes hin?«

Hazel schüttelte den Kopf. »Nein, die Hexenjäger haben es an sich genommen, als sie ihn verhaftet haben. Die Frage ist also: Wo bewahren sie es auf?«

»Ich würde vermuten, in der Großen Bibliothek in Baynard's Castle. Das war früher das Hauptquartier der Hexenfinder in London. Dort haben wir all unsere gefährlichen Zauberbücher aufbewahrt. Wenn der Orden das *Necronomicon* hat, dann befindet es sich dort.«

»Dann muss ich da rein. Aber wie?«

»Genauso wie bisher, denke ich«, antwortete Titus. »Du musst dich verkleidet einschleichen. Hast du deine Uniform noch?«

»Sie trocknet in meinem Zimmer«, seufzte Hazel. »Ich kann nicht glauben, dass ich mich wirklich noch mal unter den Orden mischen muss.«

Ein Lächeln tauchte auf Titus' faltigem Gesicht auf. »Kopf hoch, Schiet-Elfe«, munterte er sie auf. »Es wird schon nicht so schlimm werden.«

»Und warum nicht?

»Weil ich diesmal mit dir kommen werde.«

29
Ein hochverehrter Besucher aus Preußen

»Menschen können ihr Leben
in Bibliotheken verlieren.
Sie sollten gewarnt werden.«

Mr S. Bellow, Verwalter der Bibliothek von Halifax

Die drei kamen zu dem Schluss, dass sie es ebenso gut gleich an diesem Abend tun konnten, wenn sie sich das *Necronomicon* ohnehin unter den Nagel reißen wollten. Laut Titus glich Baynard's Castle einer regelrechten Festung – nicht gerade ein Ort, an dem man sich unbemerkt einschleichen konnte. Sie einigten sich daher auf eine List und trennten sich, um alles vorzubereiten.

Hazel schlüpfte schnell wieder in die inzwischen getrocknete Aspirantenuniform und setzte Bramley auf ihre Schulter. Es war ein gutes Gefühl, ihn zurückzuhaben. Kurz darauf klopfte es an der Tür und Titus kam herein.

»Und? Wie sehe ich aus?«, fragte er und drehte sich langsam im Kreis.

Obwohl Hazel sehr erschöpft war und befürchtete, dass sie ihr Schicksal nur unnötig herausforderte, wenn sie sich so bald nach ihrer Flucht in den Orden zurückschlich, heiterte sie der Anblick des verwandelten Titus ungemein auf. »Du siehst … grandios aus.«

Der alte Hexenfinder hatte seine Kleidung und den Hut gebürstet und selbst die Stiefel poliert, die nun eindrucksvoll glänzten. Sein Haar war gewaschen und mit einem schwarzen Band zusammengebunden und auch sein Bart war ordentlich gekämmt. In einem Auge funkelte ein Monokel und um die Hüfte hatte er eine breite rote Schärpe geschlungen.

»Wirklich sehr schick«, fügte Bramley anerkennend hinzu. »Und *sauber.*«

Titus schlug die Hacken zusammen. »Baron Karl von Hake, Abgesandter des Preußischen Bundes gegen Hexen, zu Euren Diensten«, sagte er mit einem starken deutschen Akzent.

»Ha. Ein echter Schauspieler, was?«, flachste Bramley.

»Ich bin beeindruckt.« Hazel grinste. »Ich glaube, wir sind bereit. So bereit, wie wir eben sein können. Zeit, dass wir uns dieses Buch holen.«

Baynard's Castle lag ein ganzes Stück Richtung Westen von der London Bridge entfernt. Titus schlug daher vor, dass sie eine Jolle anheuerten, die sie über den Fluss bringen sollte, um sich ein wenig Zeit und den ermüdenden Fußmarsch zu sparen. Es war das erste Mal, dass Hazel auf einem Boot fuhr, und sie verbrachte die komplette Überfahrt damit, sich mit beiden Händen an den Seitenrand zu klammern und zu versuchen, das Schwanken und Schaukeln zu ignorieren, von dem ihr ganz übel wurde. Bramley gab sein Bestes, sie zu beruhigen, indem er mit dem Schwanz sanft ihren Nacken streichelte.

Titus unterhielt sich in bester Laune und mit preußischem Akzent mit dem Fährmann. »*Ja*, London ist eine prächtige Stadt, sehr bewundert in meinem Heimatland … So viele Menschen aus aller Herren Länder …«

Es war eine helle, vom Mondschein erleuchtete Nacht. Silbernes Licht ergoss sich über die Dächer und der ruhige Fluss schimmerte wie ein hochglanzpolierter Spiegel. Vor ihnen thronte Baynard's Castle und kam mit jedem Ruderschlag des Fährmanns ein Stückchen näher.

Es war ein imposanter Anblick: Achteckige Türme und hohe Mauern aus hellgrauem Stein ragten aus dem Wasser auf, während das gigantische Fundament von mehreren Schichten aus grünem Wattschlick bedeckt war. Die zahlreichen Fensterreihen waren von innen erleuchtet und hoch über ihnen stachen scharfe Dachfirste wie Zähne in den Himmel.

Die Jolle kam am Fuß einer Treppe, die zur Tür der Burg hinaufführte, rumpelnd zum Stehen. Nachdem sie den Fährmann gebeten hatten, auf sie zu warten, erklommen Titus und Hazel die Stufen und passten auf, dass sie dabei nicht auf den nassen Steinen ausrutschten.

»Vergiss nicht, was ich dir gesagt habe«, flüsterte Titus, während sie die Treppe hinaufgingen. »Sei glaubwürdig und vor allem selbstbewusst.«

»Ich hab so was schon mal gemacht, weißt du?«, gab Hazel zurück.

Zwei Wachmänner mit glänzenden Brustplatten beobachteten sie, als sie sich dem Tor näherten.

»*Geschwind wie der Wind*, Master Anthony!«, rief Titus mit preußischem Akzent. »Eure englischen Speisen haben das reinste Tohuwabohu in meinem empfindsamen Magen verursacht. Ich bin in dringender Bedürftigkeit einer Latrine.«

Um den Arm des größeren Wachmanns war die Binde eines Sergeanten geschlungen. »Was ist Euer Begehr?«, fragte er und blickte Titus neugierig an.

»Ich bin Aspirant unter General Hopkins«, antwortete Hazel. »Ich bin hier, um seinen hochverehrten Gast, Baron von Hake, in die Bibliothek zu begleiten.«

Der Sergeant betrachtete Hazel eindringlich. »Ich habe dich noch nie gesehen – und ich kenne alle Aspiranten des Generals.«

»Ich wurde erst diese Woche rekrutiert, auf Sir Grimstones Geheiß.«

»*Eine Latrine, ich bitte Euch*«, drängte Titus flehend.

»Der Baron hat ein paar unserer eingelegten Eier gekostet und sie scheinen ihm nicht bekommen zu sein«, erklärte Hazel und sah den Sergeanten mit einem Augenrollen verstohlen an. »Hier ist das Siegel des Generals.«

Der Sergeant überprüfte es, warf den beiden erneut einen abschätzenden Blick zu und führte sie dann in einen Saal, der mit Wandteppichen und Hirschköpfen behangen war. »Willkommen in Baynard's Castle.« Er deutete auf eine Wendeltreppe. »Die Aborte sind im ersten Stock, die Bibliothek befindet sich ganz oben.«

»Ich danke Euch«, sagte Hazel und entfernte sich in Richtung Treppe. »Bitte, folgt mir, Herr Baron.«

Sie stiegen die Stufen bis ganz nach oben und betraten ein kleines Empfangszimmer. Hinter einem Schreibtisch saß ein weißhaariger Mann, die Nase so dicht in ein Buch vergraben, dass sie beinahe die Seiten berührte. Hazel hustete höflich.

»Hmm? Ja? Was ist denn, Mädchen?«, fragte der alte Mann und sah sie mit zusammengekniffenen wässrig-blassen Augen an.

»Mädchen?«, wiederholte Hazel und spürte, wie sich Bramley hinter ihrem Ohr anspannte.

»*Mädchen?*«, fragte auch Titus. »*Der junge Master Anthony ist mitnichten ein Mädchen!*«

»Mein Name ist Anthony, Sir«, stellte Hazel sich vor. »Aspirant unter General Hopkins.«

»Ah, bist du das, bist du das?«, brummelte der alte Mann. »Es ist nur so, dass du sehr mädchenhafte Gesichtszüge hast und meine Augen nicht mehr so scharf sind, wie sie einmal waren.«

»Ich bin auf Geheiß des Generals hier«, fuhr Hazel fort. »Erlaubt mir, Euch mit Baron von Hake bekannt zu machen, Abgesandter unserer hochverehrten Verbündeten von der Preußischen Liga gegen Hexen. Ich bin hier, um ihm die Große Bibliothek zu zeigen.«

Der Alte richtete sich auf, erhob sich mühevoll und verbeugte sich steif. »Willkommen, Baron. Ich bin der Oberste Bibliothekar, Mr Albert Graves. Ich bewundere Euer Bündnis sehr. Dieser Eifer! Diese Effizienz!«

Titus schlug die Hacken zusammen. »Danke, Herr Graves. Für Eure Sammlung hier ist Euch der Neid ganz Europas gewiss. Meine geschätzten Kollegen in Preußen sind ganz … wie sagt man noch? … äh … *eifersüchtig*, dass ich in diesen berühmten, ja, heiligen Hallen wandeln und schmökern darf.«

»Und wir freuen uns, Euch hier begrüßen zu dürfen, Baron …« Graves hielt inne und blickte Hazel an. »Obwohl es schon reichlich spät für einen Besuch ist, nicht wahr?«

»Oh, zu meinem tiefsten Bedauern muss ich meinen Besuch in

London in aller Hast und Eiligkeit verkürzen«, antwortete Titus im umständlichen Englisch des Barons. »Neuigkeiten aus Dietersburg – ein Hexenzirkel wurde entdeckt und sie sind in dringlicher Benötigung meiner persönlichen Expertise beim bevorstehenden … äh … ich suche und suche, doch ich finde das richtige Wort nicht … Hexen-?« Er blickte Hazel fragend an.

»Hexen*prozess*«, half sie ihm aus.

»*Hexenprozess*, sehr richtig. Doch bevor ich mit der Morgensonne meinen Abschied nehme, wünsche ich mir sehnlichst einen Besuch in Eurer *unvergleichlichen Bibliothek.*«

Hazel lehnte sich näher zu Graves und sagte leise: »Der Baron interessiert sich vor allem für ein ganz besonderes Buch.«

»Ich helfe ihm gerne, wenn ich kann. Um welches Buch handelt es sich denn?«

»Um einen Eurer jüngsten literarischen Zugänge, wenn man den Gerüchten Glauben schenken darf«, antwortete Titus. »Das Werk eines großen Mannes, wenngleich auch einer tragischen Figur, des berühmten Gelehrten Petrov … das sagenumwobene, allseits gefürchtete *Necronomicon.*«

»Ah, ja.« Graves nickte. »Wir haben es im Besitz eines besonders gefährlichen Dämonologen gefunden. Es ist sicher verwahrt und in unserer Verbotenen Abteilung eingeschlossen.«

Titus presste die Handflächen wie zum Gebet fest aneinander und legte sie an seinen Mund. »Und dürfte ich wohl einen bescheidenen Blick darauf werfen, auf dieses einzigartige unter den Büchern, geschätzter Herr Graves?«

»Mit dem größten Vergnügen.«

»*Wunderbar, wunderbar!*«, rief Titus aus. »Herzlichsten Dank, Herr Graves.«

Graves lächelte und streckte eine Hand aus. »Wenn Ihr mir nun die schriftliche Genehmigung des Generals zeigen würdet, dann bringe ich Euch selbst dorthin.«

Hazels Gesichtszüge entgleisten. »Schriftliche Genehmigung?«

»Natürlich«, erwiderte Graves. »Ich habe strikte Anweisungen, niemanden, ganz gleich wie hochverehrt«, er schenkte Titus ein schmeichlerisches Lächeln, »in die Verbotene Abteilung zu lassen. Nicht ohne die ausdrückliche Erlaubnis des Generals höchstpersönlich.«

»Natürlich, die Papiere«, stammelte Hazel. »Ich habe sie irgendwo hier …« Sie klopfte ihre Taschen ab und ließ einen Ausdruck des Entsetzens über ihr Gesicht huschen. »Oh nein. Ich glaube, ich habe sie im Tower liegen lassen …«

Titus wirbelte zu ihr herum. »Was sagst du da? Du hast den Brief des hochverehrten Generals nicht bei dir? *Dummkopf!*« Er drehte sich wieder zu Graves um. »Herr Graves, ich bitte Euch aufs Eindringlichste, verwehrt mir nicht den Zutritt aufgrund der Dummheit dieses … dieses *Voll…* Nein, dieses *Doppel*trottels!«

Hazel blickte beschämt zu Boden und murmelte eine Entschuldigung.

»Es tut mir aufrichtig leid, Baron«, sagte Graves, »aber ich kann keine Ausnahme machen.«

»Nicht mal ein winzig kleiner Blick? *Bitte … Bitte?*«, versuchte Titus, ihn zu beschwatzen.

Graves schüttelte den Kopf. »Ich bin an die Regeln gebunden.«

»Ich verstehe Euch, Herr Graves.« Titus packte Hazel am Kragen »Komm schon, du törichter Junge, du kannst mir wenigstens die *anderen* Bücher zeigen!«

30
Auf dem einen Weg hinein …

»Von wem habt Ihr Eure kleinen Kobolde bekommen?«
»Von der guten Frau Brown.«
Und wie die Wellen auf einem Teich
ziehen die Folgen Kreise in alle Richtungen.

Ein Wald aus Galgen von Albrecht Prinz

Hazel und Titus gingen durch einen kurzen Korridor in eine weitläufige Bibliothek, die von Dutzenden Laternen erhellt wurde. Bücher füllten die Wände vom Boden bis zur Decke und die obersten Bände waren nur über mit Rollen versehene Leitern zu erreichen. Lange Reihen mit Bücherregalen nahmen den Großteil des Raumes ein, aber es gab auch einen Lesebereich, in dem einige Männer in stille Studien vertieft saßen.

Titus atmete den Geruch von Leder und Pergament ganz tief ein. »Ich habe diesen Ort vermisst«, sagte er in ehrfurchtsvollem Tonfall. »Das Wissen der Welt direkt vor unserer Nase.«

»Ja, wirklich toll«, flüsterte Bramley. »Also, wo ist jetzt dieses *Necro*-dingens?«

»Die Verbotene Abteilung war immer in der Ecke dort drüben«, antwortete Titus. »Schauen wir mal nach.«

Hazel folgte ihm, fuhr mit den Fingern über die Bücher und las die Titel, die in einige der Buchrücken geprägt waren: *Ein Blick jenseits der Grenzen der geistigen Gesundheit, Hosiannas aus den Kreisen der Hölle, Brann Jente, Frauen in Schwarz.*

»Da wären wir«, verkündete Titus mit leiser Stimme.

Vor ihnen befand sich ein gusseisernes Tor, das mit einer Kette und drei nagelneu wirkenden Vorhängeschlössern gesichert war. Dahinter erstreckte sich ein achteckiger Raum, in dem es sonst keine weiteren Türen oder Fenster gab. Hazel wurde bewusst, dass er sich in einem der Ecktürme der Burg befinden musste.

Mahagoniregale reichten bis zur Decke empor und waren mit unzähligen Büchern gefüllt: Lederbände mit geprägten Rücken, in zerschlissenen Stoff gebundene Werke und ganze Bündel von Pergamentrollen, die mit Zwirn zusammengefasst waren. Ein riesiger Wälzer mit dem Titel *Liber Chaoticum* wurde von Scharniergelenken zusammengehalten und war in Bronze eingebunden. Jedes Buch war darüber hinaus sorgfältig mit einem eigenen Etikett aus Holz beschriftet worden.

In der Mitte des Raumes befand sich ein Sockel, auf dem ein kleines, scheinbar wenig bemerkenswertes Buch ruhte. Das einzig Auffällige daran war, dass der Buchdeckel seine Farbe änderte, je nachdem, aus welchem Winkel man es betrachtete: von seidigem Grün zu Saphirblau, von mattem Stahlgrau zu Silber. Es war gleichzeitig wunderschön und unheimlich.

»Das ist es«, sagte Titus. »Petrovs *Necronomicon.*«

»Der Umschlag«, hauchte Hazel. »All diese Farben …«

»Die Legende besagt, es sei in Dämonenhaut eingebunden. Wenn ich es jetzt so sehe, glaube ich, dass das wirklich wahr ist.«

Es wirkte so nah. Nach all den Risiken, nach all den Mühen lag der Erfolg in Hazels Reichweite – sie musste nur den Arm ausstrecken und konnte beinahe danach greifen.

»Kannst du die Schlösser da knacken?«, fragte Bramley.

Titus beugte sich nach unten, um sie zu untersuchen. »Wahrscheinlich, aber das wird seine Zeit dauern. Zeit, die wir nicht haben …«

»Und was machen wir jetzt?«

Hazel blickte sich um. Es war niemand in der Nähe und die Bücherregale schützten sie vor möglichen Beobachtern.

»Ich hab da so eine Idee«, verkündete sie. »Titus, hast du in deinen tiefen Taschen vielleicht irgendwo ein Stück Schnur?«

»Autsch! Das ist zu eng«, kreischte Bramley, als Hazel die Schnur um seinen Bauch band. »Warum bin immer ich derjenige, der die gefährlichen Aufgaben übernehmen muss?«

Hazel ignorierte ihn und wandte sich an Titus. »Warte auf mein Zeichen und dann lass richtig was hören.«

»Verstanden«, versicherte Titus, griff nach Imogen Coopers *Das Goldene Ei* und ging zurück den Flur hinunter in Richtung des Lesesaals.

»Los jetzt, Bram«, sagte Hazel und setzte ihn auf der anderen Seite der Gitterstäbe ab. »Jetzt hängt alles von dir ab.«

»Schon gut, schon gut, ich mach ja schon …«

Hazel hielt das andere Ende der Schnur fest und sah zu, wie ihr Vertrauter über den Boden krabbelte und an dem Sockel zu dem Pult hinaufkletterte, indem er seine Krallen in das Holz bohrte. Als er oben angekommen war, machte er sich an die Arbeit und begann, ein Loch in den Buchdeckel zu knabbern. Hazel konnte nur warten. Mit jedem vorbeiziehenden Moment vergrößerte sich das Risiko, dass sie entdeckt wurden.

Nachdem er sich durch das Leder gebissen hatte, quetschte sich Bramley aus der Schlaufe der Schnur und fädelte sie durch das Loch. Dann nahm er die Schlaufe zwischen die Zähne und kletterte den Sockel wieder hinunter und zu Hazel zurück.

»Kluge Haselmaus«, flüsterte sie lobend, nahm ihm das Ende der Schnur ab und ließ ihn wieder auf ihre Schulter krabbeln.

Titus stand am anderen Ende des Flurs bereit. Auf Hazels Zeichen hin hustete er mehrmals laut und keuchend. Hazel zog an der Schnur und das *Necronomicon* plumpste zu Boden. Titus' Hustenanfall übertönte den Lärm des Aufpralls und das kratzende Geräusch, als sie es zu sich heranzog und es schließlich aufhob.

Das Buch war zwar so klein, dass sie es mit einer Hand festhalten konnte, aber auch unglaublich schwer, so als hätten die Worte darin ein eigenes schreckliches Gewicht. Der schimmernde Buchdeckel fühlte sich trocken an und bestand aus winzigen miteinander verwobenen Schuppen. *Dann ist es also wirklich Dämonenhaut.* Hazel schluckte ihren Ekel hinunter, steckte das Buch hinten in den Hosenbund und bedeckte es mit der Jacke.

»Wir haben's geschafft!«, flüsterte Bramley. »Jetzt müssen wir nur wieder hier rauskommen.«

Hazel versuchte sich so gelassen wie möglich zu bewegen und schlenderte zu Titus hinüber, bevor sie gemeinsam ins Empfangszimmer zurückkehrten. Sie hatten Glück: Graves war mit dem

Gesicht auf dem Buch, in dem er vorhin gelesen hatte, eingeschlafen. Sie eilten die Stufen hinunter und in die Eingangshalle, wo sie den Triumph ihrer gelungenen Flucht beinahe riechen konnten. Vor ihnen lag der Ausgang, und die Jolle wartete am Fuße der Treppe auf sie.

Hazel entdeckte einen Mann in einem fellbesetzten Umhang, der mit den Wachen am Tor sprach. Sie erstarrte und packte Titus am Arm. »Grimstone«, zischte sie. »Verdammt noch mal, das ist *Grimstone*!«

31

... und auf einem anderen wieder hinaus

Die Herzen der Menschen
können bis zu den Sternen aufsteigen
oder bis in die Kanalisation hinabsinken.

Ein Blick von der Grenze von Henri Blofeld

»Grimstone ist einer der Granden«, zischte Hazel und zog Titus von der Tür weg. »Er kennt mich, und was noch viel schlimmer ist: Grimstone hat gesehen, wie ich erst vor ein paar Stunden in den Fluss gesprungen bin.«

»Dann müssen wir einen anderen Weg hier raus finden«, erwiderte Titus mit angespannter Stimme.

»Du kennst diese Burg am besten«, warf Bramley ein. »Irgendeine Idee?«

»Tatsächlich habe ich die. Und eines steht fest, Meister Maus, du wirst sie *hassen*.«

Titus führte sie die Treppe zurück nach oben und in einen kleinen Raum, dessen Fußboden mit Binsen bedeckt war. Eine Holzbank, in der sich in regelmäßigem Abstand sechs Löcher befanden, erstreckte sich über eine der Wände.

»Was *ist* das hier?«, fragte Bramley auf Hazels Schulter.

»Das«, antwortete Titus und breitete die Arme aus, »ist der Raum der Erleichterung.«

»Der Raum der Erleichterung? Komischer Name ...« Bramley schnupperte. »Der Geruch ist sehr unangenehm.«

»Du gewöhnst dich besser daran.« Titus hob die Bank an und deutete auf einen abschüssigen Steinschacht, der in dunstiger, stinkender Dunkelheit verschwand. »Weil das nämlich unser Fluchtweg ist.«

»Die Kanalisation?«, fragte Hazel ungläubig und blickte in die schauerliche Tiefe. »Ernsthaft? Ich glaube, da versuche ich mein Glück lieber mit Grimstone ...«

»Mir nach«, forderte Titus sie mit einer Heiterkeit auf, die gar nicht zu der widerlichen Kloake passte, die sie nun durchqueren mussten. »Versuch bitte, dich nicht zu übergeben, Hazel. Du willst den Gestank schließlich nicht noch schlimmer machen.« Und damit stieg er in den Schacht, ging mit den Rockschößen zwischen den Knien in die Hocke und rutschte mit einem nassen, schabenden Geräusch in die Dunkelheit davon.

Hazel wusste, dass sie keine andere Wahl hatte, und stieg mit der Beklommenheit eines verurteilten Verbrechers, der sich dem Schafott nähert, ebenfalls in die Latrine. Breiige Masse matschte unter ihren Stiefeln, als sie in die Hocke ging.

Titus' Stimme hallte zu ihr herauf. Sie klang sehr weit entfernt. »Komm schon, du Trödlerin! Es ist gar nicht so schlimm – wir könnten noch viel tiefer in der Scheiße sitzen, wenn ich mir diesen Scherz erlauben darf!«

Hazel wappnete sich innerlich, während Bramley von einer ihrer Schultern auf die andere sauste und dabei wie wild auf seinem Schwanz herumkaute.

»Warte, Hazel … Nein, *bitte*! Denk doch mal darüber nach, was du da vorhast … Ich werde nie wieder sauber werden. Meine Nase wird sich nie wieder erholen und mir wird das ganze Fell ausfallen, das *weiß* ich einfach …«

Hazel breitete die Arme aus, um das Gleichgewicht besser halten zu können, schlurfte an die Kante des Abhangs und rutschte auf den Fersen hinunter. Bramley krallte sich verzweifelt an ihrem Ohr fest, aber Hazel spürte es gar nicht. Sie stieß einen kurzen Schrei aus, als ihre Stiefel über die glatten, schleimigen Steine glitten, rutschte immer weiter in die Tiefe hinab und schaffte es tatsächlich, das Gleichgewicht zu halten, obwohl sie auf dem Weg nach unten schneller und schneller wurde.

Sie hätte gerne gebremst, brachte es aber nicht über sich, den Abhang mit bloßen Händen zu berühren. Der Geruch … oh, dieser eklige *Gestank*! Unter sich erkannte sie grünes Wasser und dunkle, schimmernde Mauern. Irgendetwas, möglicherweise ein loser Stein oder eine kleine Spalte, brachte sie plötzlich doch noch ins Stolpern und sie fiel mit dem Kopf voraus und mit wild an den Seiten rudernden Armen abwärts.

»Ti*tuuuus*!«

Harter Stein und schmutziges Wasser rauschten immer schneller auf sie zu. Sie riss die Hände nach oben, schloss die Augen und bereitete sich auf den Aufprall vor. Starke Arme fingen sie auf und zogen sie in eine Umarmung. Hazel roch warmen Stoff und Tabakrauch.

»Alles gut, Mädchen«, beruhigte Titus sie. »Ich hab dich.«

Atemlos befreite sich Hazel aus den Falten von Titus' Mantel. »Das ist deine Schuld. Aber trotzdem danke, dass du mich aufgefangen hast.«

Sie befanden sich auf einem schmalen Steinvorsprung neben einem gefüllten Kanaltunnel, in dem das Wasser langsam dahinfloss. Übel riechende Nebelschwaden waberten über die Oberfläche. Das einzige Licht im Tunnel fiel aus dem Raum der Erleichterung hoch über ihnen herein. Bramley quiekte, als eine schwarze Ratte aus einer Lücke zwischen den Ziegeln auftauchte, sie neugierig beäugte und dann im Wasser verschwand.

»Die Kanalisation der Burg«, sagte Titus. »Ein Zuhause fernab von zu Hause für eine Schiet-Elfe wie dich. Jetzt sind wir in Sicherheit. Wir warten noch, bis sich deine Augen an die Dunkelheit gewöhnt haben, und dann verschwinden wir von hier.«

»Es ist eher meine Nase, die sich an das hier gewöhnen muss«, nörgelte Bramley und würgte immer wieder angeekelt.

»Wage es ja nicht, dich in meinen Haaren zu übergeben«, warnte Hazel ihn und tat ihr Bestes, nur durch den Mund zu atmen.

»Hört auf zu meckern, alle beide. Hazel – hast du das Buch? Lass mich mal sehen.«

Hazel zog das *Necronomicon* aus ihrem Hosenbund und reichte es ihm. Titus betrachtete den Einband und öffnete das Buch auf der Titelseite. »Das ist es. Schau mal, hier ...«

»Ich kann die Wörter nicht lesen.«

»Natürlich nicht«, erwiderte Titus. »Petrov war Schwede. Hier steht: *Das Necronomicon. Die wahrheitsgemäße Schilderung eines Ferngereisten durch die endlosen Weiten der Unterwelt. Aufgezeichnet von Lars Göran Petrov.*«

Hazel starrte voller Erstaunen auf die dicke gotische Schrift und vergaß für einen Moment die Dunkelheit und sogar den widerlichen Gestank. Sie musste lachen. »Und wir haben es ihnen direkt vor der Nase weggeschnappt.«

»Wir sind wieder einen Schritt weiter«, sagte Titus. »Schau mal, da drüben fällt schwaches Licht herein. Vielleicht ist das unser Weg nach draußen. Folge mir – und fall bloß nicht ins Wasser, weil ich dir sicher nicht hinterherspringen und dich rausziehen werde.«

Hazel folgte Titus und hielt sich so dicht an der Wand, wie sie konnte, ohne sie berühren zu müssen. Der grauenhafte Geruch verzog sich allmählich, aber sie konnte nicht sagen, ob es daran lag, dass sie wieder in sauberere Luft vordrangen oder daran, dass sie sich inzwischen daran gewöhnt hatte.

Titus blieb so unerwartet stehen, dass Hazel gegen seinen Rücken prallte. »Ich komme mit dir, du weißt schon. In die Unterwelt.«

»Titus«, erwiderte sie und fand das Gleichgewicht wieder. »Ich weiß, dass du mich beschützen möchtest, und ich … ich weiß das auch wirklich zu schätzen. Aber ich werde dich nicht noch mehr in Gefahr bringen. Diesen Weg muss ich allein beschreiten.«

»Allein?«, quietschte Bramley. »Aber mich nimmst du doch mit, oder?«

Hazel pflückte ihn aus ihrem Haar. »Ich habe viel über diese ganze Sache nachgedacht, vor allem jetzt, wo ich so dicht dran bin, und ich habe eine Entscheidung getroffen. Ich will nicht, dass *irgendeiner* von euch beiden mitkommt. Das ist zu gefährlich, und ihr habt meinetwegen sowieso schon so viel riskiert.« Sie holte tief Luft. »So, jetzt wisst ihr es. Ich gehe alleine. Und das ist mein letztes Wort.«

Bramley und Titus tauschten einen Blick und funkelten sie dann wütend an.

»Lächerlich«, schimpfte Bramley. »Du willst mich zurücklassen? Wie kannst du es nur wagen, so etwas auch nur zu *denken*?«

»Das kommt überhaupt nicht infrage, verflucht noch mal«, fügte Titus hinzu.

Hazel machte den Mund auf, um zu protestieren, aber Titus war schneller. »Du bist entweder einverstanden, dass wir dich begleiten, oder wir verraten dir nicht, wie du an das Dämonenblut kommst, das du brauchst, um den magischen Kreis zu zeichnen.«

»Aber –«

»Wir kommen mit dir«, bekräftigte Bramley. »Und es steht zwei gegen einen, also: Pech gehabt!«

»Bram hat recht«, bekräftigte Titus bestimmt. »Wir haben diese Sache gemeinsam begonnen, und wir werden sie auch gemeinsam zu Ende bringen, ganz egal, wie sie ausgeht.« Und mit diesen letzten Worten ging er auf den entfernten Lichtkreis zu und ließ Hazel mit einem erleichterten Lächeln zurück.

32
Zurück ins Versteck ...

Hexen schlachten Vieh ab
und zerstören die Erzeugnisse der Erde,
die Früchte der Bäume
und die Trauben an den Reben.

VERBRECHEN, KETZEREIEN UND MISSETATEN
von Sir Stefan de Crouché

Es war ein langer Fußmarsch zurück zur Geschmückten Mähre, und als die Gefährten sich endlich die Hintertreppe hinaufschleppten, umspielte die Sonne bereits die Dächer und die Stadt erwachte zu neuem Leben.

Hazel war vollkommen erschöpft und hätte am liebsten eine ganze Woche lang geschlafen – aber nicht, bevor sie sich gewaschen hatte. Sie fand die Badewanne des Gasthauses im Waschkeller, füllte sie mit Pumpwasser, das sie mit einem sanften Funken Magie erwärmte, und schrubbte sich den Dreck und Gestank der Kanalisation gründlich ab.

Anschließend fühlte sie sich hundertmal besser, auch wenn sie es kaum noch schaffte, die Augen offen zu halten, zog sich an und taumelte zurück auf ihr Zimmer. Bramley schlief tief und fest unter einer Falte der Bettdecke. Titus saß am Tisch und brütete über dem Buch.

»Lass mich mal sehen«, murmelte sie und schlurfte auf ihn zu.

»Du brauchst Schlaf«, erwiderte Titus. »Ab ins Bett. Sofort.«

»Ich will es lesen …«

Titus klappte das Buch zu. »Sprichst du fließend Schwedisch? Nein? Dachte ich mir. *Ins Bett.*«

Mit uncharakteristischer Folgsamkeit hob Hazel ihren schlafenden Vertrauten hoch und kroch unter die Bettdecke.

Sie wurde von einem hartnäckigen Kratzen geweckt, reckte und streckte sich, gähnte laut und machte die Augen auf. Goldenes Sonnenlicht fiel auf Titus, der noch immer am Tisch saß und sich mit einem Federkiel Notizen machte. Sein Haar war zerzaust, der Mantel zerknittert – sein üblicher schlampiger Zustand war wiederhergestellt.

»Wie spät ist es?«, fragte sie.

Titus blickte nicht auf. »Etwa zwei Uhr nachmittags.«

»Ah. Und welcher Tag? Ich hab das Gefühl, ich hätte eine ganze Woche geschlafen.«

»Derselbe Tag«, antwortete Bramley von seinem Platz auf dem Tintenfass aus. »Da drüben sind Eier und Speck.«

Völlig ausgehungert schnappte sich Hazel den Teller und setzte sich zu den beiden ans Fenster. Das *Necronomicon* lag offen auf dem Tisch. Die Seiten waren dicht bedruckt und die Ränder mit Titus' Notizen und Übersetzungen vollgeschrieben.

»Verrät es uns denn, was wir wissen müssen?« Hazels Herz raste vor Aufregung. »Steht da drin, wie wir das Tor öffnen können?«

»Ja. Es ist alles hier – ein Diagramm des magischen Kreises, eine Anleitung, wo man ihn am besten platziert, und«, er blätterte ein paar Seiten zurück, »siehst du das? Das ist der Zauberspruch, der das Tor öffnet.«

Hazel schaute genauer hin. Von Totenschädeln und Knochen umrandet, stand dort ein kurzer Text in hässlichen, spitzen Buchstaben.

»Dieser Zauberspruch ist in der Sprache der Dämonen verfasst«, erklärte Titus und richtete seine dunklen Augen auf sie. »Und damit er auch funktioniert, muss er ganz exakt aufgesagt werden – jedes einzelne Wort muss mit absoluter Präzision ausgesprochen werden.«

»In Ordnung«, sagte Hazel, ein wenig erschrocken über die Vehemenz in seiner Stimme. »Dann werden wir eben aufpassen …«

»Nein, du begreifst es nicht. Ich verstehe zwar ein bisschen etwas von ihrer Sprache, aber nicht genug, um sie so akkurat auszusprechen, wie es diese Zauberformel verlangt.«

»Titus hat mir schon erzählt, dass die Folgen katastrophal sein könnten, wenn wir den Zauberspruch nicht richtig aufsagen«, fügte Bramley hinzu, hüpfte vom Tintenfass und kletterte auf Hazels Schulter. »Wir könnten vielleicht ein Tor öffnen, das Dämonen in unsere Welt *hinein*lässt.«

Hazel ließ sich aufs Bett fallen. »Das will ich ganz bestimmt nicht.«

»Natürlich willst du das nicht«, sagte Titus. »Aber verstehst du das Problem? Keiner von uns kann die Zauberformel aufsagen, ohne andere Menschen womöglich in schreckliche Gefahr zu bringen.«

Bramley stupste Hazels Hals aufmunternd mit der Nase an. »Aber wir kennen einen Mann, der das kann.«

»Du meinst doch nicht etwa …?« Hazels Augen weiteten sich. »*Murrell?*«

Titus zuckte mit den Schultern. »Wer sonst? Er ist der einzige lebende Mensch, der die Sprache gut genug beherrscht, um das Tor zu öffnen. Wir wissen das, weil wir gesehen haben, wie er es in Rivenpike getan hat.«

»Aber er ist eingesperrt und soll dieses Wochenende hingerichtet werden«, erwiderte Hazel und warf verzweifelt die Hände in die Luft.

»Das ist uns auch klar«, sagte Bramley, »aber während du friedlich geschnarcht hast, haben *wir* uns einen Plan ausgedacht.«

»In der Tat«, bestätigte Titus. »Also, im *Necronomicon* steht, dass der magische Kreis ›an einem Ort des Elends und des Todes‹ gezeichnet werden muss. Und sieh mal hier.« Er hielt ein Plakat hoch, auf dem das verblüffend ähnliche Bild eines höhnisch grinsenden Murrells zu sehen war.

»Das ist ein Plakat für das Hinrichtungsspektakel«, sagte Hazel.

»Genau, der Orden verteilt sie überall in der Nachbarschaft. Das hier habe ich unten im Schankraum mitgenommen. Da steht, dass Murrell in der Arena auf dem Tower Hill hingerichtet werden soll.« Titus beugte sich zu ihr. »Ich bin im Laufe der Jahre schon oft dort gewesen. Mehrere Sitzreihen umschließen ein Podium in der Mitte, auf dem die Verurteilten ihrem Schicksal begegnen.«

»Na und?«, fragte Hazel und wünschte sich, er würde endlich zum Punkt kommen.

»Und wenn *ich* den magischen Kreis unter dieses Podium

zeichnen kann und *du* Murrell davon überzeugst, den Zauberspruch während seiner eigenen Hinrichtung aufzusagen, dann ist er *vielleicht* in der Lage, das Tor in die Unterwelt zu öffnen.«

Hazel starrte ihn an und erwiderte dann langsam: »Ich weiß nicht, ob das die genialste oder die waghalsigste Idee ist, die ich jemals gehört habe.«

»Von beidem ein bisschen, denke ich«, scherzte Titus. »Bramley und ich haben uns das Gehirn zermartert, aber offen gesagt ist das der einzige Plan, der vielleicht funktionieren könnte.«

»Murrell ist der Einzige, der die Zauberformel richtig aufsagen kann – er muss das für uns tun«, fügte Bramley hinzu. »Allerdings ist es unmöglich, ihn von der Insel zu retten, deshalb müssen wir warten, bis die Hexenjäger ihn wegen des Spektakels in die Arena bringen und ihn direkt über dem magischen Kreis abliefern.«

»Aber wie kann ich Murrell davon überzeugen, uns bei seiner eigenen Hinrichtung zu helfen?«

»Oh, er wird uns helfen.« Titus lächelte. »Das ist ja das Schöne an der ganzen Idee: Ein Dämonentor bei seiner eigenen Hinrichtung zu erschaffen, ist Murrells beste – ach, zur Hölle, seine *einzige* – Chance auf eine Flucht.«

»Stell dir das doch nur mal vor, Hazel«, quiekte Bramley aufgeregt. »Wirbelnde Magie, der Boden reißt unter dem Scheiterhaufen auf … Das wird das reinste Chaos. Da wird die Hölle los sein. Die Hexenjäger werden in Todesangst davonrennen – stell dir nur mal den Ausdruck auf Hopkins' Gesicht vor! Und wir können die Ablenkung ausnutzen und durch das Tor marschieren.«

Je mehr Hazel darüber nachdachte, desto mehr Sinn ergab der Plan. »Und Murrell?«

Titus winkte ab. »Wen interessiert's? Er kann das Tor öffnen und gehen, wohin er will.«

»Natürlich müssen wir vorher noch das Dämonenblut beschaffen«, warf Bramley ein.

»Aber auch dafür haben wir einen Plan«, teilte Titus ihr mit und erzählte Hazel alles über ihren Besuch beim Gildemeister, über den ermordeten Pestarzt, der in seinem eigenen Garten begraben lag, und über den Dämon, der die Uniform des Arztes als Tarnung benutzt hatte. »Wir verfolgen also diesen Dämon, töten ihn und holen uns sein Blut.«

»Das wir für den magischen Kreis verwenden können«, stieß Hazel atemlos aus.

»Ganz genau. Deine Aufgabe ist es, Murrell dazu zu bringen, uns zu helfen. Weiß er über seine Hinrichtung Bescheid?«

»Als ich bei ihm war, wusste er noch nichts davon.«

»Du musst es ihm sagen.« Titus griff nach einem Klappmesser, trennte die Seite mit dem Zauberspruch aus dem Buch und reichte sie Hazel. »Gib ihm das.«

Hazel nahm sie und fragte: »Ich muss wieder zurück, oder?«

Titus nickte. »Wenn du deine Mutter retten möchtest, dann fürchte ich, musst du das.«

Hazel spürte, wie sämtliche Kraft aus ihrem Körper wich. Der Gedanke daran, zum Orden zurückzukehren und sich wieder in die Trostlosigkeit dieser Welt zu begeben, war beinahe zu viel für sie.

»Hör mir zu, Hazel«, sagte Titus sanft. »Es ist keine Schande, wenn du deine Meinung ändern willst. Deine Mutter würde das verstehen.«

Hazel stellte sich das Lächeln ihrer Mutter vor und wie sehr sie sich freuen würde, es endlich wiederzusehen. Sie richtete sich kerzengerade auf. »Ich gehe zurück.«

»Und diesmal komme ich mit«, verkündete Bramley.

»Sehr gut. Und mach dir keine Sorgen wegen des Dämons«, knurrte Titus. »Der kann es mit mir nicht aufnehmen.«

Hazel blickte auf ihre Hände hinunter. »Ich weiß nicht, was ich sagen soll«, flüsterte sie mit einem Zittern in der Stimme. »Ihr habt beide so viel getan …«

»Keine Tränen, törichtes Mädchen!«, sagte Titus. »Das Schicksal deiner Mutter hängt allein von uns ab. Jetzt ist es Zeit, *Taten* sprechen zu lassen. Als Erstes müssen wir dich wieder zurück in den Tower bekommen …«

33
… wo die Drachen wohnen

»Die Aufständischen bestehen aus Hexen,
Trägerinnen und Soldaten,
die ihrem toten König Charles
gegenüber noch immer loyal sind.
Unterschätzen wir sie,
tun wir dies auf eigene Gefahr.«

General Charles Fleetwood

Einige Stunden später, in der glühenden Nachmittagssonne, näherte sich Hazel erneut den Außenmauern des Towers von London.

»Vergiss nicht, so zu tun, als seist du verwirrt. Aber sei trotzdem du selbst«, flüsterte Bramley, der sich tief in ihrem Haar versteckte. »Du selbst im Sinne von William, natürlich. Das Wichtigste ist, dass sie glauben, Murrell hätte seine magische Kontrolle über dich verloren.«

Hazel vergewisserte sich, dass sie angemessen zerzaust aussah, und ging auf die Wachen zu. Sie erkannten sie sofort. »Das ist er!«, rief einer von ihnen und griff nach seiner Hellebarde. »Der Aspirant des Generals. Der, der verhext war.«

Die Leute in ihrer Umgebung wirkten erschrocken und begannen, vor ihr zurückzuweichen. Der andere Wachmann richtete bereits seine Muskete auf Hazel, und als sie den Ausdruck des Entsetzens auf seinem Gesicht sah, dachte sie, er würde sie sofort auf offener Straße erschießen. »Nicht bewegen«, befahl er.

Hazel blieb stehen und streckte die Hände vor sich aus. »Bitte, es geht mir wieder gut –«

»Sei still oder ich erschieße dich an Ort und Stelle.«

»Er hat schreckliche Angst«, quiekte Bramley. »Und mir gefällt gar nicht, wie sehr seine Hände zittern …«

»In Ordnung, Ned«, sagte der andere Wachmann. »Geh und hol den General. Schnell. Sofort.« Er ging mit gesenkter Hellebarde auf Hazel zu. »Und was dich angeht, Junge, ab ins Wachhaus, bis entschieden ist, was mit dir passieren wird.«

Hazel nickte und schlurfte langsam auf das kleine steinerne Wachhaus zu, das in das Tor eingemauert war. Sobald sie es betreten hatte, verriegelte der Wachmann die Tür hinter ihr. Sie setzte sich an den Tisch und versuchte, langsam durchzuatmen. Die Wache war kurz davor gewesen, sie zu töten.

»Das war knapp«, keuchte Bramley. »Jetzt musst du nur noch den General davon überzeugen, dass du wieder du bist.«

Hazel wartete und beobachtete, wie die Staubkörnchen im Sonnenlicht tanzten. *Die Neuigkeit von meiner Rückkehr wird sich schnell verbreiten. Der wachsame Dorn wird Wind davon bekommen und mich finden,* dachte sie. *Und dann kann ich Murrell meine Nachricht übermitteln.*

Sie zuckte zusammen, als die Tür aufging. Licht strömte herein, gefolgt von Hopkins, Grimstone und drei misstrauischen Wachen, die hinter ihr Position bezogen. Grimstone versperrte die Tür, eine Hand am Griff seiner Pistole. Hopkins setzte sich ihr gegenüber und blickte ihr für einen unangenehm langen Moment direkt in die Augen.

»Ich bin zurückgekommen, General«, begann Hazel.

»Das kann ich sehen«, erwiderte Hopkins leise. »Aber wer bist du wirklich? Bist du Aspirant Lowe? Oder bist du eine Marionette von Murrell, die zurückgekehrt ist, um in meinem Hause Unheil anzurichten?«

»Ich bin ich, das schwöre ich«, versicherte Hazel mit flehendem Unterton. »Seine Macht über mich ist verschwunden … Ich bin wieder ich selbst.«

Hopkins zog sein gebogenes Messer aus der Tasche und klopfte damit auf den Tisch. »William, ich habe gesehen, wie du allem Anschein nach in selbstmörderischer Absicht in den Fluss gesprungen bist. Wie kann ich sicher sein, dass ein Zauber, der mächtig genug war, dich dazu zu bringen, einfach so … verpufft?«

»Die Worte, die Murrell gesprochen hat … die Lügen, um mich dazu zu zwingen, ins Wasser zu springen … Ich kann sie nicht mehr hören.« Hazel senkte den Blick, als würde sie sich schämen. »Ich wollte Euch unbedingt zeigen, dass ich es schaffen kann. Aber alles, was ich geschafft habe, ist, Euch zu enttäuschen. Es tut mir sehr leid, General.«

»Ich denke, du solltest mir jetzt besser erzählen, was geschehen ist, William«, forderte Hopkins sie auf. »Von dem Moment an, als du zu ihm gegangen bist.«

Hazel dachte an die Geschichte, die sie, Titus und Bramley sich in der Geschmückten Mähre ausgedacht hatten, und begann zögerlich zu erzählen. Hin und wieder machte sie eine Pause oder legte die Stirn in Falten, passte jedoch auf, dass ihr Bericht nicht einstudiert klang.

Hopkins und Grimstone hörten ihr aufmerksam zu, als sie ihnen erzählte, wie Murrell in der Zelle mit ihr gesprochen hatte. Sie berichtete ihnen von dem überwältigenden Drang, in den Fluss zu springen, von dem erstickenden Wasser und von der Strömung, die sie hatte mitreißen wollen – und von ihrem unbändigen Willen weiterzuleben, der ihr die Kraft gegeben hatte, ans Ufer zu schwimmen. Sie erzählte ihnen, wie sie verwirrt durch die Straßen Londons gewandert war und doch langsam, aber sicher wieder zum Tower zurückgefunden hatte, um endlich wieder unter ihresgleichen zu sein.

»Nun, Grimstone?«, fragte Hopkins, als sie geendet hatte. »Was denkt Ihr?«

»Er scheint wieder völlig normal zu sein – wach, mit klaren Augen, ruhig.«

»Ich stimme Euch zu«, sagte Hopkins und steckte das Messer wieder in die Tasche.

Hazels aufflammende Erleichterung erlosch sofort wieder, als Grimstone hinzufügte: »Aber ich muss seine Geschichte immer noch überprüfen. Der Meister der Spione besteht nach wie vor darauf, dass wir diesen ganzen Zirkus durchführen.«

Natürlich, dachte Hazel und spürte, wie Bramley sich vor Angst versteifte. *Wie konnte ich nur so nachlässig sein, das zu vergessen?*

»Warum dauert das denn so lange, Grimstone?«, blaffte Hopkins ihn an.

»Ich fürchte, im Verwaltungsamt in Putney hat es einen Brand gegeben, der die meisten Register zerstört hat. Meine Männer durchsuchen die Überreste, aber es wird noch eine Weile dauern.

In der Zwischenzeit können wir William in eine Zelle verlegen, bis wir seine Geschichte bestätigt wissen.«

Grimstone nickte den Wachen zu, die sofort nach Hazels Armen griffen. Ein panischer Schauer jagte durch ihren Körper – sie konnte es sich nicht leisten, eingesperrt zu werden. *Aber wenn ich jetzt fliehe, dann mache ich damit unseren Plan und all meine Chancen zunichte, bei Murrells Hinrichtung durch das Dämonentor zu treten …*

»Brecht die Sache ab – ich habe genug von den Einmischungen des Meisters der Spione.« Hopkins winkte die Wachen ab. »William, Murrell hat versucht, dich dazu zu bringen, dich selbst zu ertränken, nur, um mich zu ärgern. Ich betrachte dein Überleben und deine loyale Rückkehr zu mir als einen Sieg des Guten über das Böse.« Er lächelte. »Das beweist, dass mein Vertrauen in dich berechtigt war.«

»Dann … nehmt Ihr mich zurück? Als Euren Aspiranten?«, fragte Hazel und spürte, wie ihre Hoffnung wieder aufkeimte.

»Oh, du bist mehr als nur mein Aspirant.« Hopkins lachte und führte sie in den Sonnenschein hinaus. »Du bist der verlorene Sohn, der in den Schoß der Familie zurückgekehrt ist.«

Hopkins begleitete Hazel zurück auf ihr Zimmer.

»Für dich heute nur leichte Aufgaben, bis du wieder zu deiner alten Stärke zurückgefunden hast«, teilte er ihr mit. »Ich schicke Anthony mit ein paar kleineren Schreibarbeiten zu dir herauf. In der Zwischenzeit solltest du dir aber besser eine saubere Uniform anziehen.«

Das Zimmer sah noch genauso aus, wie sie es verlassen hatte, auch wenn es ihr vorkam, als sei ein ganzes Leben vergangen, seit sie zum letzten Mal hier gewesen war. *Und ich habe ganz sicher nicht erwartet, je wieder hierher zurückzukehren*, dachte sie mit einem Gefühl der Verlassenheit. Sie schloss die Tür, pflückte Bramley aus ihrem Haar und setzte ihn auf die Fensterbank.

»Halte die Augen nach Dorn offen«, bat sie ihn.

Bramley drückte die Nase gegen das Glas. »Hoffen wir einfach, dass er weiß, wo er uns finden kann.«

Hazel versuchte, ihre Gedanken zu ordnen, während sie sich umzog. Sie und Titus hatten noch so viel zu tun und mussten alles genau richtig machen, damit ihr Plan auch wirklich funktionierte. Außerdem war ihr nicht wohl bei dem Gedanken, dass sie dabei so viel ihrem Glück überlassen mussten. Es war jedoch sinnlos, sich über Dinge Sorgen zu machen, die ohnehin außerhalb ihrer Kontrolle lagen.

Ich muss mein Bestes geben und verdammt noch mal dafür sorgen, dass mein Bestes gut genug ist.

Bramley versteckte sich hinter dem Vorhang, als jemand an die Tür klopfte. Hazel öffnete sie und sah Anthony mit einem Stapel Papiere auf dem Arm davorstehen.

»Hallo William«, begrüßte er sie. »Ich kann dir gar nicht sagen, wie sehr ich mich freue, dich wiederzusehen.«

Hazel lächelte und war sofort wieder besserer Stimmung. »Ich mich auch. Hast du dich schon ein bisschen eingelebt?«

»Ich versuche es.« Anthony legte die Papiere auf den Schreibtisch. Er schien erleichtert, sie los zu sein. »Das sind Todesurteile«, sagte er mit leiser Stimme. »Für all die gefangenen Hexen, die dieses Wochenende bei dem Spektakel verbrannt werden sollen.«

Hazel starrte voller Entsetzen auf den Stapel. »Aber das sind so viele …«

Anthony blickte den Flur hinauf und hinunter und schloss dann die Tür. »Ich habe sie gezählt. Es sind dreihundertvierundsechzig Todesurteile – für sämtliche Hexen auf dem Wrack und im Tower.«

Hazel hatte Mühe, sich so viele Menschen überhaupt vorzustellen. Das waren genügend, um einen ganzen Saal zu füllen oder eine ganze Straße – es gab sogar ganze *Dörfer*, in denen weniger Menschen wohnten. Und Hopkins würde sie alle umbringen: Mütter, Töchter, Schwestern …

Nur, weil sie anders sind. Nur, weil sie Hexen sind oder mit ihnen sympathisiert haben.

Sie wurde von einer so brodelnden Wut erfasst, dass ihr Herz vor Magie förmlich vibrierte.

»Dreihundertvierundsechzig?«, wiederholte sie. »Aber wie wollen sie denn so viele auf einmal töten?«

»Sie werden sie alle unter Deck auf dem Wrack einsperren und dann brennende Pfeile darauf abfeuern, um es in Brand zu stecken.« Anthony schluckte schwer. »Die Leute können vom Flussufer aus zusehen, wie sie … verbrennen.«

»Ich kann es nicht glauben.«

»Ich weiß. Ich kann gar nicht mehr schlafen, weil ich die ganze Zeit daran denken muss«, erwiderte Anthony, den Tränen nahe. »Der General sagt, es ist das Richtige … Ich verstehe nur nicht, wie es das sein kann.«

»Komm, setz dich mal hierhin.« Hazel spürte, wie er zitterte, als sie ihm half, sich auf dem Stuhl niederzulassen.

»Aber da ist noch was«, flüsterte er. »Ich habe herausgefunden, warum mich Grimstone für den Orden ausgewählt hat.«

»Ach?«

»Es ist wegen dieses Gefangenen, von dem sie andauernd reden, Nicolas Murrell. Du weißt doch, dass er auch auf dem Scheiterhaufen verbrannt werden soll, oder?«

»Ja, das weiß ich«, bestätigte Hazel sanft. »Erzähl weiter.«

»Na ja, der General will, dass *ich* den Scheiterhaufen entzünde.«

»Du?« Es dauerte einen Moment, bis die Worte wirklich zu ihr durchgedrungen waren. »Aber warum?«

»Er sagt, der Anblick eines unschuldigen Jungen, der die Welt von einem so bösen Mann wie Murrell befreit, ist eine mächtige Lektion für die ganze Nation«, antwortete Anthony und wischte sich die Tränen aus den Augen. »Aber ich weiß überhaupt nicht, was das *bedeutet*. Alles, was ich weiß, ist, dass ich niemanden umbringen will, ganz egal, wie böse er ist.«

Und damit brach er völlig zusammen und schluchzte so mitleiderregend, dass seine schmalen Schultern heftig bebten. Hazel wusste nicht, was sie sonst tun sollte, legte die Arme um ihn und wartete einfach ab, bis er sich wieder beruhigt hatte.

34
Kommt ein Vogel geflogen

»Die Schwarze Witwe – man sagt,
sie glühe ununterbrochen wie feurige Glut,
auch wenn ich sie noch nie gesehen habe.«

Sergeant der Hexenjäger Josiah Hart

Als Anthony sich wieder beruhigt hatte, begleitete Hazel ihn mit tröstenden Worten auf sein Zimmer, obwohl sie wusste, dass sie ihm auch nicht wirklich halfen. Es fiel ihr schwer zu glauben, dass jemand einem Jungen wie Anthony befehlen wollte, bei einer Hinrichtung einen Scheiterhaufen anzuzünden. Nicht einmal die Aussicht, dass Anthony überhaupt nicht zur Tat schreiten musste, falls ihr Plan tatsächlich funktionierte und sich das Dämonentor öffnete, konnte das Brodeln in ihr wieder zur Ruhe bringen.

Zurück in ihrem Zimmer, lehnte sie sich mit den Ellenbogen aufs Fensterbrett und blickte über die erdrückenden Reihen der Verteidigungsmauern des Towers hinaus. Die Sonne stand tief und tauchte die fernen Dächer in blutiges Rot. Sie war müde und wütend und sie hatte Angst.

Bramley krabbelte an ihrem Arm hinunter und setzte sich auf ihre gefalteten Hände. »Du kannst Anthony nicht retten, das weißt du. Also versuche einfach, nicht darüber nachzudenken.«

»Ich kann nicht anders. Und all diese Hexen … Sie werden *sterben.*«

»Ich weiß«, sagte Bramley und schüttelte traurig den Kopf. »Es ist grauenhaft.«

Hazel holte tief Luft. »Bram, ich habe einen Entschluss gefasst.«

»Oh weh …«

»Ich werde einen Weg finden, um ihnen zu helfen.« Sie nickte voller Überzeugung. »Ja. Genau das werde ich tun.«

»Oh, Hazel«, rief Bramley aus und stellte vor Frustration sein Fell auf.

»Ich kann nicht einfach danebenstehen und zulassen, dass das passiert. All diese Leben!« Ein Kranz aus wütender Magie flackerte rund um ihren Kopf auf. »Ich werde das *nicht* zulassen.«

»Aber hast du auch mal darüber nachgedacht, *wie*?«

Irgendetwas flatterte auf das äußere Fensterbrett und tippte an die Glasscheibe.

»Schau mal«, sagte Hazel. »Es ist Dorn!«

»Gott sei Dank«, stieß Bramley aus, als sie das Fenster öffnete. »Wir haben uns ein bisschen Glück verdient.«

Das kleine Rotkehlchen hüpfte ins Zimmer und setzte sich auf Hazels Finger. »Sei mir gegrüßt, Hazel Hooper. Sei mir gegrüßt, Hazels Maus.«

»Mein Name ist *Bramley*.«

»Der ganze Tower spricht von deiner Rückkehr«, sagte Dorn. »Und Nicolas möchte natürlich wissen, was die Prämisse dafür war.«

Hazel starrte ihn mit leerem Ausdruck an.

»Er meint, was zu deiner Rückkehr *geführt* hat«, brummelte Bramley.

»Oh, richtig … Na ja, es ist so, weißt du …«

Und während Bramley in ihrer einen Hand saß und Dorn auf ihrer anderen balancierte, erzählte Hazel dem kleinen Vogel ihren Plan, Murrell dazu zu bringen, den Dämonenzauberspruch anzuwenden und das Tor bei seiner eigenen Hinrichtung zu öffnen.

Dorn hörte ihr aufmerksam zu, den Kopf zur Seite geneigt, die klugen Augen funkelnd. Als Hazel fertig war, sagte er: »Und als Gegenleistung für Nicolas' Dienste …«

»Bekommt er eine gute Chance, dem Tod zu entrinnen«, blaffte Bramley ihn an. »Er sollte uns *dankbar* sein.«

»Das habe ich verstanden«, erwiderte Dorn milde. »Und ich bin mir sicher, dass er diese Gelegenheit mit freudigem Herzen ergreifen wird.«

Hazel kniff die Augen zusammen. »Murrell muss gewusst haben, dass wir ohne ihn nicht in der Lage sein würden, die Zauberformel richtig anzuwenden. Warum hat er mir das nicht einfach schon vorher gesagt?«

»Er hat dir erzählt, wonach du gefragt hast. Nicht mehr und nicht weniger.«

»Er wusste, dass wir zurückkommen würden, hab ich recht?«, gab Hazel hitzig zurück.

Dorn streckte einen Flügel aus, bevor er antwortete: »Er hat es vermutet, aber er wusste es nicht. Außerdem ist er nicht der Einzige, der Informationen zurückgehalten hat. Nicht *wahr*, Hazel Hooper?«

»Ich weiß nicht, was du meinst …«

»Du hast seinen letzten Auftritt beim Hinrichtungsspektakel auch nicht erwähnt, oder?«

Hazel wurde rot. »Ich … Nein, hab ich nicht.«

»Siehst du?«, sagte Dorn und hüpfte auf die Fensterbank. »Wir haben alle hin und wieder Geheimnisse, wenn es uns dienlich ist.«

Hazel und Bramley tauschten einen Blick. Dorn war sogar noch scharfsinniger, als sie bislang angenommen hatten.

»Aber was ist mit dem magischen Kreis?«, wollte Dorn wissen. »Wird er auch rechtzeitig fertig sein?«

»Das hoffe ich.« Hazel zog die herausgetrennte Seite aus dem *Necronomicon* hervor. »Das ist der Zauberspruch. Kannst du den zu Murrell bringen?«

»Das ist nicht nötig. Er kennt ihn auswendig.«

»Er kennt ihn …?« Wütende Funken knisterten in Hazels Haar. »Verflucht noch mal, er weiß alles über das Tor, oder? Über den Zauberspruch und die Platzierung des magischen Kreises?«

»Das ist wahr, Hazel Hooper«, bestätigte Dorn. »Aber es gibt keinen Grund, deswegen wütend zu werden – letzten Endes wollt ihr doch beide dasselbe, wenn auch aus unterschiedlichen Gründen.«

»Wir wollen in die Unterwelt, Murrell will fliehen«, widersprach Bramley.

»Eine glückliche Fügung, denkt ihr nicht auch?« Dorn flatterte aus dem Fenster. »Und nun muss ich Nicolas die Einzelheiten eures Plans mitteilen …«

»Warte!«, rief Hazel. »Ich habe einen Freund, Titus White.«

Dorn drehte seinen Kopf noch einmal in ihre Richtung. »Nicolas hat mir von ihm erzählt.«

»Könntest du ihm jetzt gleich eine Nachricht von mir überbringen? Ich möchte, dass er weiß, dass ich wieder im Tower bin und dass Nicolas einverstanden ist, uns zu helfen.«

»Sehr gerne«, erwiderte der kleine Vogel. »Sag mir, wo ich ihn finden kann …«

35
Ein winkender Finger

Denn wann immer ein Unglück, Kummer oder Krankheit,
der Verlust eines Kindes, der Ernte,
ihres Viehs oder ihrer Freiheit die Menschen ereilt,
zeigen sie irgendwann mit dem Finger auf die Hexen.

DIE ENTDECKUNG DER HEXEREI von Reginald Scot

Die Sonne ließ ihre Strahlen langsam durch den Raum wandern, während Titus über dem *Necronomicon* brütete. Eine Stunde ging in die nächste über, aber er bemerkte es kaum, da er viel zu sehr darauf konzentriert war, sich die schwindelerregenden Muster und Symbole einzuprägen, aus denen der magische Kreis bestand, den er nachzeichnen musste.

Als sich das Licht im Raum grau verfärbte, lehnte er sich zurück und presste die Handballen auf die Augen. Er wartete darauf, dass die Nacht hereinbrach, damit er hinausgehen und den Dämon jagen konnte, auch wenn er wusste, dass seine Chancen, ihn tatsächlich zu finden, sehr gering waren.

Plötzlich klopfte es an der Tür. Er bedeckte das *Necronomicon* mit einem Tuch und erhob sich, um zu öffnen. Mrs Treacher stand davor.

»Das hier wurde soeben für Euch abgegeben«, sagte sie und reichte ihm ein Päckchen und einen versiegelten Brief.

»Danke sehr«, erwiderte Titus und schloss die Tür wieder.

Er stellte das Päckchen auf den Tisch, öffnete den Brief und begann zu lesen:

Lieber Mr White,
ich fürchte, diesen Brief zu schreiben, könnte meine letzte bedeutende Tat sein, bevor mich diese verfluchte Pest dahinrafft – ich hoffe inständig, dass sie etwas zu bewirken vermag.

Es wurde ein weiteres totes Mädchen gefunden, diesmal im verlassenen Schlachthofbezirk an den Docks von Southwark. Weil sie wussten, dass ich auch die anderen Opfer untersucht hatte, brachten die Totensammler die traurigen sterblichen Überreste zu mir.

Das Mädchen hatte denselben Ausdruck der Angst im Gesicht wie all die anderen, aber diese Kleine war eine Kämpferin – bei näherer Untersuchung habe ich entdeckt, dass sich etwas in ihrer verkrampften Hand befand. Etwas, das zweifelsfrei beweist, dass der Mörder nicht von dieser Welt ist.

Ich habe es Euch in dem Päckchen mitgeschickt. Öffnet es nur, wenn Ihr allein seid. Ich flehe Euch an, all Euren Mut und Eure Fähigkeiten einzusetzen und die Stadt von diesem Mörder zu befreien.

Wir sehen uns auf der anderen Seite,

Sebastian

Mit wachsender Aufregung schnitt Titus die Schnur des Päckchens durch und sah zu, wie sich das Packpapier entfaltete. Darin befand sich eine schlichte Holzkiste. Mit der Spitze seines Messers klappte er den Deckel auf.

»Guter Gott«, keuchte er.

Ein abgetrennter Finger, vom Nagel bis zum Knöchel gut fünfzehn Zentimeter lang, lag auf einem Bett aus Stroh. Die Haut war rosa-weiß, spannte sich straff über den Knochen und war mit dünnen blauen Adern marmoriert.

Titus nahm das grässliche Glied aus der Kiste und rümpfte die Nase, als er den Geruch von saurer Milch wahrnahm. Die Gelenke knackten, als er sie bewegte. Die Haut fühlte sich kalt und glitschig an, wie nasses Glas. Nachdem er den Finger ein paar Minuten lang ausführlich untersucht und seine Entdeckungen mithilfe der *Dämonologie*-Ausgabe verglichen hatte, legte er ihn zurück in die Kiste, klappte den Deckel zu und holte zitternd Luft.

Er dachte an den Kampf, den das Opfer dem Dämon geliefert haben musste, und an die verzweifelte Kraft, die nötig gewesen war, um den Finger tatsächlich abzureißen, und ihn überkam eine unglaubliche Traurigkeit. Aber wenigstens wusste er nun ganz genau, was für einen Dämon er töten musste. Er kannte seinen *Namen*.

Titus trottete zum Waschtisch, um sich zu säubern. Er blickte durch das Wasser auf seine Hände hinunter. Sie verfügten immer noch über einen Großteil ihrer alten Stärke, aber hin und wieder wurden sie von einem Zittern befallen. War es seine Angst, die es auslöste? Oder nur die Schwäche, die mit dem Alter einherging?

Was immer es auch ist, ich glaube nicht, dass ich diesen Feind alleine besiegen kann. Nicht mehr.

Seine Kehle fühlte sich ganz trocken an. Er wollte, er *brauchte* etwas zu trinken. Gefahr, Schmerzen, Tod – er war ihnen schon tausendmal ohne mit der Wimper zu zucken entgegengetreten. Was ihm jedoch Angst machte, war ein mögliches Versagen. Er streifte seinen Mantel über, überprüfte die Pistole und setzte sich den Hut auf den Kopf.

»Reiß dich zusammen«, knurrte er. »Und mach deine Arbeit.«

Irgendetwas flatterte durch das offene Fenster herein und landete auf dem Nachttisch. Es war ein Rotkehlchen mit einem lahmen Bein und leuchtenden, intelligenten Augen.

Titus hob die Augenbrauen. »Sieh an, sieh an«, sagte er. »Du musst Dorn sein.«

»Das ist richtig«, zwitscherte der kleine Vogel. »Und du bist Titus White, der Hexenfinder und Freund von Hazel Hooper?«

»Der bin ich. Aber ich warne dich, Vogel, ich bin nicht so vertrauensselig wie sie. Was willst du?«

»Ich habe eine Nachricht für dich, von Nicolas Murrell.«

Titus' Lippen verzerrten sich zu einem schiefen Grinsen. »Dann lass mal hören.«

»Er ist mit eurem Plan einverstanden, während des Spektakels das Tor zu öffnen, und dankt dir für die Gelegenheit, einen Teil des Übels, das er in der Vergangenheit angerichtet hat, wiedergutmachen zu können.«

Titus packte die Rückenlehne des Stuhls mit beiden Händen, die sich nun wieder ruhiger anfühlten. »Ich tue das für Hazel, nicht für ihn.«

»Das verstehe ich«, sagte Dorn und neigte anerkennend den Kopf zur Seite. »Nichtsdestotrotz dankt er dir. Und er möchte wissen, wie du das Dämonenblut beschaffen willst, das du benötigst, um den magischen Kreis zu zeichnen.«

»Daran arbeite ich gerade. Wenn du willst, kleiner Vogel, kannst du mich begleiten, wenn ich den Dämon aufspüre.«

»Sehr gerne.«

»Und anschließend kannst du Hazel im Tower eine Nachricht von mir überbringen. Ich habe nämlich das dumpfe Gefühl, dass ich ihre Hilfe brauchen werde, um ihn zu töten …«

36
Die Schlachtbank

Es gibt keinen Flecken im zivilisierten Europa,
der nicht mit Bösartigkeit
und Hexerei beschmutzt wäre.

ARCHIVES DE LA BASTILLE von François Ravaisson

Die Nacht war so heiß, dass Hazel das Fenster offen gelassen hatte, während sie die Todessurteile in alphabetischer Reihenfolge sortierte. Sie hatte jeden einzelnen Namen gelesen und sich vorgestellt, wer sich dahinter verbarg und welchen Schrecken sie empfinden mussten, eingesperrt im Gefängniswrack auf ihren Tod wartend.

Als es Mitternacht schlug, griff sie todmüde und mit einem Gefühl der Übelkeit nach dem letzten Todesurteil des Stapels. Sie hätte nicht geglaubt, dass es überhaupt möglich war, dass sie sich noch trauriger fühlte, aber dann las sie den mit dicken schwarzen Buchstaben geschriebenen Namen, der ganz oben auf dem Dokument stand: *David Drake, beschuldigt der Verschwörung mit Hexen und bekannten Kriminellen. Urteil: Tod.*

Darunter befand sich eine handschriftliche Notiz:

> *General, wir haben sämtliche Informationen aus diesem Jungen herausgequetscht, die er uns geben konnte – er hat keinen Nutzen mehr für uns. Ich schlage vor, wir befreien uns so bald als möglich von seiner von Dämonen vergifteten Anwesenheit. Ich habe mir bereits die Freiheit genommen, ihn rechtzeitig für das Spektakel ins Wrack zu verlegen.*
>
> *Hochachtungsvoll,*
>
> Befrager Bloch

Hazel legte das Todesurteil weg und rieb sich die Augen. »Oh, David«, seufzte sie. »Wenn du doch nur bei uns geblieben wärst.«

Sie hatte sich zwar ohnehin bereits entschieden, einen Weg zu finden, die Gefangenen zu retten, aber nun, da sie wusste, dass David zu ihnen gehörte, war sie nur umso entschlossener. Nur: *Wie* sollte sie das anstellen?

Ein Flügelflattern verkündete Dorns Rückkehr. »Ich bin froh, dass du noch wach bist, Hazel Hooper«, sagte er. »Ich habe eine Nachricht von Titus White für dich. Er hat das Versteck des Dämons gefunden und bittet dich, ihm dabei zu helfen, ihn zu töten …«

Fünfzehn Minuten später, während sich Bramley fest an ihr Ohr klammerte, folgte Hazel Dorn aus dem Tower, über die Brücke und in die nachtdunklen Straßen von Southwark. Sie war froh, etwas unternehmen zu können. Wenn Titus recht hatte, dann würde es ihnen vielleicht schon in dieser Nacht gelingen, das Blut zu besorgen, das sie benötigten. Vor ihnen lag nur noch das kleine Hindernis, dass sie dafür zunächst einmal einen Dämon töten mussten.

Dorn hüpfte auf Hazels Schulter, als sie eine verlassene Kreuzung direkt hinter der Southwark High Road erreichten. »Titus wartet am Ende der Gasse auf dich. Ich muss nun zu Nicolas zurückkehren und ihm von eurem Unterfangen berichten. Viel Glück, Hazel Hooper.«

»Ich danke dir, Dorn«, erwiderte Hazel. »Ich hab so ein Gefühl, dass wir das brauchen werden.«

Die Gasse führte zwischen mit Brettern vernagelten und mit Vorhängeschlössern gesicherten Gebäuden leicht bergab. Der gesamte Bezirk wirkte völlig verlassen. Hazel verstand, warum, als sie die roten Kreuze an den Türen sah.

»Die Pest ist in dieser Nachbarschaft ja ziemlich fleißig gewesen«, murmelte Bramley. »Ich bin froh, wenn wir diese Stadt endlich wieder verlassen können, das kann ich dir sagen.«

Am Ende der Gasse befand sich ein dreckiger Hof, begrenzt von baufälligen Lagerhäusern und einer Uferböschung, die sich zum Fluss hinabsenkte. Getrockneter, von Wagenrillen durchzogener Dung bedeckte die Pflastersteine.

»Titus«, zischte Hazel. »Wo bist du?«

»Direkt hinter dir.« Der alte Hexenfinder tauchte aus einem nahen Eingang auf. »Deine Beobachtungsgabe ist auch nicht die beste, was?«

»Lass das *sein*«, quietschte Bramley. »Meine Nerven liegen sowieso schon völlig blank.«

Hazel streckte eine Hand aus und strich die Haare aus Titus' Gesicht. Er sah blass, verhärmt und zehn Jahre älter aus als noch vor wenigen Stunden. »Was um alles in der Welt ist denn mit dir passiert? Du siehst ja furchtbar aus.«

»Mir geht's gut«, versicherte er und winkte ab. »Und jetzt hör mir gut zu. Alles hängt davon ab, was hier passiert, jetzt, in dieser Nacht. Du musst bereit dafür sein.«

»Dorn hat uns erzählt, dass du den Dämon aufgespürt hast«, flüsterte Hazel und ließ sich von Titus tiefer in die Schatten ziehen. »Ist das wahr?«

Titus kniete sich neben sie und legte eine Hand auf ihre Schulter. Die Nacht schnitt tiefe Falten in sein Gesicht. »Siehst du das Lagerhaus dort drüben? Das ist das Versteck dieser Kreatur.«

»Woher weißt du das?«

»Weil ich inzwischen weiß, nach was für einem Dämon wir suchen müssen. Darum konnte ich auch das hier benutzen.« Er holte das Entropie-Monokel aus seiner Tasche. »Die Spuren, die ich gefunden habe, waren ziemlich verblasst, und es war gar nicht so leicht, ihnen zu folgen. Aber wie ich bereits vermutet hatte, führten sie direkt zum Haus unseres unglückseligen Pestarztes.«

»Warum war die Spur denn so verblasst?«, wollte Bramley wissen.

»Was glaubst du wohl, du Fellhirn?«, blaffte Titus ihn an. »Sie war alt.«

»Ah«, warf Hazel ein, »weil der Dämon keine Spuren mehr hinterlassen hat, nachdem er die Robe und die Stiefel des Arztes angezogen hatte.«

»Ganz genau. Ich konnte aber der alten Spur von der Tür des Arztes bis hierher folgen.« Titus zeigte auf ein zerbrochenes Fenster im Erdgeschoss des Lagerhauses. »Bis durch dieses Fenster, um genau zu sein. Aber keine Angst – unsere Beute ist im Augenblick nicht zu Hause. Sie wird allerdings vor Tagesanbruch zurückkehren.«

Hazel unterdrückte einen Angstschauder. »Du verrätst mir besser, womit wir es zu tun haben.«

»Der Name des Dämons, den wir jagen, ist Blutknochen«, erwiderte Titus. »Ein *daemon-mediocritas*, schlau und grausam. Du hast seine Größe und seine Gestalt ja bereits gesehen. Ich hoffe nur, dass wir ihm nicht ohne Maske gegenübertreten müssen – seine Visage ist, gelinde ausgedrückt, verstörend.«

»Blutknochen … Ja, der Name passt«, befand Hazel und erinnerte sich an ihre Begegnung in der Schänke zurück. »Wie hast du seinen Namen denn herausgefunden?«

Titus berichtete ihnen von dem Finger, den Sebastian in der Hand des toten Mädchens gefunden und wie er ihn in Kombination mit Hazels Beschreibung dazu benutzt hatte, ihre gefährliche Beute zu identifizieren.

»Und so haben wir heute Nacht die Chance, London von diesem Schrecken zu befreien und das Blut zu bekommen, das wir für den magischen Kreis benötigen«, schloss Titus. Er griff nach einem Eimer und einer Laterne, die in dem Eingang standen. »Hazel, kannst du die bitte für mich anzünden? Danke … Gut, und jetzt komm mit. Ich will dir zeigen, was wir tun müssen.«

Hazel passte auf, dass sie sich nicht an dem Glas schnitt, und folgte Titus durch das zerbrochene Fenster ins Lagerhaus.

Die Luft war warm und hinterließ einen unangenehmen Salzgeschmack in ihrem Mund.

Die Wände am anderen Ende verloren sich in der Dunkelheit, und Hazel beschlich die beunruhigende Vorstellung, sie befände sich an einem endlosen Ort ohne jegliche Grenzen. Das

Laternenlicht tanzte über einen Wald aus Holzsäulen und davon abzweigenden Balken, als Titus immer weiter in das Lagerhaus vordrang. »Das hier war mal eine Fabrikhalle, in der Fleisch verarbeitet wurde«, sagte er, während sie an Schlachterblöcken mit tiefen Kerben und an Ketten baumelnden Fleischerhaken vorbeigingen. »Seit dem jüngsten Ausbruch der Pest ist sie allerdings verlassen.«

»Der perfekte Ort für ein Versteck«, flüsterte Bramley auf Hazels Schulter und seine Schnurrhaare zuckten nervös. »Aber wer hat diese Bestie heraufbeschworen? Und warum?«

»Gute Fragen, Meister Maus. Aber alles zu seiner Zeit, ja?« Titus blieb auf einer frei geräumten Fläche stehen, auf die sich von hoch oben Licht wie Milch durch die Dachfenster herabgoss. »Ihr steht jetzt in einem magischen Kreis – in einer Falle, die ich vorbereitet habe, um unseren Dämon zu fangen.«

Hazel blickte nach unten und sah schwache Linien und Muster auf dem Boden, die einen Kreis mit einem Durchmesser von rund zehn Schritten bildeten. »Warte mal kurz – ist der mit Blut gemalt?«

»Ist er. Der Zauber verlangt es so.«

»Und wo hast du das Blut her?« Hazel starrte ihn voller Entsetzen an, als es ihr dämmerte. »Oh, Titus! Es ist *deines*, nicht wahr?« Sie schob den Ärmel seines Mantels nach oben und enthüllte den Verband an seinem Arm.

Titus zuckte mit den Schultern. »Wo hätte ich denn sonst so kurzfristig menschliches Blut herkriegen sollen?«

»Ich weiß es nicht, aber du hättest nicht dein eigenes benutzen sollen. Kein *Wunder*, dass du aussiehst, als würdest du gleich umkippen.«

»Jetzt hör mir mal gut zu, Mädchen«, knurrte Titus. »Ich bin so stark wie eh und je und der Verlust von ein paar Tropfen Blut …«

Hazel tobte vor Wut. »Ein paar *Tropfen*?«

»Hey, ihr zwei!«, piepste Bramley. »Hört auf, unsere Zeit zu verschwenden. Für den Fall, dass ihr es vergessen habt: Unser Freund, der mordende Dämon, könnte jeden Moment zurückkommen.«

»Sehr richtig, Meister Maus«, stimmte Titus ihm zu und zog seinen Ärmel wieder nach unten. »Also, hört mir zu: Sobald Blutknochen den Rand des Kreises überschreitet, wird eine magische Wand, härter als Stein, aus dem Boden schießen – schneller, als ihr blinzeln könnt. Mit anderen Worten: Sorgt dafür, dass ihr wieder aus dem Kreis draußen seid, bevor der Dämon ihn betritt.«

»Warte mal.« Bramley hob eine Pfote. »Warum sollten wir uns denn überhaupt in dem Kreis befinden, dass der Dämon uns so nahe kommen kann?«

»Ich glaube, Bram«, antwortete Hazel leise, »damit dieser Plan funktioniert, muss ich den Köder spielen und den Dämon in die Falle locken.«

»Was?«, kreischte Bramley.

»Ich fürchte, ja«, bestätigte Titus. »Dieser Dämon jagt Kinder und hat schon einmal ein ganz besonderes Interesse an Hazel gezeigt. Er wird ihr nicht widerstehen können.«

»Na schön«, schäumte Bramley. »Mal angenommen, wir überleben die raubtierhaften Absichten eines rachsüchtigen Dämons und es gelingt uns, ihn in die Falle zu locken, ohne selbst getötet zu werden – was passiert dann als Nächstes?«

Titus holte das *Necronomicon* aus seiner Tasche. »Ich lese eine Zauberformel vor, die den Dämon lange genug außer Gefecht setzen wird, dass ich sein Blut abzapfen kann. Anschließend feuere ich eine Kugel in sein Herz ab und schicke seine Seele zurück in die Unterwelt. Verstanden?«

Hazel nickte. Bramley schmollte.

»Viel Glück, Schiet-Elfe.« Titus strich eine Haarsträhne von ihrer Wange. »Ich bin ganz in deiner Nähe.«

37
Blut und Knochen

»Im Grunde meines Herzens
bin ich ein Gentleman vom Lande,
aber in diesem Krieg gegen die Hexen
ist kein Platz für gentlemanhaftes Verhalten.

Lordprotektor Oliver Cromwell

»Das ist ja mal wieder ein schöner Schlamassel«, meckerte Bramley von seinem Ausguck auf Hazels Kopf aus.

»Ich weiß, Bram«, erwiderte sie. »Warum gehst du nicht zu Titus? Es ist schließlich nicht nötig, dass wir beide dieses Risiko eingehen.«

»Sei nicht albern«, entrüstete sich Bramley und schlug mit der Schwanzspitze auf ihre Stirn. »Ich verlasse dich bestimmt nicht, damit du dich diesem Ungeheuer alleine entgegenstellst. Aber nur zur Erinnerung: Der Plan ist, dass wir wegrennen. Verstanden? *Wegrennen.*«

»Ich hab's verstanden.« Sie ging wachsam in dem magischen Kreis auf und ab und hatte das Gefühl, als würde sie selbst in der Falle sitzen. »Erzähl mir was, Bram. Lenk mich von dieser schrecklichen Warterei ab.«

»Na schön, ich habe eine Frage für dich: Wann wirst du Titus erzählen, dass David mit all diesen armen Hexen sterben soll?«

»Ich weiß es nicht«, seufzte Hazel. »Ich hab Angst davor. Titus wird sich selbst die Schuld dafür geben, obwohl Davids Schicksal *meine* Schuld ist, nicht seine.«

»Oh, um Himmels willen! Ich habe wirklich noch nie solche Märtyrer getroffen wie Titus und dich! Was spielt es denn für eine Rolle, wer Schuld daran hat? Du musst es ihm sagen – er hat ein Recht darauf, es zu erfahren.«

»Ich weiß, ich weiß. Und das werde ich auch, sobald wir das hier hinter uns gebracht haben. Und wenn ich so darüber nachdenke … Wenn er das mit David erfährt, ist er vielleicht sogar eher bereit, mir dabei zu helfen, einen Weg zu finden, um diese Hexen zu retten.«

»Oh, stimmt ja. Diesen jüngsten Auswuchs deiner geistigen Umnachtung hatte ich ja schon fast wieder vergessen …« Bramley erstarrte und krabbelte langsam auf Hazels Schulter hinunter. »Schau mal, da drüben, an der Eingangstür. Ich glaube, unser Dämon ist hier.«

Das Licht der Laterne zu Hazels Füßen reichte nicht weit über den magischen Kreis hinaus, aber ganz am Rande der umgebenden Dunkelheit stand vollkommen regungslos der Pestarzt und beobachtete sie.

Ihr Herz pochte in ihrem Hals, aber sie wich nicht einen einzigen Schritt zurück – alles hing davon ab, dass sie genau das tat, was Titus ihr aufgetragen hatte. Fleischerhaken klirrten, die Sekunden verstrichen, aber der Dämon rührte sich nicht, abgesehen von einem kaum wahrnehmbaren Schwanken.

Hazel wippte ungeduldig auf den Fußballen auf und ab, bis sie es schließlich nicht mehr aushielt und brüllte: »Also? Hier bin ich! Komm und hol mich!« Aber der Dämon bewegte sich immer noch nicht. Vielleicht wusste er ja über ihre Falle Bescheid.

»Irgendwas stimmt hier nicht«, flüsterte Bramley. »Schau doch mal genau hin, Hazel – bilde ich mir das nur ein oder schwebt er wirklich?«

Hazel hob die Laterne über ihren Kopf und leuchtete weiter in die Dunkelheit hinein. Sie erkannte eine Lücke unter der Robe des Dämons, dort, wo eigentlich seine Stiefel hätten sein müssen. Bramley hatte recht – er schwebte tatsächlich.

»Das ist nicht Blutknochen«, keuchte Hazel. »Das ist nur die Robe, die an ein paar Ketten hängt.«

»Aber wo ist …?«

Etwas bewegte sich über ihnen! Hazel hob den Blick Richtung Decke und starrte in ein Paar blutunterlaufene, hervorquellende Augen. Blutknochen, von menschlicher Gestalt, aber grauenvoll dürr, hing kopfüber von einem Balken, so nahe, dass Hazel seinen eiskalten Atem auf ihrer Haut spüren konnte.

»Rote Hexe«, fauchte er und seine Zunge schlängelte sich hinter stumpfen, grauen Zähnen. »Hab dich gefunden!«

Hazel duckte sich reflexartig vor Schreck – nur eine Sekunde, bevor Blutknochen nach ihr grapschte. Seine Krallen durchschnitten die Luft, kaum einen Zentimeter von ihrer Nase entfernt. Der weiße Dämon grinste und wand sich wie eine Made an einem Angelhaken.

»Hazel, verschwinde!«, brüllte Titus aus der Dunkelheit.

Blutknochen löste einen seiner Füße von dem Balken und senkte das Bein Richtung Boden. Hazel wollte sich bewegen, aber der Dämon schien sie mit seinen grässlichen Augen an Ort und Stelle festzuhalten. Ein glühend heißer Schmerz schoss durch ihr Ohr, so stark, dass sie einen Schrei ausstieß und den Bann damit brach.

Während Bramley sich mit den Zähnen an ihrem Ohr festbiss, warf sich Hazel unter dem Dämon hindurch und rollte über die Kante des Kreises, genau im selben Moment, als sein Fuß den Boden berührte. Die Luft begann zu vibrieren und eine schimmernde Wand aus Magie schoss bis zur Decke hinauf und sperrte Blutknochen in ihrem Inneren ein.

Hazel rappelte sich langsam wieder auf. »Du kannst jetzt loslassen, Bram«, sagte sie und zog ihn von ihrem durchbohrten Ohr. »Wir haben's geschafft.«

Titus eilte keuchend zu ihr. »Ist alles in Ordnung? Das war viel zu knapp.«

»Mir geht's gut«, versicherte Hazel mit einem reumütigen Lächeln. Sie nahm das Taschentuch, das Titus ihr hinhielt, und tupfte damit ihr pulsierendes Ohr ab. »Bram sei Dank.«

Sie näherten sich dem magischen Kreis und blickten durch die knisternden Schichten der Zauber-Barriere.

Blutknochen presste seine Hände auf der anderen Seite gegen die Wand. »Rote Hexe. Ich sehe dich.«

»Aber du kannst mich nicht *schnappen*«, sagte Hazel und spürte, wie die Wut von Neuem in ihr hochkochte. »Und jetzt haben wir deinem mörderischen Treiben für alle Zeiten ein Ende bereitet.«

»Ich hatte eine Fülle kindlicher Seelen«, entgegnete er und leckte sich über die Lippen. »Ich kehre … *gesättigt* nach Hause zurück.«

»Du wirst nirgendwohin zurückkehren«, entgegnete Bramley. »Wir werden dich töten für das, was du getan hast.«

»Das werdet ihr nicht«, widersprach Blutknochen, »denn ich gehöre zur Art der Dämonen. Ihr könnt dieses Fleisch zerstören, diese Knochen, aber meine Seele wird weiterleben.«

»Wer hat dich heraufbeschworen, Blutknochen?«, wollte Titus wissen.

»Ich kenne ihren Namen nicht, aber sie hatte Zauberkräfte, die die Luft gefrieren ließen.«

Hazel schluckte. »Warum wurdest du heraufbeschworen?«

»Aus einem einzigen Grund – um *dich* zu finden, Rote Hexe. Die, die alles verbrennt.« Der Dämon klappte den Kiefer zu. »Und um deine Seele zu verschlingen!«

»Und warum hast du dann die anderen gejagt, wenn du ihretwegen hier warst?«, fragte Titus, bebend vor Wut.

»Warum denn nicht?« Blutknochens Lachen gurgelte tief in seiner Kehle. »Der Zauber derjenigen, die mich heraufbeschwor, war zu schwach, um meinen Appetit zu zügeln. Deshalb habe ich mich … *ergötzt.*«

Hazel ballte die Fäuste und versuchte, ihren Zorn zu kontrollieren. »Wo ist sie jetzt, die Frau, die dich heraufbeschworen hat?«

»Sie ist meine Gefangene, eingesperrt in dem Schlachtraum dort drüben.«

Titus zog Hazel mit sich. »Die Barriere wird nicht mehr lange halten – es ist Zeit, dass ich dieses Ungeheuer ins Jenseits befördere. Warte draußen auf mich, während ich die Sache zu Ende bringe.«

Hazel konnte die Augen nicht von dem grinsenden Dämon abwenden. »Ich möchte zusehen.«

»Ich weiß«, erwiderte Titus, »aber ich will nicht, dass du siehst, wie ich das tue. Geh. Für mich.« Er gab ihr einen sanften Schubs in Richtung Tür. »Ich komme zu dir, wenn ich fertig bin, und dann treten wir dieser Dämonen-Beschwörerin gemeinsam gegenüber.«

Hazel tat zögerlich, worum er sie gebeten hatte, und kletterte im selben Moment durch das Fenster hinaus, als der Dämon zu schreien begann.

38
Ein kühner Vorschlag

»Der Dämon, er winkte,
der Dämon, er sprach,
der Dämon, er führte mich,
bis ich erwacht'.«

Der Ketzer Alex Hellid vor seiner Hinrichtung

»Sie ist es, oder?«, fragte Hazel und kickte wütend ein paar Steine in Richtung Fluss. »Sie hat Blutknochen heraufbeschworen, um mich zu töten. Aus Rache.«

»Das klingt einleuchtend«, bekräftigte Bramley auf ihrer Schulter. »Immerhin hast du ihren Dämon getötet – und noch dazu auf ziemlich hässliche Weise, wenn ich das hinzufügen darf.«

»Alle diese Kinder sind tot.« Hazel fühlte sich ganz taub. »Meinetwegen.«

Bramley knabberte an ihrem ohnehin bereits durchlöcherten Ohr.

»Au! Hör *auf* damit!«

»Schön, aber nur, wenn du nicht mehr solche lächerlichen Sachen sagst«, blaffte Bramley sie an. »Was passiert ist, ist ihre Schuld und ihre ganz allein. Sie hat Blutknochen heraufbeschworen und freigelassen, nicht du. Sie ist diejenige, die für diese Todesfälle verantwortlich ist.«

Sie. Sie. Hazel brachte es nicht über sich, den Namen laut auszusprechen.

Lilith Kilbride.

Lilith Kilbride, die Frosthexe, Murrells Gefährtin und engste Vertraute. Hazel hatte kaum einen Gedanken an sie verschwendet, seit sie Lilith bei ihrer Flucht vor dem Zirkel vor so vielen Wochen gefesselt und bewusstlos in Murrells Versteck zurückgelassen hatten.

»Ich fühle mich trotzdem dafür verantwortlich«, murmelte Hazel, setzte sich hin und ließ die Beine über den Bootssteg baumeln.

»Und was sollen wir mit ihr machen, vorausgesetzt, sie ist noch am Leben?«, wollte Bramley wissen und sprang auf ihren Schoß.

»Titus wird sie wahrscheinlich persönlich hinrichten wollen.«

»Noch mehr Tote?« Bramley wackelte bestürzt mit den Schnurrhaaren. »Wenn wir sie töten, sind wir kein bisschen besser als dieser Dämon, den sie heraufbeschworen hat. Nein, das können wir nicht zulassen.«

»Nein, natürlich nicht.« Hazel seufzte. »Aber sie muss für das bezahlen, was sie getan hat.«

»Du meinst, du willst sie bestrafen? Aber wie?«

»Ich weiß es nicht … Aber sie muss irgendwie für den Schaden büßen, den sie verursacht hat.«

»Ich glaube nicht, dass das möglich ist, Hazel. Einen Schaden kann man wiedergutmachen, den Tod aber nicht. Außerdem will sie vielleicht gar nichts wiedergutmachen.«

Die entfernten Schreie des Dämons verstummten allmählich und hinterließen nichts als das sanfte Schwappen des Wassers rund um die Pfeiler des Bootsstegs und die Rufe der Möwen über ihren Köpfen.

»Vielleicht könnten wir sie dazu bringen, uns zu helfen«, sagte Hazel schließlich.

»Uns zu *helfen*?«, platzte Bramley heraus. »Sie hat versucht, dich umzubringen!«

»Das weiß ich, aber wir haben doch ein gemeinsames Ziel, oder nicht?« Sie zeigte in Richtung des Gefängniswracks und dann auf die Insel. »Wir wollen die Hexen und Murrell retten, den Mann, den sie liebt.«

»Aber wie können wir ihr vertrauen und sichergehen, dass sie nicht noch einmal versucht, dir etwas anzutun? Vielleicht sollten wir sie einfach lassen, wo sie ist …«

Hazel schüttelte den Kopf. »Blutknochen hat gesagt, Lilith hätte ihn heraufbeschworen, um mich zu töten, mich allein. Er hat diese anderen Mädchen nur gejagt, weil ihre Zauberkräfte nicht stark genug waren, um seine Triebe unter Kontrolle zu halten.«

»Und?«

»Und sie fühlt sich wahrscheinlich ganz schrecklich, weil sie so viel Unheil angerichtet hat. Vielleicht sogar schrecklich genug, um ihre Rachegelüste noch einmal zu überdenken.«

»Das kannst du nicht wissen, Hazel«, warnte Bramley mit einem Kopfschütteln. »Diese Frau muss verrückt sein, um das zu tun, was sie getan hat. Mit ihr zusammenzuarbeiten, selbst wenn sie einverstanden ist, uns zu helfen … das Risiko wäre einfach zu groß.«

»Wir werden es erst mit Sicherheit wissen, wenn wir mit ihr gesprochen haben«, erwiderte Hazel und strich Bramleys abstehendes Fell glatt. »Ich glaube einfach, dass eine so mächtige Trägerin wie Lilith nützlich für uns sein könnte. Und der Himmel weiß, dass wir jede Hilfe brauchen, die wir kriegen können.«

»Er wird dem niemals zustimmen, das weißt du …«, gab Bramley zu bedenken. »Oh, wenn man vom Teufel spricht!«

Titus stellte den Eimer mit einem Scheppern hinter ihnen auf den Boden. »Erledigt. Das ist mehr als genug Blut, um einen Kreis aufzumalen.«

»Komm und setz dich zu mir«, bat Hazel und blickte in sein graues Gesicht hinauf. »Du siehst erschöpft aus.«

Titus ließ sich langsam neben Hazel nieder. Sie saßen eine Weile schweigend da, sahen zu, wie die Sterne verblassten und die Morgensonne den Fluss in blasses Licht tauchte, und dachten beide, dass dieser Tag viel zu schön war, um das bevorstehende Grauen des Hinrichtungsspektakels mit sich zu bringen.

Bramley schaute aus Hazels Armbeuge zu Titus hinauf. »Der Dämon – ist er fort?«

»Ja.« Titus nickte. »Der Zauber hat gewirkt. Der Dämon ist tot, seine Seele in die Unterwelt zurückgeschleudert und wir haben reichlich von seinem Blut.«

»Ich danke dir«, sagte Hazel.

»Ich habe nur getan, was getan werden musste. Nach dieser Tortur wird es ein Spaziergang, den Kreis in der Arena aufzumalen.« Er tätschelte Hazels Knie. »Gut, hör mir zu: Du musst dafür sorgen, dass du heute Abend nahe genug am Tor bist, um hindurchrennen zu können, sobald es sich öffnet. Ich werde unter dem Podium auf dich warten – mit einigen Vorräten, natürlich.«

»Titus, ich …«, begann Hazel.

»Ich kann kaum glauben, dass ich in die Fußstapfen solcher Männer wie Petrov treten werde«, fügte Titus hinzu und schüttelte seinen zerzausten Haarschopf. »Oder Murrell.«

»Titus, *hör mir zu*! Ich muss mit dir reden. Es ist wichtig.«

Der alte Hexenfinder hob die Augenbrauen. »Irgendwas sagt mir, dass mir das nicht gefallen wird.«

»Nein«, seufzte Hazel. »Wird es nicht.« Sie deutete auf das Gefängniswrack, das im Schatten von Cromwell Island vor Anker lag. »An Bord dieses Schiffes sind dreihundertvierundsechzig Hexen und sie sollen alle heute Abend hingerichtet werden.«

»*Alle* auf einmal?« Titus schnappte erschrocken nach Luft.

»Auf Cromwells Befehl hin«, fügte Bramley hinzu. »Wir haben die Todesurteile selbst gesehen.«

»Sie werden es in Brand stecken, während die Gefangenen unter Deck eingesperrt sind«, sagte Hazel. »Der Orden will, dass ganz London die Flammen sieht.«

Titus ballte die Hände zu Fäusten. »Können wir das verhindern? Wann soll es denn stattfinden?«

»Heute Abend, etwa eine Stunde vor Murrells Hinrichtung.«

»Heute Abend? Dann haben wir keine Zeit mehr …« Er drehte sich zu Hazel um. »Warte mal eine Sekunde, Mädchen – wir waren uns einig, dass ich mit dir in die Unterwelt komme.«

»Das weiß ich.«

»Gut«, knurrte Titus. »Das bedeutet also, dass du mir auf gar keinen Fall vorschlagen wirst, dass ich diese Hexen rette und dich allein an diesen grauenvollen Ort gehen lasse, richtig?«

»Ich schlage dir gar nichts vor.« Hazel blickte auf ihre Hände hinunter. »Wie könnte ich das? Ich weiß, dass das eine unmögliche Entscheidung für dich ist.«

»Ich muss keine Entscheidung mehr treffen, Hazel. Ich komme mit dir, genauso, wie wir es vereinbart haben. Es tut mir leid für diese Hexen, natürlich tut es das, aber ich kann mein Wort nicht brechen.«

»Hazel?«, flüsterte Bramley. »Du musst …«

»Ich weiß, Bram, aber es ist so schwer.« Sie legte eine Hand auf Titus' Knie. »Da ist noch etwas, das du wissen solltest. Es geht um David.«

Titus spannte sich an und bereitete sich auf einen Schock vor. »Was ist mit ihm?«

»Er gehört auch zu den Gefangenen in dem Wrack. Er wird mit den anderen sterben, wenn wir nichts dagegen unternehmen.«

»Warum …?« Seine Stimme brach schon beim ersten Wort. »*Warum* hast du mir das erzählt?«

»Das musste ich. Schließlich sprechen wir hier von David.«

Titus stand auf und ging ans Ende des Stegs, den Kopf geneigt, die Schultern gesenkt. »Bist du dir sicher? Er ist in diesem Augenblick in diesem Wrack?«

»Ist er«, antwortete Hazel. »David hat dem Orden alles verraten, was er über dich, mich, Murrell und den Hexenzirkel wusste. Und nachdem sie ihn komplett ausgequetscht hatten, haben sie ihn einfach weggeworfen.«

Titus starrte auf das glitzernde Wasser hinaus. Ein paar Boote durchbrachen die Wellen: frühmorgendliche Jollen, ein behäbiges Frachtschiff, das flussaufwärts in Richtung der Docks fuhr, und eine flache Barge, die mit hoch aufgestapelten Heuballen beladen war.

Hazel wartete, streichelte mit einem Finger über Bramleys Rücken und hasste sich selbst dafür, dass sie das Elend dieses Mannes, der bereits so viel für sie getan hatte, noch schlimmer gemacht hatte.

»Es gibt keine richtige oder falsche Antwort«, sagte Titus. »Was denkst du, was ich tun sollte?«

Hazel stand auf und stellte sich neben ihn. »Ich habe dir schon gesagt, dass ich alleine zurechtkomme, bevor wir überhaupt nach London gekommen sind. Ich habe Bramley und meinen Verstand.«

»Ich kann ihn nicht da drinnen sterben lassen – er ist doch noch ein *Junge* und ich bin für ihn verantwortlich.« Er schüttelte den Kopf. »Aber, verdammt noch mal, Mädchen, für dich bin ich auch verantwortlich.«

»Nein, das bist du nicht. Ich habe dich als Hexenfinder angeheuert, damit du mir dabei hilfst, Ma zu finden, schon vergessen?«

»Und?«, grummelte Titus.

»Und jetzt entlasse ich dich aus unserer Abmachung.« Sie winkte mit der Hand. »Du bist frei. Du kannst gehen, wohin du willst, und tun, was du willst.«

Titus sah sie finster an. »Das hilft mir auch nicht.«

»Ich weiß.« Hazel lächelte. »Ich versuche nur, dich davon abzubringen, dir das Hirn weiter zu zermartern, um endlich eine Entscheidung zu treffen.«

Titus richtete sich auf, wie ein alter Baum, der sich mit einem Schütteln aus jahrelang gewuchertem Gestrüpp befreite. »Ich will David helfen und all diesen anderen armen Seelen.«

Hazel lehnte sich an ihn. »Gut.«

»Aber wie?«, fragte Titus und blickte zu dem Gefängniswrack hinüber. »Wie kann ich bloß all diese Menschen vor heute Abend retten?«

»Ah, darüber habe ich auch schon nachgedacht«, erwiderte Hazel und zog ihn mit sich zum Lagerhaus zurück. »Und ich hätte da so eine Idee.«

»Aber wie üblich, Titus«, fügte Bramley hinzu, »wird sie dir nicht gefallen.«

39
Der Schlachtraum

»Es muss gute Gründe
für den vorherrschenden Glauben geben,
Hexen seien böse,
ansonsten hätte das Parlament
keine Gesetze gegen sie erlassen.«

Lord Edward Coke

Hazel wollte gerade die Tür zum Schlachtraum öffnen, als Titus eine Hand auf ihren Arm legte. »Das ist ein Fehler«, warnte er. »Wir sollten sie für das töten, was sie getan hat.«

Der wütende Teil von Hazel stimmte ihm zu: Rache würde sich gut anfühlen. Der besonnene Teil wusste jedoch, dass das die Vergangenheit auch nicht wiedergutmachen, keine alten Wunden heilen und die Toten nicht wieder zurückbringen würde.

»Nein, wir sind hier, um mit ihr zu sprechen«, beharrte sie. »Jeder hat die Chance verdient, sich zu erklären.« Titus machte den Mund auf, um zu protestieren, aber Hazel hob eine Hand. »Du bist auch nicht durch die Gegend gezogen und hast einfach so Leute umgebracht, als du noch Hexenfinder warst, oder? Du hast ihnen einen fairen Prozess ermöglicht, richtig?«

»Das ist wahr, aber wir wissen bereits, was sie getan hat«, gab Titus zurück.

»Hast du schon wieder vergessen, worüber wir draußen gesprochen haben? Wir können sie vielleicht dazu bringen, uns zu helfen.«

»Warum sollte sie uns helfen? Sie hasst uns. Verflucht noch mal, sie hat versucht, dich zu *töten*.«

»Das weiß ich, aber wenn sie erfährt, dass wir mit ihrem geliebten Murrell zusammenarbeiten, ändert sie vielleicht ihre Meinung.«

»Na schön, aber was immer du auch tun wirst, sei um Himmels willen vorsichtig«, fiepste Bramley aus den Tiefen von Hazels Haarschopf. »Das ist die Frosthexe, mit der wir es hier zu tun haben.«

»Sie muss für das bezahlen, was sie angerichtet hat«, fügte Titus hinzu.

»Ich weiß, aber vielleicht kann sie das ja, indem sie Gutes bewirkt.« Hazel legte eine Hand auf seinen Arm. »Bitte, lass uns einfach mit ihr reden.«

»Von mir aus«, knurrte Titus und schob den Riegel zurück.

»Aber wenn sie mir irgendeinen Grund gibt, eine Kugel zwischen ihren Augen zu platzieren, dann wirst du mich nicht davon abhalten können.«

Ein Schwall aus warmer Luft und tierischem Mist schwappte über sie hinweg, als er die mit Eisen verkleidete Tür öffnete. Langsam traten sie in einen fensterlosen Raum mit niedriger Decke. Rot verschmierte Ablaufrinnen verliefen über den Boden und zu den Abflüssen in den Ecken.

Im Zentrum des Raumes erkannten sie einen weiteren magischen Kreis, aber dieser war in groben, dicken Strichen mit einer schwarzen Flüssigkeit gemalt worden. In seiner Mitte saß eine schwarzhaarige Frau in einem dreckigen Kleid an einen Pfeiler gefesselt. Sie konnten ihr Gesicht nicht sehen, weil sie die Stirn auf den angewinkelten Knien abgelegt hatte, aber sie erkannten sie trotzdem sofort.

»Nicht noch einmal, bitte«, wimmerte Lilith. »Kannst du diese Welt nicht in Frieden lassen?«

»Blutknochen ist tot«, sagte Hazel. »Jetzt hast du es mit uns zu tun.«

Lilith blickte auf und ihre Augen weiteten sich vor Schock. »Titus? *Hazel?* Aber wie –?«

»Wir haben die Spur deines Dämons bis hierher verfolgt«, antwortete Titus, bebend vor Wut. »Aber erst, nachdem er vier unschuldige Kinder getötet hatte.«

Der Frosthexe gelang es, sich an dem Pfeiler hochzuschieben und sich einigermaßen aufrecht hinzustellen. »Ihr seid gekommen, um mich zu töten«, sagte sie mit erhobenem Kinn. »Dann los. Ich könnte noch nicht einmal gegen euch kämpfen, wenn ich es wollte – dieser magische Kreis macht meine Zauberkräfte zunichte.«

»Ich würde dich liebend gerne umbringen«, versicherte Titus und verzerrte die Lippen. »Aber meine Freundin hier will zuerst mit dir reden. Hazel?«

Ein Bild von Blutknochen tauchte vor Hazels innerem Auge auf, und sie musste an die Mädchen denken, die durch seine Hand gestorben waren. Mit einem Mal zerbrach ihre ganze Selbstkontrolle und sie ließ ihrer Wut freien Lauf. Ihre Haut glühte hell und Feuer breitete sich um sie herum aus. Titus taumelte rückwärts und schirmte sein Gesicht vor der kochenden Hitze ab.

Lilith hingegen zuckte noch nicht einmal mit der Wimper. »Tu es, Mädchen«, sagte sie. »Ich habe es mehr als verdient.«

»Hazel«, wimmerte Bramley und streichelte mit seinem Schwanz über ihren Hals. »Denk daran, was du über Rache gesagt hast.«

Hazel holte tief Luft, schüttelte ihren Hass wie eine tote Haut ab und spürte sofort, wie die Erleichterung ihren Körper durchflutete. Ihr Feuer erlosch und zog sich in sie zurück, aber sie konnte immer noch spüren, wie es in der dunkelsten Ecke ihrer Seele weiterbrannte.

»Du weißt, was du getan hast«, wandte sie sich leise an Lilith. »Du weißt, wer den Preis für deine Taten bezahlen musste.«

Lilith nickte. Ihre Stimme zitterte, als sie sprach. »Das tue ich. Blutknochen hat mich mit den toten Mädchen verhöhnt. Ich konnte ihn weder aufhalten noch fliehen, sosehr ich es mir auch gewünscht habe.«

»Du hast ihn heraufbeschworen, damit er mich tötet?«

»Ja. Und es gibt in meinem ganzen Leben nichts, was ich mehr bereuen würde.«

»Ich denke, du erzählst uns besser, was passiert ist«, warf Titus ein. »Und vergiss nicht: Dein Leben hängt an einem seidenen Faden, also keine Lügen.«

»Der Tod ist keine Bedrohung für jemanden, der solche Qualen leidet wie ich«, erwiderte Lilith. »Aber ich werde euch erzählen, wie ich hier gelandet bin.«

»Wir haben dich gefesselt in Rivenpike zurückgelassen«, sagte Titus. »Was ist passiert, als du aufgewacht bist?«

»Ich bin eurer Spur bis in den Wald gefolgt, aber als ich euch einholte, hatten die Hexenjäger Nicolas bereits verhaftet, und ihr seid ihnen nach London nachgereist – obwohl ich nicht wusste, warum.« Sie blickte die beiden fragend an.

»Das erklären wir dir später, aber erst, nachdem du uns deine erbärmliche Geschichte erzählt hast«, gab Titus zurück. »Fahre fort.«

»Ich wurde von meinem Hass innerlich zerfressen. Ihr hattet schon meinen Dämon getötet, Spindel, meine treueste Vertraute, und nun war auch noch mein geliebter Nicolas in den Händen des Ordens.« Lilith kniff die Augen ganz fest zusammen. »Der Gedanke an die Folterungen, die er unter diesen Ungeheuern würde ertragen müssen, hat mich in den Wahnsinn getrieben. Ich wusste, dass ich ihn nicht retten konnte, aber ich konnte ihn *rächen.*«

Hazel ging vor der jämmerlichen Trägerin in die Hocke, während Bramley weiter auf ihrer Schulter saß. »Und dann?«

»Ich brauchte Zeit, um alles vorzubereiten, also bin ich immer weiter gezogen, durch die Wälder, und habe in Gräben geschlafen, bis ich vor gut einem Monat in dieser verpesteten Stadt eingetroffen bin. Nachdem ich diesen verlassenen Ort entdeckt hatte, habe ich all meine Kräfte eingesetzt, um einen Dämon heraufzubeschwören, der in der Lage war, dich zu jagen.«

»Blutknochen«, brummte Titus.

»Blutknochen.« Lilith wischte sich eine Träne weg. »Ich habe versucht, ihn an mich zu binden, ihn unter meine Kontrolle zu bringen und sicherzustellen, dass er nur dich jagt, Hazel, und niemand sonst.«

»Du hast einen Dämon losgelassen, damit er ein Kind tötet«, spuckte Titus aus und seine Finger schlossen sich um die Pistole.

»Ich war blind vor Trauer …«

»Es gibt keine Entschuldigung für das, was du getan hast!«

»Das weiß ich«, erwiderte Lilith, während weitere Tränen über ihr Gesicht strömten. »Und es tut mir *leid.*«

»In Ordnung«, sagte Hazel und schob Titus ein paar Schritte nach hinten. »Erzähl uns einfach, was als Nächstes passiert ist.«

»Blutknochen hat meine magischen Fesseln wie einen alten Mantel abgeschüttelt. Ich wusste sofort, was für einen schrecklichen Fehler ich begangen hatte. Er hat diesen Kreis gezeichnet, um mich einzusperren, und dann mit mir gemacht, was er wollte. Alles, was ich tun konnte, war, hier zu warten und meine Schuld zu ertragen.«

»Wie hast du denn die ganze Zeit überlebt?«

»Er ist hin und wieder zurückgekommen, um mir etwas zu essen zu bringen und mir die widerwärtigen Geschichten der grauenvollen Taten zu erzählen, die er in den Straßen der Stadt begangen hatte.« Sie blickte Hazel mit stumpfen Augen an. »Also, was werdet ihr jetzt mit mir tun?«

Hazel und Titus tauschten einen Blick.

»Das kommt darauf an«, antwortete Hazel.

»Worauf?«

»Tja, Frosthexe«, sagte Titus ernst, »es kommt darauf an, ob du die Chance wahrnehmen willst, etwas wiedergutzumachen?«

40
Der Tag der Tage

»Ich werde diese faulige,
verderbliche Ketzerei
unter meinen Stiefeln zermalmen.«

Captain John Stearne, Hexenjäger

Die Glocken von St. Paul's läuteten sieben Mal, als Hazel über die London Bridge spurtete, dabei den Frühaufstehern auswich und ihren Hut mit der flachen Hand festhielt.

Sie und Titus hatten Lilith von ihrer Absicht berichtet, die eingesperrten Hexen zu befreien, und Lilith hatte nicht erst davon überzeugt werden müssen, ihnen dabei zu helfen. Alles würde sie tun, hatte sie gesagt, wenn sie ihr Gewissen dadurch auch nur von einem kleinen Teil ihrer Schuld reinwaschen konnte.

Dann, in einem kurzen privaten Moment, hatten sich Hazel und Titus hastig voneinander verabschiedet. Titus versicherte, er würde Himmel und Hölle in Bewegung setzen, um es noch rechtzeitig in die Arena zu schaffen und mit ihr in die Unterwelt hinabsteigen zu können. Hazel wusste jedoch, dass es nur ein leeres Versprechen war, das Titus dabei half, über ihre Trennung hinwegzukommen, die ihm das Herz so schwer machte.

Was sie selbst anging, so war es ihr nur mit größter Mühe gelungen, ihre Tränen vor ihm zu verbergen. Sie wusste, dass Titus das Richtige tat, wenn er David und die Hexen rettete, aber es war die reinste Folter, ihn zurücklassen zu müssen. Alles, was sie tun konnte, war, sich zu schwören, dass sie ihn finden würde, wenn sie mit ihrer Mutter aus der Unterwelt zurückkehrte.

»Hazel, mach langsamer«, beschwerte sich Bramley aus seinem Nest in ihrem Haar. »Ich kann nicht schlafen, wenn es so holpert.«

»Ich kann nicht, sonst komme ich zu spät zum Dienst«, schnaufte sie. »Außerdem habe ich ein kleines Problem erkannt, aber auch einen Weg gefunden, es zu lösen.«

»Was für ein Problem?«

Hazel wurde langsamer, als sie das Tor am Nordende der Brücke durchschritten hatte. »Ah, ich wusste doch, dass ich hier einen gesehen hatte … Gut, genau das, was ich brauche.«

»*Was* hast du hier gesehen? Klär mich bitte mal auf, Hazel!«

Sie trat in einen Eingang, um wieder zu Atem zu kommen. »Ich brauche ein paar Zutaten von dort drin.«

Sie nickte kurz in Richtung eines Ladens auf der anderen Straßenseite, über dem ein Schild mit der Aufschrift SILVANUS BEVAN – EHRENWERTE GESELLSCHAFT DER ARZNEIKUNDIGEN hing. Hinter dem mit Glasflaschen, Karaffen und Gärbehältern zugestellten Fenster war Bewegung zu erkennen. Der Besitzer bereitete sich darauf vor, den Laden zu öffnen.

»Ich muss sicherstellen, dass Murrell genügend Zeit hat, den Zauberspruch aufzusagen, bevor der Scheiterhaufen entzündet wird, richtig?«, fuhr Hazel fort.

»Richtig. Er kann kein Dämonentor öffnen, wenn er in Flammen steht.«

»Und *außerdem* möchte ich es Anthony ersparen, den Scheiterhaufen mit einer Fackel anzünden zu müssen. Zwei Fliegen mit einer Klappe, sozusagen.«

»Aha! Du wirst also mit Anthony den Platz tauschen und selbst den unschuldigen Jungen spielen, der das Feuer entfacht, damit du gleichzeitig dafür sorgen kannst, dass Murrell genügend Zeit hat, die Zauberformel auszusprechen.«

»Ganz genau.«

»Aber Hopkins hat persönlich darauf bestanden, dass Anthony es tut. Wie willst du seine Meinung denn ändern?«

»Ah, nun, genau aus diesem Grund muss ich in diesen Arzneimittelladen …«

Nachdem sie gekauft hatte, was sie benötigte, klopfte Hazel an Anthonys Zimmertür im Tower, in der Hoffnung, dass er sich noch nicht zum Dienst gemeldet hatte. Bramley versteckte sich in ihrem Haar.

Beim zweiten Klopfen öffnete sich die Tür einen Spalt und Anthony schaute heraus. Seine Haare standen nach allen Seiten ab, als sei er eben erst aus dem Bett gekrochen. »Hallo William. Ist alles in Ordnung?« Er riss erschrocken die Augen auf. »Bin ich zu spät? Ist der General wütend?«

»Nein, wir haben noch ein bisschen Zeit, bevor wir zum Dienst müssen«, antwortete Hazel. »Kann ich reinkommen?«

Sie beobachtete besorgt, wie sich Anthony auf die Kante seines zerwühlten Bettes setzte. Er wirkte geistesabwesend und seine Augen waren ganz rot.

Verdammt sei Hopkins, dass er ihm diese elenden Qualen bereitet, dachte sie. *Aber wenigstens kann ich etwas dagegen tun.*

»Ich hatte gehofft, die Nacht würde ewig dauern«, seufzte Anthony. »Aber das hat sie nicht, und heute Abend muss ich –«

»Hör mir zu«, sagte Hazel. »Mir ist etwas eingefallen, wie ich verhindern kann, dass du den Scheiterhaufen anzünden musst, aber …« Sie verzog das Gesicht. »Es ist ziemlich drastisch.«

»Ich tue alles«, versicherte er und seine Augen leuchteten. »Sag mir einfach, was.«

»Na ja, die einzige Entschuldigung, die mir einfällt und die Hopkins akzeptieren wird, ist, dass du krank bist. *Richtig* krank. So krank, dass du im Bett bleiben musst.«

»Aber ich bin nicht krank. Und ich glaube auch nicht, dass ich das so gut vortäuschen kann, dass ich in der Lage bin, damit irgendjemanden lange genug hinters Licht zu führen.«

»Das musst du auch nicht.« Hazel holte ein Stück zusammengefaltetes Packpapier aus ihrer Tasche. »Nicht, wenn du das hier isst.«

Anthony lehnte sich näher zu ihr. »Was ist das?«

Hazel öffnete das Papier und enthüllte ein kleines Häuflein bitter riechenden Pulvers. »Das ist eine Mischung aus Kräutern und Extrakten. Ich habe sie heute Morgen machen lassen.« Sie lächelte, als sie Anthonys überraschten Ausdruck sah. »Meine Mutter kennt sich mit Kräutern aus. Sie hat mir ein paar Sachen beigebracht.«

»Und das wird mich krank machen?«

»Oh ja, furchtbar krank. Aber nur für ein oder zwei Tage. Und es wird keine bleibenden Schäden anrichten, das verspreche ich dir. Ich weiß, dass das schrecklich ist, aber so bleibt dir die Sache heute Abend erspart. Und der General kann dir wohl kaum die Schuld dafür geben, dass du krank bist, oder?«

»Nein, ich schätze nicht.« Anthony sah sie nachdenklich an, nickte dann aber mit dem Kopf. »Ich mache es.«

Hazel faltete das Papier wieder zusammen und legte es in seine Hand. »Misch das in deinen Frühstücksbrei und iss alles auf – du wirst die Wirkung sehr schnell spüren. Der Leibarzt des Generals wird dich ganz sicher sofort wieder ins Bett zurückschicken, und dann kannst du dich darauf konzentrieren, wieder gesund zu werden.« Sie lächelte. »Aber erst nach dem Spektakel, ja?«

Anthony sprang auf, schloss Hazel dankbar in seine Arme und zwang Bramley, sich noch tiefer in ihren Haarschopf zu verkriechen. »Ich danke dir, William!«, rief er. »Oh, ich hatte solche Angst vor heute Abend.«

»Ist schon in Ordnung. Es tut mir nur leid, dass mir keine angenehmere Lösung eingefallen ist«, erwiderte Hazel, als sie sich aus Anthonys Umarmung löste. »Und, was willst du machen, wenn das hier vorbei ist? Denkst du, dass du weiter für den General arbeiten wirst?«

»Mir gefällt nicht, was sie hier machen, deshalb denke ich, dass ich wieder nach Hause gehen werde, sobald ich kann«, antwortete Anthony mit einem Kopfschütteln. »Der General wollte mich sowieso nur für diese eine Aufgabe bei der Hinrichtung, deshalb wird es ihm egal sein, wenn ich gehe.«

»Ich finde, du bist sehr klug. Wir sollten jetzt aber besser zum Frühstück runtergehen. Ich bleibe bei dir, bis das Pulver wirkt, und gehe dann zum General, um ihm Bescheid zu sagen.«

»Krank?« Hopkins blickte von dem mit Papieren übersäten Schreibtisch in seinem Amtszimmer auf. »Was meinst du damit: krank?«

Der Generalhexenjäger sah völlig erschöpft aus, und Hazel nahm an, dass er genau wie sie die ganze Nacht nicht geschlafen hatte. Alle bereiteten sich auf das Hinrichtungsspektakel vor und im ganzen Tower herrschte eine fieberhafte Atmosphäre.

»Beim Frühstück«, antwortete Hazel, »sah er mit einem Mal ganz blass aus. Er hat gesagt, dass er sich nicht wohlfühlt, und dann, ganz plötzlich …« Sie tat, als würde sie sich übergeben.

»Na schön, aber wie schlimm ist es denn? Wird er heute Abend wieder auf dem Damm sein?«

»Der Arzt sagt, nein und dass er noch nie jemanden gesehen hat, der so grün aussah.«

Hopkins senkte den Kopf und wurde sehr still. Hazel wappnete sich für einen Ausbruch, aber nach ein paar Sekunden gewann er die Fassung zurück und blickte zu ihr hinauf. »Wird der Junge denn wieder gesund?«

»Ich denke schon. Wahrscheinlich hat er nur etwas Falsches gegessen.«

»Nun, das ist gut«, murmelte Hopkins, erhob sich und blickte aus dem Fenster. »Trotzdem hätte das zu keinem schlechteren Zeitpunkt passieren können. Ich wollte, dass er Murrells Scheiterhaufen in Brand steckt, weißt du? Ich dachte, es würde eine deutliche Botschaft an unsere Feinde aussenden, wenn selbst Kinder für die Sache des Ordens kämpfen.«

»Mach schon, frag ihn jetzt«, flüsterte Bramley. »Frag ihn, ob du den Scheiterhaufen anzünden darfst.«

Aber Hazel wollte den richtigen Moment abwarten. »Gibt es schon Neuigkeiten von Lord Cromwell?«, fragte sie stattdessen.

»Was?«, sagte Hopkins und wandte sich vom Fenster ab. »Oh ja. Wir haben Nachricht erhalten, dass er ins Lager zurückgekehrt ist. Er ist auf feindliches Gebiet eingedrungen und musste sich eine Zeit lang versteckt halten, aber es geht ihm gut. Das ist eine große Erleichterung – ihn zu verlieren, würde einen schweren Schlag in unserem Kampf gegen die Hexenrebellion bedeuten. Solche Dinge relativieren die kleineren Probleme des Lebens wieder ein wenig.«

»Wie zum Beispiel, dass Anthony den Scheiterhaufen heute Abend nicht anzünden kann«, erwiderte Hazel.

»Richtig, auch wenn wir jetzt einen geeigneten Ersatz für diese Aufgabe finden müssen.« Hopkins blickte Hazel nachdenklich an.

»General?« Sie sah ihn mit so ausdrucksloser Miene wie möglich an.

»Wie wäre es mir dir, William?«, schlug Hopkins vor und ging um sie herum. »Würdest du diese ehrenvolle Aufgabe gerne übernehmen und sie heute Abend vor der Prominenz Londons ausführen? Ich glaube, du wärst perfekt geeignet!«

»Ich? Wirklich?« Ihr leerer Ausdruck verwandelte sich in reine Freude. »Ich wäre stolz, diese Aufgabe übernehmen zu dürfen. Ich danke Euch, General, für diese große Ehre.«

»Gut, dann wäre das geklärt. Und jetzt hör mir gut zu: Du musst Folgendes tun …«

41
Die Hinrichtungsarena

»Kann man mir die Schuld
für meinen natürlichen Zustand geben?
Bin ich seit meiner Geburt schuldig?«

Maret Jonsdotters letzte Worte vor ihrer Hinrichtung

Titus stellte den mit einem Tuch bedeckten Eimer mit Dämonenblut auf den Boden und schüttelte seinen schmerzenden Arm aus. Auf dem Tower Hill wimmelte es von Leuten, die sich bereits früh für das Hinrichtungsspektakel versammelten. Das war gut – es bedeutete, dass niemand ihn oder Lilith bemerkte oder den beißenden Geruch von saurer Milch, der aus dem Eimer aufstieg.

»Das ist hier ja wie auf einem gottverdammten Jahrmarkt«, grummelte er.

Die grasbewachsenen Hänge des Tower Hill waren bereits mit Marktständen und leuchtend bunten Pavillons bedeckt. Händler boten warmes Essen, Bier und Kaffee an, kämpften mit den Flugschriften-Vertreibern um die besten Plätze und waren eifrig damit beschäftigt, rechtzeitig vor dem großen Andrang am Abend alles vorzubereiten.

Die Hinrichtungsarena befand sich auf dem Gipfel des Hügels. Mit ihren sechs Meter dicken Mauern, Ecktürmen und Doppeltoren wirkte sie wie eine Festung im Miniaturformat. Das Holz war in passendem Rot gestrichen und von den Zinnen flatterten Dutzende Banner mit den überkreuzten Hämmern des Ordens.

Lilith, die mit Hazels Proviantsack über der Schulter ein Stück hinterhergehinkt war, schloss zu Titus auf und beobachtete das bunte Treiben mit angewiderter Miene. »Sieh dir nur mal diese Aasgeier an. Sie wollen alle Profit aus dem Tod eines so großen Mannes schlagen.«

Am Morgen hatte Titus Lilith ein Paar Stiefel, ein schlichtes blaues Kleid und eine Spitzenhaube sowie ein anständiges Frühstück aus einer Metzgerei auf der London Bridge gebracht. Nun sah sie wieder mehr nach der starken, stolzen Hexe aus, die in Murrells aufständischem Hexenzirkel gekämpft hatte.

»Ganz zu schweigen von deinen Hexenschwestern, die dort unten in dem Wrack eingesperrt sind«, erwiderte Titus und zeigte in die Richtung, aus der sie gekommen waren. »Sieh nur – sie verlegen sie.«

Von ihrem Standpunkt aus bot sich zwischen der knochenweißen Säule des Towers zu ihrer Linken und einer Reihe eleganter Herrenhäuser zu ihrer Rechten ein freier Blick auf den Fluss. Matrosen in vier Ruderbooten legten sich mächtig ins Zeug, um das Gefängnisschiff zu einer schwimmenden Plattform zu schleppen, die etwa einen halben Kilometer flussabwärts der London Bridge verankert war.

Selbst aus der Ferne konnte Titus sehen, dass das Wrack mit brennbarem Pech bestrichen war. Einige brennende, von Cromwell Island abgeschossene Pfeile würden es blitzschnell in eine Feuersbrunst verwandeln – der sichere Tod für alle, die unter Deck eingesperrt waren.

»Wenn wir einen Plan ausarbeiten wollen, um sie zu retten, dann müssen wir uns diese Plattform genauer ansehen«, begann Titus, bevor er bemerkte, dass Lilith ihm gar nicht zuhörte.

Sie starrte nur auf das Wrack, die Arme stramm an den Seiten, die Hände zu Fäusten geballt. Wut strömte in eisigen Wellen aus ihrem Körper und Frost knisterte auf ihrer Haut.

Titus stellte sich neben sie. »Vorsichtig, Hexe, wir können ihnen nicht helfen, wenn wir selbst in einer Zelle sitzen.«

Liliths Frostzauber schmolz wieder dahin, aber ihr Gesicht blieb hart und kalt. »Also, was *werden* wir tun?«

»Die Wachen der Hexenjäger werden das Wrack verlassen, lange bevor sie es in Brand setzen. Es sollte uns also ein Leichtes sein, an Bord zu gelangen, sofern wir irgendwo ein Boot stehlen können«, antwortete Titus und strich sich über den Bart. »Das Problem ist nur: Wie kriegen wir über dreihundert Leute von Bord, ohne dass es jemand bemerkt?«

»Wir müssen uns etwas einfallen lassen, und zwar schnell«, erwiderte Lilith. »Wenn ich sie vor dem Tode bewahre, vielleicht finde ich dann ein wenig Buße für das, was ich diesen Kindern angetan habe.«

»Wir tun das nicht, um dein Gewissen zu erleichtern – und du wirst niemals wirklich wiedergutmachen können, was du getan hast.«

»Das weiß ich, aber –«

»Kein aber!«, schnauzte Titus sie an. »Du hast versucht, Hazel zu töten, ein *Kind*! Glaub mir, wenn wir diese grauenvolle Nacht überleben, dann steht uns beiden noch eine Abrechnung bevor.« Er griff wieder nach dem Eimer. »Aber das Wichtigste zuerst – der magische Kreis.«

Sie bahnten sich einen Weg durch die Menge, bis sie die Arena erreichten. Eines der Tore stand offen und gewährte ihnen einen Blick ins Innere auf die abgestuften Sitzreihen und ein Podium aus Holz in der Mitte. Titus war froh, als er eine kleine Schar aus Leuten sah, die alles für das große Ereignis am Abend putzten, schmückten und reparierten.

Bei dem ganzen Durcheinander sollte es mir ein Leichtes sein, da rein und unter das Podium zu kommen, ohne dass mich jemand bemerkt, dachte er und vergewisserte sich noch einmal, dass die Seite aus dem *Necronomicon* sicher in seiner Tasche steckte.

»Gut«, sagte er. »Das könnte eine Weile dauern. In der Zwischenzeit musst du das Wrack ausspähen und ein Boot für uns finden. Wir treffen uns dann heute Abend am Lagerhaus wieder.«

Lilith zog Titus hinter eine geparkte Kutsche. »Es wird nicht *schwierig* werden, all die Gefangenen von Bord zu bekommen – es ist unmöglich. Eine Bootsladung, *vielleicht*, bevor wir entdeckt werden.«

»Du warst einverstanden, uns zu helfen …«

»Und das werde ich auch, also hör mir zu. Wenn wir alle Gefangenen retten wollen, dann dürfen wir nicht versuchen, sie von dem Wrack zu holen – das kann nur schiefgehen. Stattdessen bewegen wir das komplette Wrack mit sämtlichen Gefangenen an Bord.«

»Wir bewegen das Wrack …?«

»Wir warten, bis es dunkel ist, rudern hinaus, klettern an Bord und schneiden dann die Haltetaue durch. Der Fluss wird das Wrack aus London hinaustragen. Wir werden es zwar nicht steuern können, aber sobald wir auf Grund laufen, bringen wir alle von Bord.«

Titus dachte einen Augenblick darüber nach. »Und da das Spektakel bereits in vollem Gange sein wird, sollte das unsere potenziellen Verfolger des Ordens behindern.«

»Es könnte funktionieren, oder?«, fragte Lilith mit hoffnungsvollem Blick.

»Aber warte mal kurz … Das Wrack kann trotzdem noch brennen. Die Scharfschützen des Ordens auf der Insel können es mit ihren brennenden Pfeilen ganz leicht treffen, selbst wenn es sich bewegt. Wir werden alle gemeinsam gebraten werden.«

Ein Lächeln breitete sich auf Liliths blassem Gesicht aus. »Dann kannst du wohl von Glück sagen, dass du eine Frosthexe auf deiner Seite hast, was?«

42
Die Anesidora

»Mein geliebter Charles ist tot, mein Land verloren.
Ich gehe ins Exil und schwöre,
in einem Sturm der Rache zurückzukehren.«

Henrietta Maria, Gemahlin des Königs von England

Es war neun Uhr abends und bereits dunkel, als Titus zum Lagerhaus zurückkehrte. Den magischen Kreis zu zeichnen, hatte viel Zeit und seine volle Konzentration in Anspruch genommen, und die ständige Angst, entdeckt zu werden, hatte sein Nervenkostüm arg in Mitleidenschaft gezogen. Er war jedoch unbeschadet entkommen und hatte es geschafft, den Kreis fertigzustellen – nun lag es an Murrell, das Tor zu öffnen.

Lilith wartete am Ende des Bootsstegs auf ihn, einen dunklen Schal über die Schultern gelegt. »Ist es vollbracht?«

»Ja, aber es wird sich erst noch zeigen, ob ich alles richtig gemacht habe. Gegen Ende konnte ich kaum noch was sehen.« Er rieb sich mit den Händen das Gesicht. »Bei Gott, ich habe mich noch nie so müde gefühlt.«

Die London Bridge und das Flussufer waren von Fackeln erleuchtet. Fröhliche Stimmen und Lachen schwebten auf der abendlichen Brise zu ihnen – das Spektakel war in vollem Gange und der Zeitpunkt der Hinrichtungen rückte immer näher.

Titus und Lilith blickten auf das Wrack, das am anderen Flussufer vor Anker lag, die Luken verschlossen und der Rumpf mit schwarzem Pech bestrichen.

»Was, wenn uns jemand sieht?«

»Wir müssen eben versuchen, uns so gut wie möglich zu verbergen«, sagte Titus. »Und hoffen, dass man uns für Mitglieder des Ordens in offizieller Mission hält, falls wir doch entdeckt werden.«

»Nun gut. Achtern ist eine Strickleiter, über die wir an Bord gelangen können«, teilte ihm Lilith mit und stieg in das Ruderboot, das am Steg festgemacht war. »Komm jetzt, Hexenfinder, wir sollten besser aufbrechen. Sie wollen es in einer Stunde in Flammen aufgehen lassen.«

Titus kletterte hinter ihr ins Boot. »Hast du die Äxte?«

Lilith trat gegen einen Sack vor ihren Füßen. »Zwei.«

»Und deine Zauberkraft? Ist sie stark genug?«

»Der kälteste Winterfrost hält mein Herz gefangen«, antwortete sie und löste das Halteseil.

»Das sollte er auch besser, weil unser und ihr Leben davon abhängt.«

Titus ignorierte all seine Schmerzen und Wehwehchen, legte die Ruder in die Dollen und begann, auf das Wrack zuzusteuern. Die Nacht war warm und sein Hemd schon bald feucht vor Schweiß. Möwen kreisten über ihnen und riefen einander etwas zu. Fackellicht trieb auf dem Fluss wie ein Teppich aus Gold.

Titus ließ sich von der Strömung flussabwärts tragen, lenkte das Boot hinter das Wrack und neben die herunterbaumelnde Strickleiter. Das Heck ragte wie eine Klippe aus Holz auf und versperrte ihnen die Sicht auf die London Bridge vollkommen. Titus vertäute das Boot und folgte Lilith die Leiter hinauf.

Die Rumpfbalken direkt über der Wasseroberfläche waren verrottet und mit Flusskrebsen übersät, während der Rest mit klebrigem, stinkendem Pech zugekleistert worden war. Titus fiel der Name des Schiffes auf, der in Großbuchstaben direkt unter die Schießscharten geschnitzt war.

Die Anesidora, dachte er. *Zu ihrer Zeit ein edles Schiff, wie es aussieht. Nun, ich hoffe, dass ich dich heute Nacht vor einem feurigen Ende bewahren kann.*

Lilith beugte sich über die Reling, um ihm hochzuhelfen, und als er an Deck kletterte, hämmerte sein Herz so wild, dass er kaum noch atmen konnte. Er weigerte sich jedoch, sich irgendetwas anmerken zu lassen, eilte eine kurze Treppe zum Hauptdeck hinunter und achtete darauf, den Kopf dabei immer unten zu halten.

In der Nähe des Hauptmastes befand sich eine mit einem Vorhängeschloss versperrte Luke. Titus ging in die Hocke und presste ein Ohr an die Bretter. Er hörte Stimmen von unten, einige ängstlich, andere tröstend, und viele von ihnen weinten mitleiderregend.

»Überlass das Schloss mir«, sagte er zu Lilith, holte ein Ledermäppchen aus seiner Tasche und legte es vor sich hin. »Du machst dieses Schiff feuerfest und dann schneiden wir sie los.«

»In Ordnung.« Lilith richtete sich auf, holte tief Luft und schloss die Augen. Ihr Haar wurde ganz steif. Weißer Dampf stieg in Schwaden von ihrer Haut auf und waberte in eisigen Wellen über das Deck. Die Luft wurde so klirrend kalt wie in einer Winternacht. »Starr mich nicht so an, Hexenfinder«, sagte sie und lächelte ihn mit blassblauen Lippen an.

Titus, dessen Atem bereits als Nebel zu erkennen war, zwang sich, den Blick von ihr abzuwenden, und machte sich daran, das Schloss zu knacken.

43
Die große Parade

William, mein neuer Aspirant,
ist gescheiter als die üblichen Rekruten.
Ich genieße es, ihn in den Lehren
des Ordens zu unterrichten.

Auszug aus dem Tagebuch von Matthew Hopkins

Für Hazel vergingen die Stunden bis zum Hinrichtungsspektakel in einem Wirbel wilder, erschöpfender Betriebsamkeit. Zusammen mit einem beträchtlichen Gefolge aus Verwaltern und Offiziellen – allesamt mit zum Zerreißen gespannten Nerven – folgte sie dem scheinbar unermüdlichen Hopkins, der die letzten Vorbereitungen des grauenvollen Großereignisses am Abend persönlich überwachte.

Der Generalhexenjäger zeigte sich ganz in seinem Element: Er war ein kontrolliertes Energiebündel und strotzte trotz seiner stämmigen Figur nur so vor Elan, und das ständige Gewirr seiner Gedanken schien beinahe hörbar zu sein. Er bellte Befehle, sandte Nachrichten, legte in der glühenden Mittagssonne zweimal die Strecke bis zur Arena zurück, informierte seine Untergebenen in endlosen Besprechungen, inspizierte die Uniformen der Wachen – und hielt nicht ein einziges Mal inne, nicht einmal, um etwas zu essen.

Trotz alledem fand Hazel jedoch genügend Zeit zu grübeln, sich über das zu sorgen, was vor ihr lag, und sich wegen der Gefahren zu quälen, in die sie ihre Freunde geschickt hatte. Würde es Titus gelingen, den magischen Kreis zu vollenden? Würde er David und die anderen Gefangenen retten können? Oder würde er gefangen genommen und mit ihnen hingerichtet werden? Würde Bramley – ihr kluger, treuer Vertrauter – am Ende mit ihr in der Unterwelt gefangen sein? Eingesperrt werden? Getötet?

Und würde sie das Gesicht ihrer Mutter jemals wiedersehen? War ihre Mutter überhaupt noch am Leben?

All diese Gedanken schwirrten in einer Endlosschleife durch Hazels Kopf, bis sie so nervös war, dass sie kaum noch geradeaus denken konnte.

Sie hatte bereits hundertmal überprüft, dass das *Necronomicon* sicher hinten in ihrem Hosenbund steckte. Alles, was sie nun noch tun konnte, war abzuwarten … und zu hoffen.

Während der Tag dahinzog, spürte Hazel, wie ihre Zuversicht

wie Wasser im Sand versickerte. Ihr einziger Trost war Bramley, der zusammengerollt über ihrem Nacken saß und sein Bestes gab, sie mit warmen magischen Wellen aufzumuntern.

Schließlich, als Hazel kurz davor war zusammenzuklappen, ebbte der Trubel allmählich ab und der Sturm der Geschäftigkeit versiegte. Sämtliche Befehle waren ausgesprochen, sämtliche Nachrichten übermittelt. Das Wrack war vorbereitet und lag für seine Entzündung in Position. Die Gäste trafen nach und nach in der Hinrichtungsarena auf dem Tower Hill ein, und auch Murrell wurde auf die Kutsche verladen, die ihn in den Tod transportieren sollte.

Oder vielleicht auch zu seiner Flucht, dachte Hazel. *Aber nur, wenn der Kreis aufgemalt ist. Und wenn der Zauberspruch funktioniert. Und, Gott bewahre, sofern der Orden ihn nicht knebelt und er gar nicht mehr sprechen kann.*

Hazel und Hopkins, die an diesem Tag zum ersten Mal allein waren, stiegen zu den Festungsmauern hinauf und blickten zum Tower Hill hinüber. Die Abenddämmerung brach bereits herein, aber Hunderte Laternen, die an Pfosten über der wimmelnden Menge und den Marktständen hingen, hüllten den ganzen Ort in feierliches Licht. Und über allem thronte die schroffe, in Rot getauchte Hinrichtungsarena wie ein blutiger Zahn.

»Schau dir nur mal all diese Menschen an«, sagte Hopkins und winkte mit der Hand über die Massen. »Sie sind zu Tausenden zu diesem Spektakel des Todes erschienen. Das kommt mir einfach nicht richtig vor.«

Hazel sah ihn überrascht an. »Aber glaubt Ihr denn nicht, dass Murrell dieses Schicksal verdient hat?«

»Natürlich tue ich das. Aber nicht bei diesem makabren Volksfest.«

Hazel rieb sich die Schläfen, die sich vor Müdigkeit und Anspannung ganz taub anfühlten. »Aber warum hat Cromwell denn dann befohlen, es auf diese Weise zu tun?«

»Aus gutem Grund. Heute Abend, wenn diese Menschen die Flammen des Scheiterhaufens auf ihren Gesichtern spüren, werden sie daran erinnert werden, was mit den Feinden des Ordens geschieht, ob sie nun selbst Hexen sind oder nur einer von ihnen Unterschlupf gewähren.« Hopkins seufzte. »Cromwell versteht, dass man gewöhnlichen Leuten Angst machen muss, wenn man will, dass sie sich mit einem Schaudern unterwerfen. Er hat recht, aber es macht mich auch traurig, dass es so ist.«

Er strich seine Uniform glatt und lächelte Hazel an. »Trotzdem, wenn die Rebellion erst einmal niedergeschlagen und unser Land endlich von diesem Hexenabschaum befreit ist, werden wir derlei Demonstrationen nicht mehr benötigen. Und ich kann mich an einem ruhigen Ort mit meinen Erinnerungen und dem Wissen in den Ruhestand zurückziehen, dass ich meine Pflichten umfassend erfüllt habe.«

Hazel verbarg ihre Wut hinter einem Ausdruck des höflichen Interesses, während Hopkins sie zu den Festungsmauern führte, die über den Fluss blickten. Von dort aus konnte sie Cromwell Island und das Gefängniswrack erkennen, das vor der schwimmenden Plattform vor Anker lag. Die Brücke und beide Flussufer waren gesäumt von Menschen in gespannter Erwartung.

»Ah, die Massen versammeln sich«, sagte Hopkins. »Genau wie meine große Parade.«

Der Uferdamm war mit Hopkins' Gehilfen, Verwaltern, Hexenjägern und Aspiranten gefüllt, die angesichts des bevorstehenden Spektakels ganz aufgeregt wirkten. Die Granden hatten sich in einer eigenen Gruppe versammelt, alle auf prachtvollen Schlachtrössern und in Galauniformen. Hazel entdeckte auch Stearne, alleine und etwas abseits, missmutig über die Zügel gebeugt.

»Ich wette, er hätte bei dieser ganzen Sache gerne das Kommando«, flüsterte Bramley. »Er sieht stinksauer aus, dass Hopkins das Lob von Cromwell dafür einstreichen wird.«

Mitten in der riesigen Menschenmenge, flankiert von einem Spalier aus Soldaten in makellosen Uniformen, stand die Gefängniskutsche – ein schwerer Käfig mit vier Rädern, der von zwei Pferden gezogen wurde. In ihr befand sich Murrell, dreckig, blass und von der Hüfte aufwärts nackt, sein Gesicht hinter einem Vorhang aus schwarzem Haar verborgen. Er sah grauenvoll aus, aber Hazel erkannte erleichtert, dass er nicht geknebelt war und selbstständig stand.

»Wir sollten besser nach unten gehen«, sagte Hopkins. »Vergiss nicht: Du folgst der Kutsche während der Parade, kommst aber zu mir und stellst dich neben mich, sobald wir die Arena betreten. Ich gebe dir dann ein Zeichen. Alles, was du tun musst, ist, zum Scheiterhaufen zu gehen und ihn in Brand zu stecken.«

»Jawohl, General.« Hazels Stimme bebte, als sie einmal mehr an das enorme Ausmaß ihres Vorhabens dachte. »Ich bin bereit.«

Die aufgeregte Atmosphäre war beinahe greifbar. Hazel wurde von einem Schwindel erfasst, als sie ans Ufer trat und ihren Platz zwischen den anderen Aspiranten hinter dem Wagen einnahm. Einige von ihnen sahen sie neugierig an, andere wichen ein Stück von ihr zurück.

Ich bin der Junge, der verhext war, dachte sie. *Kein Wunder, dass sie nervös sind.*

Die Reaktion der anderen Aspiranten gab ihrem Selbstvertrauen einen Schub, und auch ihre Feuermagie, die sie schon so lange unterdrückt hatte, rührte sich in ihrem Inneren. Es fühlte sich gut an.

Sie blickte zu Murrell empor, der ihr beinahe so nah war, dass sie ihn hätte berühren können. Falls er sie sah, ließ er es sich jedoch nicht anmerken, sondern starrte nur auf irgendetwas in der Ferne.

Ich frage mich, wo Dorn ist, dachte Hazel. *Ganz in der Nähe, da bin ich mir sicher.*

Alle ordneten sich in einer perfekten Reihe, als sie sahen, wie

Hopkins auf sein Pferd am Kopf der Parade stieg. Er hob die Hand, rief: »Vorwärts!«, und die Prozession begann ihren Marsch in Richtung der Exekutionsarena.

»Dann wollen wir mal, Hazel«, flüsterte Bramley. »Einmal mehr vom Regen in die Traufe.«

44
Feuer vom Himmel

Die Schandmaske –
was für ein wundervolles Instrument!
Ein Geschenk des Himmels, könnte man sagen.

METHODEN DER UNTERJOCHUNG von Hollis Ertle

Titus blinzelte den Schweiß aus seinen Augen und holte tief Luft. Sein Rücken tat ihm vom langen Vornüberbeugen bereits weh und seine Schultern waren ganz steif, aber das Schlimmste war, dass seine Hände so stark zitterten, dass er die Dietriche kaum in das Vorhängeschloss stecken konnte. Er kam sich furchtbar ungeschickt vor und *spürte* den Schließmechanismus einfach nicht mehr auf dieselbe Weise, wie er es noch vor einigen Jahren getan hatte.

Er blickte zu Cromwell Island hinüber und fragte sich, ob sich die Bogenschützen bereits auf dem Dach versammelt hatten, ihre Pfeile präparierten und sich darauf vorbereiteten, sie abzufeuern.

Eine Woge kalter Luft jagte ihm einen eisigen Schauer über den Rücken, als eine barfüßige Lilith an ihm vorbeischwebte und hauchend eigenartige Worte flüsterte.

Frostzauber.

Titus hatte Eis erwartet, blasse Wolken und Wirbel aus weißem Schnee und insgeheim befürchtet, derlei sichtbare Erscheinungen würden sie verraten, aber der Zauber, den Lilith in dieser Nacht erschuf, war kaum wahrzunehmen.

Dunkler Dampf ergoss sich aus ihrer Haut, und auf jedem Brett, jedem Mast und jedem Seil, das er berührte, bildeten sich Kristalle, die düster im Mondlicht glitzerten. Jeder ihrer Schritte hinterließ einen schwarzen Fußabdruck aus Eis, der durch das Deck sickerte, das Holz aufbrach und es gefroren, aber nicht rutschig zurückließ.

Die Hexe erledigt ihre Aufgabe. Ich habe meine zu erledigen, dachte Titus.

Er nahm einen der Dietriche zwischen Daumen und Zeigefinger, steckte ihn wieder in das Schloss und begann, ihn vorsichtig hin und her zu bewegen. Eine schnelle Drehung, und einer der Zylinder im Inneren rutschte in die richtige Position. Noch ein zweiter, und das Schloss würde aufspringen und David und die Hexen aus ihrem Gefängnis befreien.

Ein Schweißtropfen rann über Titus' Nase, als er versuchte, auch den zweiten Zylinder zu greifen. Sein Herzschlag beschleunigte sich, als er ein Klicken spürte, aber dann schnappte der Schließmechanismus wieder zurück und der Dietrich flog in hohem Bogen durch die Luft.

»Gott*verdammt*!«

Lilith schlich sich von hinten an ihn heran und legte ihre schlanken Hände auf seine Schultern. »Beruhige dich, Hexenfinder«, flüsterte sie ihm ins Ohr. »Du kannst das, du musst nur daran glauben.«

Der Frostzauber strömte über ihn hinweg, kühlte seine Wut und linderte seine Frustration. Er schnappte nach Luft, als der Schweiß auf seinem Gesicht gefror und sich anschließend in einer Wolke aus eisigem Dampf von ihm löste. Schon im nächsten Moment hatte er das Gefühl, sein Körper sei stärker und sein Geist wieder schärfer – er fühlte sich zwanzig Jahre jünger.

Voller Erstaunen drehte er sich zu Lilith um, aber sie schwebte bereits wieder auf den Bug zu und hinterließ dabei eine Spur aus Eis.

Titus holte zwei weitere Dietriche aus dem Ledermäppchen und machte sich wieder an die Arbeit. Beinahe sofort spürte er ein befriedigendes Klicken, gefolgt von einem zweiten, und mit einer flinken Drehung seines Handgelenks sprang das Vorhängeschloss auf.

»Gott sei Dank«, murmelte er.

Als er die schwere Luke öffnete, wurde er von Angstschreien, einer Welle der Hitze und einem so üblen Gestank begrüßt, dass er gezwungen war, die Nase mit dem Handrücken zu bedecken.

»Es ist alles gut«, brüllte er. »Ich bin kein Hexenjäger. Ich bin hier, um euch zu retten.«

Als er seinen Blick wieder richtig fokussieren konnte, sah er eine einzige Masse aus schmutzigen, ihm zugewandten Gesichtern, allesamt Frauen, deren Ausdruck sich ganz langsam von Schrecken in Hoffnung verwandelte.

»Reicht uns eine Leiter herunter«, rief eine von ihnen. »Wir müssen hier raus, bevor alles in Flammen steht.«

»Wir haben hier unten auch Kranke … Könnt Ihr denen auch helfen?«

»Ist das ein Trick? Wer *seid* Ihr?«

»Bitte, beruhigt Euch wieder«, bat Titus, aber das Stimmengewirr wurde nur umso lauter.

»Meine Damen, um Himmels willen, lasst den Mann doch endlich sprechen.« Eine kräftige Frau mittleren Alters und mit schottischem Akzent bahnte sich einen Weg durch das Gedränge und blickte zu Titus hinauf. »Ich glaube, Ihr erklärt uns besser, wer Ihr seid, Sir, und was genau Ihr mit uns vorhabt.«

»Mein Name ist Titus White und ich …« Er überlegte einen Augenblick und endete dann mit: »Ich arbeite für die Rebellion. Nicht direkt, aber ich teile ihren Wunsch, den Orden auf jede nur erdenkliche Weise zu behindern.«

Der Lärm aus dem Rumpf flaute ab, und er konnte hören, wie seine Worte von einer Gefangenen zur nächsten tiefer in das Schiff hineingetragen wurden.

»Ich bin mit einer Trägerin hier, einer Frosthexe, die ebenfalls eine Freundin der Rebellion ist«, fuhr er fort. »Wir wollen euch allen helfen, jeder Einzelnen, aber wir können euch jetzt noch nicht von Bord lassen, in Ordnung? Wir sind mitten in London und haben nur ein kleines Ruderboot.«

»Und wie sieht Euer Plan dann letztendlich aus?«, fragte die schottische Hexe.

»Wir werden die Taue dieses Höllenschiffs kappen und uns von der Strömung aus der Stadt treiben lassen. Erst dann könnt ihr an Deck kommen, und sobald wir auf Grund laufen, könnt ihr aussteigen und euch irgendwo auf dem Land verstecken. Ich kann nicht garantieren, dass wir Erfolg haben werden, aber zumindest habt ihr so eine Chance zur Flucht.«

Es folgte ein langes, verblüfftes Schweigen. Schließlich grinste die schottische Hexe. »Tja, ich kann zwar nicht für meine Mitgefangenen sprechen, aber ich bin mit Eurem Plan mehr als einverstanden.«

»Es freut mich, das zu hören«, sagte Titus und erwiderte ihr Lächeln. »Weil es nämlich der einzige ist, den wir haben.«

»Mein Name ist Vida, Mr White«, stellte sich die schottische Hexe vor. »Wie können wir Euch helfen?«

»Sind einige unter Euch angekettet oder in Zellen eingesperrt?«

»Nein, aber die meisten von uns haben seit Tagen nichts mehr gegessen und einige sind krank.« Vida runzelte die Stirn. »Ich kann die Stärksten unter uns in verschiedene Gruppen aufteilen, damit sie den Schwächeren helfen. Wir werden alle zusammenbleiben, Mr White. Das ist die einzige Möglichkeit.«

»Gute Idee.« Titus merkte, dass er Vida mochte. Außerdem wusste er, dass sich ihre Erfolgschancen mit ihrer Hilfe verbessert hatten.

Die Gefangenen, die freien Blick auf die Luke hatten, schnappten nach Luft, als sie Lilith an Titus' Seite auftauchen sahen, ihr Gesicht glatt und weiß wie gewalzter Schnee, ihr Haar frostig vor Magie. »Es ist fast so weit«, sagte sie und reichte Titus eine der Äxte. »Die Pfeile werden bald fallen. Wir müssen uns beeilen.«

Titus nickte und lehnte sich zu Vida hinunter. »Hört mal, ist da unten bei Euch auch ein Junge? Groß, dunkles Haar, hört auf den Namen David?«

»Der einäugige Bursche?«, fragte Vida. »Oh ja. Die Hexenjäger haben ihn neulich hier reingeworfen. Kennt Ihr ihn?«

Titus schloss die Augen und spürte, wie eine Woge der Erleichterung durch seinen Körper schwappte. »Ja, ja, ich kenne ihn. Er war mein Lehrling. Ist er verletzt?«

»Nein, aber er hat kaum ein Wort gesprochen, seit er hier ist. Wir haben unser Bestes getan, ihn zu trösten, auch wenn wir, bis Ihr aufgetaucht seid, kaum Hoffnung hatten, dass seine Ängste wirklich unberechtigt waren.« Sie legte die Stirn in

Falten. »Soll das etwa heißen, dass der Hund auch zu Euch gehört?«

Titus starrte sie vollkommen verwirrt an. »Der Hund?«

»Der Junge hat einen Hund dabei, so ein großes, schlabberndes Vieh. Weicht nicht von seiner Seite.«

Trotz der Gefahr, in der sie sich befanden, musste Titus lächeln. »Das klingt nach meinem Samson. Ihr steckt wirklich voller guter Neuigkeiten, Vida.«

»Titus«, ermahnte ihn Lilith. »Genug geplaudert. Zeit zu *gehen.*« Sie zeigte auf die Spitze von Cromwell Island, von wo die ersten Feuerpfeile orange Bogen in den Himmel malten und auf sie zustürzten.

45
In die Arena

Am Nachthimmel sah ich sie,
wie sie auf ihren Besen vor dem Mond vorbeijagten.
Hexen – ein teuflisches Dutzend.
»Flieht!«, schrie ich. Und das taten wir.

MEMOIREN EINES SCHANKWIRTS von Timothy Taylor

Die Parade zog zwischen zwei Reihen grölender Zuschauer den Hügel hinauf – Männer, Frauen und sogar Kinder, die Murrell in seinem Käfig Flüche und üble Beleidigungen entgegenschleuderten. Hazel hatte zwar nichts anderes erwartet, aber die blanke Aggression auf ihren Gesichtern schockierte sie dennoch. Wie konnte jemand nur solchen Hass für einen anderen Menschen empfinden? Vor allem, wenn sich dieser Mensch auf dem Weg in den Tod befand?

Bramley krabbelte nervös hinter ihrem Ohr hin und her, und Hazel musste dem Drang widerstehen, ihn zu berühren, damit er endlich stillhielt.

»Für diese Leute ist Murrell kaum noch ein Mensch, nicht nach all den schrecklichen Geschichten, die der Orden über ihn verbreitet hat«, flüsterte er.

Der Wagen bog knarrend um eine Kurve und ermöglichte ihr einen Blick auf Hopkins am Kopfende der Parade. Ein paar Menschen jubelten und winkten ihm zu, aber die meisten konzentrierten sich auf die Kutsche.

»Ich hätte nie gedacht, dass ich das mal sagen würde, Hazel«, wisperte Bramley, »aber du musst es genauso machen wie Murrell. Schau dir nur mal an, wie gefasst er ist! Man könnte meinen, er sei auf einer Sonntagsausfahrt.«

Die roten Mauern der Hinrichtungsarena kamen immer näher. Die Banner mit den überkreuzten Hämmern hingen schlaff in der schwülen Luft. Hier standen noch mehr Soldaten, säumten die letzten Meter des Weges und hatten Mühe, die Massen zurückzuhalten. Hazel schaute hinter sich, in der Hoffnung, einen Blick auf das Gefängniswrack zu erhaschen, aber ein Bierstand versperrte ihr die Sicht.

Wie spät war es? Wann sollten die Feuerpfeile fliegen? War Titus an Bord? Tat Lilith, was sie versprochen hatte? David und die Gefangenen – würden sie diese Nacht überleben oder auf die grausamste Weise sterben, die man sich nur vorstellen konnte?

Als sie schließlich durch das Tor marschierten, war Hazel froh, die Massen hinter sich lassen zu können. *Du musst ruhig bleiben. Denk nur an das, was du kontrollieren kannst, und vergiss alles andere einfach. Warte auf Murrell … Wenn sich das Tor öffnet … gehst du hindurch. Das ist alles.*

Obwohl sie unter freiem Himmel lag, fühlte sich die Luft in der Arena heißer an und machte Hazel das Atmen noch schwerer. Das Publikum saß dicht gedrängt auf einer steilen Tribüne, nach Klassen und sozialer Stellung getrennt. Perücke tragende Lords und in Seide gekleidete Ladies fächerten sich mit Pamphleten Luft zu. Gildemeister, die Brust stolz mit dem Wappen ihrer Zunft geschmückt – unter ihnen auch der Meister der Pestärzte, der einen großen Hut trug, von dem er hoffte, dass er ihn vor »Hopkins' Bruder« verbergen würde. Infanterieoffiziere saßen neben ihren auffälligeren Kollegen von der Kavallerie und schwarz gekleideten Hexenjägern mit düsteren Mienen.

Hazel schätzte, dass sich mindestens zweihundert Menschen in der Arena drängten – die Prominenz von London und noch einige mehr, und alle waren sie hierhergekommen, um, so hofften sie zumindest, Zeuge des gewaltsamen Endes von Nicolas Murrell zu werden, des gefürchteten Dämonologen und Erzfeinds von England.

Das glauben sie jedenfalls, dachte sie. *Aber was immer auch passiert, keiner von ihnen wird je wieder vergessen, was er gleich mitansehen wird.*

Ein schweres Holzpodium, das beinahe so hoch war wie Hazel groß, nahm die Mitte der Arena ein. Für gewöhnlich wurde es für Hinrichtungen an Galgen benutzt, die jedoch entfernt und durch einen Eisenkäfig ohne Dach ersetzt worden waren, der rund um das Podium verlief. In seinem Inneren befanden sich eine dicke Schicht aus mit Pech beschmiertem Stroh, Zunder und Holzbretter, die stabil genug waren, einen Menschen zu tragen. Es gab jedoch keinen Scheiterhaufen im eigentlichen Sinne, an den Murrell gefesselt werden musste.

Das ist, als würde er auf einer Bühne sterben, wurde Hazel voller Entsetzen bewusst. *Vielleicht wollen sie ja sehen, wie er umherrennt und verzweifelt versucht hinauszuklettern, wie er sich an die Gitterstäbe klammert und sie anfleht, ihn freizulassen.* Die Grausamkeit des Ganzen raubte ihr den Atem.

Eine Welle aus aufgeregtem Luftschnappen und Flüstern schwappte durch die Arena, als der Wagen zum Halten kam und das Publikum den Gefangenen zum ersten Mal sehen konnte.

Die Granden stiegen von ihren Pferden, reichten die Zügel den wartenden Knechten und fanden ihre reservierten Plätze in einer Loge direkt hinter einem erhöhten Rednerpult. Der Rest der Parade verteilte sich auf den Rängen, während sich die Soldaten rund um das Podium postierten. Nachdem die Knechte die Pferde aus der Arena geführt hatten, schlossen und verriegelten die Wachen die Tore und sperrten den Lärm der grölenden Menge aus.

Hazel blickte sich nach Hopkins um und sah, wie auch er von seinem Pferd stieg und in Richtung der Stufen schritt, die zu dem Pult hinaufführten.

»Du solltest besser zu ihm gehen«, flüsterte Bramley. »Zeit, herauszufinden, ob euer wahnsinniger Plan tatsächlich funktioniert.«

46
Eiskalte Täuschung

Ich trank das Gebräu der Hexe, und siehe!
Mein Leiden war geheilt, und ich spürte,
wie meine Jugend wieder zurückkehrte!

In Excelsis von William Kerr

Lilith huschte hinter den Mast, als die ersten Pfeile flogen. Viele von ihnen verfehlten ihr Ziel und versanken in der Themse. Einige erreichten jedoch das Wrack, prallten von den Segelstangen ab oder schlugen auf dem Deck ein. Die Bogenschützen schossen sich allmählich warm, und Titus wusste, dass die nächste Salve präziser sein würde.

Er kroch hinter ein leeres Kanonengestell und zuckte zusammen, als sich einer der rauschenden Pfeile mit einem dumpfen Schlag neben ihm in das Holz bohrte. Er hielt den Kopf unten und drehte sich zu der Luke über den Gefangenen um.

»Sie haben angefangen«, rief er über ihre Schreie hinweg. »Ich werde jetzt die Luke schließen, damit ihr in Sicherheit seid, und dann die Taue durchschneiden. Habt ihr das verstanden?«

»Ja, Mr White, geht nur. Ich kümmere mich schon um die Bagage hier«, rief Vida zurück. »Kommt schon, Schwestern, wir müssen Ruhe bewahren …«

Das Wrack war mit zwei Seilen an der schwimmenden Plattform festgemacht, eines am Heck und eines am Bug. Titus hob seine Axt, begutachtete die Klinge und kam zu dem Schluss, dass ein paar heftige, zielsichere Schläge ausreichen müssten.

Vorausgesetzt, ich werde nicht vorher aufgespießt, dachte er und hörte, wie Jubel vom Flussufer zu ihm drang, als sich ein weiteres Dutzend Pfeile über das Deck verteilten. *Und es wird auch nicht mehr lange dauern, bevor sich die Leute fragen, warum das Wrack noch nicht in Flammen steht.*

Er lugte hinter dem Kanonengestell hervor, um die Entfernung zu dem Tau am Heck abzuschätzen und zu sehen, wo er vor den Pfeilen in Deckung gehen konnte. Seine Augen weiteten sich, als sich blassgelbe Flammen über das Deck ausbreiteten und an der Takelage und den Seilen emporzüngelten. Rauchschwaden schwebten über ihn hinweg und schienen durch ihn hindurchzuwabern.

»Was zur *Hölle*?« Er wirbelte zu Lilith herum und stellte fest, dass sie ihn anlächelte. »Das Feuer – es breitet sich aus. Warum funktioniert dein Zauber nicht?«

»Mein Zauber funktioniert genau so, wie ich es vorgesehen habe.«

»Und warum *brennt* das Schiff dann?« Titus schäumte vor Wut. »Hast du uns betrogen, Hexe?«

Lilith schüttelte den Kopf. »Das Feuer, das du siehst, ist echt. Es wird sich genauso ausbreiten und tanzen, wie ein Feuer es tun sollte. Mein Frostzauber ist jedoch stärker und raubt ihm all seine Hitze und Zerstörungskraft. Hab keine Angst – uns wird nichts geschehen. Nicht einmal, wenn wir mitten hindurchgehen.«

Titus starrte sie mit wachsendem Staunen an. »Und vom Ufer wird es so aussehen, als ob alles nach Plan verläuft ... Sie werden uns nicht verfolgen?«

»Ganz richtig. Und wenn sich das Wrack flussabwärts in Bewegung setzt, werden sie annehmen, dass die Flammen die Taue verbrannt haben, und einfach zusehen, wie wir davontreiben.« Lilith lächelte erneut, als sie ihr Beil anhob. »Also, an die Arbeit, Hexenfinder – Zeit, von hier zu verschwinden.«

Titus ging unter dem Dollbord in Deckung und schlich sich zum Heck des Wracks und die Stufen zum Achterdeck hinauf. Er duckte sich, als eine weitere Salve aus Pfeilen zischend über seinen Kopf hinwegsausten und wie Kometen zwischen den Holmen und Segelstangen einschlugen.

Das Feuer breitete sich mit erschreckender Geschwindigkeit aus, ergoss sich wie eine Flüssigkeit in alle Richtungen über das Deck, schlängelte sich an den Masten hinauf und an den Webleinen entlang. Alles war in flackernd orangefarbenes Licht getaucht und über Titus' Kopf bauschte sich eine wirbelnde Rauchwolke auf. Von der steifen Brise genährt, verwandelte sich das Feuer blitzschnell in ein wahres Inferno.

Titus hob die Hände, um sich vor dem grellen Schein zu schützen, spürte jedoch keine Hitze und stellte voller Erstaunen fest, dass im Herzen des Feuers, unter all dem Knistern und Tosen, alles, was es berührte – ob Holz, Seile oder Stoff –, vollkommen unbeschadet blieb.

Ich habe in meinem Leben schon so einiges gesehen, aber das hier übertrifft alles.

Er sah, dass Lilith bereits auf das Seil am Bug einhackte, und eilte die letzten Stufen zum Achterdeck hinauf. Die Festmachleine, so dick wie das Handgelenk eines Mannes und von einer Kruste aus schwarzem Eis umhüllt, schlang sich durch einen schweren Eisenring, der an Deck befestigt war.

Titus zielte und schwang die Axt. Die Wucht des Schlags zitterte seinen Arm hinauf, aber sein Blut befand sich in Wallung und er zertrennte das Tau mit einigen weiteren kräftigen Hieben in einer wahren Explosion aus Eis und Seilfasern. Das ausgefranste Ende schlüpfte aus dem Ring und über die Seite.

Erledigt. Sie waren von der schwimmenden Plattform befreit. Nun konnten sie sich nur noch auf den Fluss verlassen.

Titus blickte über das Dollbord auf den bauchigen Rumpf des Schiffes. Zuerst passierte gar nichts, und er fragte sich schon, ob es noch ein weiteres Seil gab, das sie durchschneiden mussten, aber dann begann die Lücke zwischen dem Wrack und der Plattform immer weiter zu wachsen. Ein halber Meter … ein Meter … bis sich schließlich eine schwarze Kluft auftat und er in der Tiefe das golden schimmernde Wasser erkennen konnte. Mit einer Unvermeidlichkeit, die ihm noch immer wie ein Wunder erschien, trieb das alte Wrack mit lautem Knarren immer weiter von der Plattform weg.

Titus spürte, wie das Deck des Schiffes leicht zu schwanken begann, und hörte das verrottete Holz tief unten im Rumpf ächzen. Nachdem sie so viele Jahre an einem Steg angekettet gewesen war, trat die *Anesidora* nun zu ihrer letzten Reise an, in Flammen gehüllt und mit Hunderten geretteter Hexen als Fracht.

»Ich will das Schicksal ja nicht beschreien, aber ich glaube, wir sind damit durchgekommen«, sagte er, als Lilith die Stufen heraufschwebte und sich neben ihm niederließ. »Die Trottel an Land haben keine Ahnung, was hier wirklich passiert!«

Die Trägerin nickte, während eine Welle aus Flammen über das Achterdeck schwappte und sie mit einem Kaleidoskop aus schimmerndem Licht umfing. »Ja, wir haben unsere Sache gut gemacht, du und ich. Aber ich fürchte, das war erst der Anfang.«

»Es gibt immer eine nächste Schlacht, die ausgetragen werden muss, aber es ist trotzdem wichtig, auch seine Siege zu feiern, bevor man den Schwertgürtel wieder anlegt.«

Sie drifteten bereits an Cromwell Island vorbei und ließen die Stadtmauern hinter sich. Die *Anesidora* war steuerlos und hatte Schlagseite, aber für den Moment hielt sie sich in der Mitte des Flusses. Mit etwas Glück und Rückenwind würden sie es einige Kilometer aus London hinausschaffen, bevor das Schiff auf Grund lief.

Lilith betrachtete Titus ganz genau, steckte dann eine Hand in seine Manteltasche und zog seine Uhr heraus. »In einer Stunde soll Nicolas hingerichtet werden. Du hast noch Zeit – sie muss sich nicht allein in die Unterwelt wagen.«

»Woher wusstest du, dass ich an Hazel denke?«

»Was für eine absurde Frage«, erwiderte Lilith und half Titus auf die Beine. »Du und dieses Mädchen seid praktisch eine Familie. Nun geh schon.«

»Aber was ist mit –?«

»Ich kümmere mich um die Gefangenen. Nimm das Ruderboot und dann auf zum Tower Hill. Du kannst es noch schaffen, wenn du sofort aufbrichst.«

»Bist du sicher?«

»Ich bin sicher. Es ist meine Aufgabe, meine Schwestern in Sicherheit zu bringen. Und es ist deine, bei deiner Hexe zu sein.«

Sie gingen gemeinsam zur Strickleiter.

»Ich weiß zwar nicht, ob jemals irgendetwas, was du tust, den

Tod dieser Mädchen wiedergutmachen kann, Lilith«, sagte Titus. »Aber ich glaube, du wirst es trotzdem versuchen.«

»Das werde ich«, erwiderte sie leise. »Mit ganzem Herzen.«

Titus stellte einen Fuß auf die oberste Sprosse. »Ich vertraue darauf, dass du über eure Differenzen hinwegsiehst und dich für mich um David kümmerst. *Und* um meinen Hund. Wirst du das tun?«

»Wenn sie mich lassen.«

»Und sag David … Sag ihm, dass er sich wegen nichts schuldig fühlen muss.« Titus kaute auf seiner Unterlippe herum. »Sag ihm, falls wir uns jemals wiedersehen, werde ich derjenige sein, der *ihn* um Verzeihung bittet.«

»Er wird wissen, was das bedeutet?«

Titus nickte. »Was wirst du tun, wenn dieser Holzhaufen auf Grund läuft?«

»Im Süden werden wir vor dem Orden nicht sicher sein, deshalb werde ich so viele meiner Schwestern wie möglich nach Norden mitnehmen und mich den Aufständischen anschließen.«

»Klingt nach einem guten Plan. Aber seid vorsichtig und haltet euch von den Hauptstraßen fern. Es liegt eine lange und gefährliche Reise vor euch.«

Lilith hob eine Augenbraue. »Ich bin nicht erst mit dem letzten Regenschauer auf die Erde gefallen, Hexenfinder.«

»Schneeschauer, meinst du wohl?«

Ihr Gesicht schmolz zu einem Lächeln. »Mal angenommen, du überlebst, was vor dir liegt – wie willst du uns dann wiederfinden?«

»Eine Frosthexe, ein einäugiger Junge und ein riesiger Hund, die alle für die Rebellion kämpfen?« Titus grinste und kletterte in das Ruderboot hinab. »Ich bin mir sicher, ihr werdet nicht allzu schwer aufzuspüren sein.«

»Leb wohl, Titus«, rief Lilith ihm nach. »Bis wir uns wiedersehen.«

47
Der Scheiterhaufen

Der Abstieg in die Hölle ist leicht.

Römisches Sprichwort

Hazel ging am Rand der Sitzreihen entlang und kam sich schrecklich verdächtig vor, trotz der Tatsache, dass sie alle Augen auf Murrell gerichtet wusste. Zwei Soldaten waren gerade dabei, den Käfig auf dem Wagen zu öffnen und ihn herauszuzerren.

Hopkins schenkte ihr ein aufmunterndes Lächeln, als sie sich neben ihn stellte. »Wenn ich dir das Zeichen gebe, nimmst du eine dieser Fackeln, steckst das Stroh am Fuß des Scheiterhaufens in Brand und gehst dann schnell wieder ein paar Schritte zurück. Bist du bereit?«

Hazel, die sich alles andere als bereit fühlte, nickte.

»Guter Junge.«

Hopkins stieg die Stufen hinauf und hielt sich mit beiden Händen am Pult fest. Erwartungsvolles Schweigen breitete sich über der Zuschauermenge aus, als er seinen Blick durch die Arena schweifen ließ.

»Freunde, Kameraden, ich heiße euch herzlich willkommen«, begann er und seine durchdringende Stimme erreichte auch die hinterste Ecke des Runds. »Ihr steht kurz davor, Zeugen eines wahrhaft historischen Ereignisses zu werden. Denn heute Abend wird der Gerechtigkeit Genüge getan. Heute Abend geht unser größter Feind von dieser Welt und endet in … *Vergessenheit.*«

Vereinzelte Lords und Ladies auf den höchsten Rängen spendeten Applaus, aber die meisten Zuschauer schienen einen derartigen Ausbruch als unpassend zu empfinden. Stattdessen lehnten sie sich nur weiter nach vorne, die Augen starr auf den wehrlosen Murrell gerichtet, der soeben die Treppe zum Tor des Käfigs auf dem Podium hinaufgeführt wurde.

»Seht den Mörder, der zu seinem eigenen Ende schreitet«, fuhr Hopkins fort. »Seht auf den Totenbeschwörer, der seinem eigenen Tod begegnet. Seht auf Nicolas Murrell, wenn ich ihn für seine Sünden verbrenne.«

Erneut brandete Applaus auf, diesmal von einigen Schreien wie »Grillt ihn!« begleitet. Die Granden verhielten sich ruhig, abgesehen von Stearne, der wütend auf Hopkins' Hinterkopf starrte.

Die Soldaten stießen Murrell in den Käfig, knallten die Tür zu und schlossen sie ab. Murrell stand kerzengerade da und drehte sich mit einem Lächeln im Gesicht zu Hopkins um.

Hazel spürte das Unbehagen des Publikums: Das war nicht das, was sie erwartet hatten. Wo war der von den Beamten des Ordens gebrochene Mann? Wo war der Mann, der dem Tod verzweifelt schreiend begegnete? Sie fühlten sich betrogen und des Spektakels beraubt, das ihnen versprochen worden war – und Hopkins wusste das.

»Lasst euch von dieser Zurschaustellung seiner Gleichgültigkeit nicht täuschen«, fuhr er fort. »Das ist nur eine weitere Lüge. Im Inneren bebt die Seele dieses Mannes vor Angst.«

Hazel wurde bewusst, dass in diesem Augenblick nichts und niemand Murrell davon abhalten konnte, den Zauberspruch aufzusagen. Sie wusste, dass schon bald der Moment kommen würde, in dem Hopkins ihr befahl, das Feuer zu entzünden, also warum zögerte der Dämonologe noch?

Tu es!, versuchte sie ihn mit der Kraft ihres Willens aufzufordern. *Tu es, bevor es zu spät ist!*

»Ich ordne hiermit in meiner Eigenschaft als Generalhexenjäger an, dass Nicolas Murrell mit dem Tode durch Feuer bestraft wird.« Schweiß tropfte von Hopkins' glänzender Stirn. »Ich erkläre dieses Urteil für gerecht, richtig und ordnungsgemäß. Hat der Gefangene noch irgendetwas zu sagen?«

Es herrschte absolutes Schweigen, während Murrell den Blick weiter starr auf Hopkins richtete und langsam den Kopf schüttelte.

»Keine letzten Worte? Keine letzten Beleidigungen, die du uns, die wir dich besiegt haben, entgegenschleudern willst?«, fragte Hopkins. »Nun gut. Dann werde ich keine Zeit mehr mit dir verschwenden, Nicolas Murrell. Nun ist der Zeitpunkt gekommen, an dem du deinem Ende ins Auge blicken wirst.«

Das war Hazels Stichwort. Sie spürte die Last sämtlicher Blicke auf sich, als sie mit steifen Schritten auf die nächste Fackel zuging und sie aus ihrer Halterung nahm. Sie war schwer und die knisternde Flamme wärmte ihr Gesicht.

Das Podium war keine zehn Schritte von ihr entfernt. Es würde nur wenige Augenblicke dauern, bis das Pech und der Zunder Feuer fingen und es sich ausbreitete. *Ich kann nicht länger zögern*, dachte sie und spürte, wie die Panik ihr die Kehle zuschnürte. *Was, wenn er den Zauberspruch nicht rechtzeitig ausspricht?*

Murrell stand in der Mitte des Käfigs, den Kopf wie zum Gebet nach unten geneigt. Sprach er die dämonischen Worte? Sie konnte sein Gesicht nicht sehen und die Menge wurde langsam unruhig.

»Hazel«, zischte Bramley. »Du kannst nicht ewig da stehen bleiben – die Leute wundern sich schon, was mit dir los ist.«

Als sie sah, wie der ernsthafte, aufrichtige Dorn ganz oben auf dem Käfig landete, seine rote Kehle im Laternenlicht schimmernd, fasste Hazel einen Entschluss: In diesem Augenblick hatte sie keine andere Wahl, als darauf zu vertrauen, dass Murrell zu seinem Wort stehen würde. Ihr Schicksal und das ihrer Mutter lagen nun in seinen Händen.

Sie hielt die Fackel mit beiden Händen fest und ging so ruhig sie konnte auf den Scheiterhaufen zu. Jeder einzelne ihrer Schritte schien eine Ewigkeit zu dauern. Der Rauch der Fackel brachte ihre Augen zum Tränen.

Ein in Pech getauchtes Strohbündel hing durch die Gitterstäbe des Käfigs herab. *Das ist es. Dort zünde ich das Feuer an.* Sie konnte keinerlei Anzeichen für einen Zauber erkennen, keinen Hinweis darauf, dass sich das Dämonentor manifestierte. Die Fackel wackelte, als Hazel sie an das Bündel hielt. Die Zuschauer lehnten sich alle gleichzeitig vor.

Murrell hob eine Hand und strich sich das Haar aus dem Gesicht. Seine Augen blitzten im Fackellicht auf, und zu ihrer großen Erleichterung sah Hazel, dass sich seine Lippen bewegten, schnell und beinahe lautlos – er sprach die Zauberformel.

Sie wollte gerade wieder von dem Käfig zurückweichen und Murrell den Spruch zu Ende bringen lassen, als er eine Hand durch die Gitterstäbe streckte und sie am Handgelenk packte. Die Menge schnappte geschlossen nach Luft und ein paar der Zuschauer sprangen auf.

»Wenn sich das Tor öffnet, renn hinein und blicke nicht zurück. Ich werde dir folgen«, flüsterte Murrell. Dann riss er ihr die Fackel aus der Hand und hob sie mitten im Käfig in die Luft.

Er wird mir folgen?, wunderte sich Hazel. *Soll das bedeuten, dass er mitkommt?*

Schreie hallten in der Arena wider. Die Granden rutschten nervös auf ihren Sitzen hin und her. Ohne die Augen von Murrell abzuwenden, spuckte Stearne einen Klumpen Kautabak aus und wischte sich den Mund an seinem Ärmel ab.

Hopkins knallte eine Hand auf das Pult. »Hol dir eine neue Fackel, William. Beeil dich und bereite diesem Zirkus endlich ein –«

Murrells Schrei zerschnitt die Nacht und zertrümmerte die Stille in Millionen von Scherben. Er riss den Mund weit auf und bog die Wirbelsäule so stark durch, dass Hazel schon glaubte, sie würde zerbrechen.

Ein Vibrieren von tief unter der Erde brachte die Bretter zum Wackeln und das ganze Podium zum Beben, während die Gitterstäbe des Käfigs wie die Sehnen eines Bogens zitterten. Bei einer zweiten Erschütterung, die Hazel durch ihre Fußsohlen spüren konnte, wankten die Sitzreihen der Tribüne und Nägel schossen wie Armbrustpfeile aus dem Holz.

»Es passiert wirklich«, kreischte Bramley. »Murrell öffnet das Tor!«

48
Rache

Bringt meine Knochen in die Unterwelt,
und meine Seele wird folgen.

Die Baroness von John Dyler Baizley

Eine magische Säule baute sich rund um Murrell auf und schimmerte wie Wasser, das sich in Glas widerspiegelte. Hazel starrte voller Erstaunen auf den Dämonologen, der mit ausgestreckten Armen hoch in die Luft und über die Käfigstangen hinausschwebte. Hopkins krallte sich zum Schutz völlig verkrampft an seinem Pult fest und glotzte ihn in Todesangst an. Die Menschen schrien, sprangen von ihren Plätzen auf und rannten auf die abgesperrten Tore zu.

»Jetzt endlich bin ich bereit, mit dir zu sprechen, Hexenschlächter!« Magisch verstärkt donnerte Murrells Stimme bis in den letzten Winkel der Arena. »Und ich sage dir dies: Dein blutbeschmutzter Orden hat im ganzen Land die Saat des Hasses gestreut. Nun ist es an der Zeit, die Ernte einzuholen.« Er hielt die Fackel vor sich hin und ließ sie fallen. »Seht meine Rache!«

Die Fackel traf auf das Podium, prallte darauf ab und landete auf der Seite. Es folgten eine herzschlaglange Pause und ein lufteinsaugendes *Fump* – und dann war das Feuer geboren, wütete, knisterte und barst mit solcher Unbarmherzigkeit durch die Stäbe des Käfigs, dass Hazel gezwungen war, das Gesicht abzuwenden.

Panik ergriff die Arena. Lords, Ladies, Gildemeister und Soldaten stolperten übereinander, um die Tore zu erreichen, kraxelten über Sitze und taumelten und stürzten in wilder Hast davon. Als sie die heranrauschende Meute sahen, öffneten die Wachen die Tore und ergriffen selbst die Flucht. Wie die winzige Pupille in einem Auge aus Feuer schwebte Murrell immer höher, während sein schwarzes Haar um sein Gesicht wehte. Nur Stearne bewahrte einen kühlen Kopf und trommelte einen Trupp seiner tapfersten Soldaten zusammen, die auf Murrell schießen sollten. Aber ob es nun an ihrer mangelnden Treffsicherheit oder an den Auswirkungen des Zaubers lag – die Kugeln verfehlten ihr Ziel bei Weitem.

Hazel wollte zwar nicht, dass jemand verletzt wurde, aber ein Teil von ihr freute sich trotzdem darüber, dass es all diese

Anhänger des Ordens mit der Angst zu tun bekamen. *Jetzt wissen sie, wie das für uns Hexen ist.*

Der Boden bebte erneut, diesmal noch gewaltiger, und riss einige Leute von den Füßen. Ein donnernder Lärm, wie eine Steinlawine, übertönte alle anderen Geräusche, und dann wurde der lodernde Scheiterhaufen – Holz, Stroh und Käfig – mit einem Mal verschluckt.

Durch den Rauch und den wirbelnden Zauber konnte Hazel ein klaffendes Loch an der Stelle erkennen, an der eben noch der Scheiterhaufen gestanden hatte. Ein steinerner Tunnel, der von Stalaktiten förmlich erstickt wurde, führte steil in die Finsternis hinab.

Das Dämonentor hatte sich geöffnet.

»Ich gehe da jetzt rein, Bram«, sagte Hazel mit zitternder Stimme.

»Dann los, meine kleine Hexe.« Bramleys Herz pochte wie wild an ihrem Hals. »Aber mach schnell.«

Ein Gefühl der Ruhe und Entschlossenheit überkam Hazel, als sie das gähnende Tor zwischen den beiden Welten betrachtete. Schwarzer Rauch stieg kringelnd daraus auf und der Boden rundum war mit glühenden Teilen des Podiums übersät. Doch bevor sie auch nur einen einzigen Schritt machen konnte, packte sie jemand am Arm und riss sie zurück. Es war Hopkins, sein weiches Gesicht kreideweiß vor Schreck.

»William«, keuchte er. »Geh nicht näher ran – wer weiß, wohin dieses Portal führt. Bleib ganz dicht bei mir, dann sorge ich dafür, dass …« Sein Blick schweifte über ihre Schulter in Richtung des Tunnels ab und seine Mundwinkel senkten sich. Er begann zu zittern. »Oh Gott, was hat er nur getan? Was hat dieser Wahnsinnige *getan*?«

Die magische Säule setzte Murrell neben dem Pult ab. Ein Grinsen breitete sich auf seinem Gesicht aus. »Ich habe es dir doch gesagt, Hexenschlächter, ich bringe *Rache*. Rache an dir und deinem Orden.«

Hazel folgte Hopkins' starrem Blick und sah, wie etwas aus dem raucherfüllten Tunnel auftauchte. Wolfsgleich trabte es mit federnden Schritten auf sie zu. Sein augenloser Kopf war dicht über dem Boden, so als würde es eine Duftspur wittern, und als es näher kam, nahm Hazel einen kupferartigen Geruch wahr, wie von warmem Blut.

Bramley zitterte hinter ihrem Ohr. »Oh, ich glaube, das ist … Rawhead.«

Kaltes Entsetzen strömte durch Hazels Adern. *Das* war also die Form von Murrells Rache: Er hatte seinen Lieblingsdämon einmal mehr aus der Unterwelt heraufbeschworen und auf Hopkins und den Orden losgelassen. Die Magie rund um den Kreis begann zu züngeln und zu flackern wie peitschende Blitze. Dorn flatterte auf und verschwand im nächtlichen Himmel.

Murrell sah ihm nach, und ein Anflug von Traurigkeit huschte über sein Gesicht, bevor er sich wieder zu Hazel umdrehte. »Du hast noch eine Minute, bevor sich das Tor wieder schließt«, schrie er. »Es werden keine Unschuldigen sterben – Rawhead ist nur an Hopkins und seinen Männern interessiert. Du hast mein Wort.«

Hopkins taumelte rückwärts und rannte dann auf sein Pferd zu, das an die Mauer zurückwich und sich aufbäumte. Der Großteil der Hexenjäger und Granden war bereits entkommen und hatte sich der fliehenden Menge angeschlossen. Der Meister der Spione saß jedoch noch immer auf seinem Platz, schnappte keuchend nach Luft und krallte eine Hand um sein Herz.

Auch Stearne weigerte sich zu fliehen. Er hatte sich auf halber Höhe der Tribüne positioniert und seine Soldaten dazu gebracht, sich in einer Reihe mit Blick auf den Tunnel aufzustellen. »Ruhig, Männer«, hörte Hazel ihn brüllen. »Schießt erst, wenn ich es euch befehle …«

Hazel, die Rawhead schon einmal gegenübergestanden hatte, wusste, dass er ein tödliches Raubtier war. Einige der Männer würden sterben, da war sie sich sicher. *Ich könnte hierbleiben und mit ihnen kämpfen.*

Dann musste sie jedoch an die Insassen von Cromwell Island denken, elendig in Ketten gelegt und ihres Lebens beraubt. Sie dachte an die unzähligen Hinrichtungen, an die dem Untergang geweihten Frauen im Rumpf des Gefängniswracks und an die Schatten der Galgen, die über das ganze Land fielen. Hazel dachte an all diese Dinge und beschloss, dass es ihr egal war, welch grauenvolles Schicksal Hopkins und seine Schergen erwartete.

Schließlich tauchte Rawhead aus dem Tunnel auf. Seine fettige Haut glänzte im Schein der lodernden Feuer. Er schnupperte in die Luft, jagte Hopkins nach und riss das Maul dabei so weit auf, dass seine scharfen Zähne zu erkennen waren.

»Geh, Hazel!«, brüllte Murrell. »Überlass diese Schlächter ihrem Schicksal.«

»Hazel?«, fiepste Bramley. »Wirst du sie wirklich hier mit diesem … Ungetüm zurücklassen?«

Hazels Herz wurde hart wie ein Feuerstein, als sie ihr Gesicht von der Welt abwandte.

Ma, dachte sie und betrat den Tunnel.

49
Ein Mann auf sich gestellt

Als Kind fürchtete er sich vor der Erscheinung
eines Dämons unter seinem Bett:
ein graues Ding, einem Hund ähnlich,
nur drei Mal so groß.

Leben und Tod des Matthew Hopkins von Andrew Flint

Titus kämpfte sich den Tower Hill hinauf, den fliehenden, schreienden Massen entgegen, mit vor Keuchen bebender Brust und bis zur Verausgabung hämmerndem Herzen. Er wurde nicht einen einzigen Augenblick lang langsamer. Er würde dieses törichte Mädchen in die Unterwelt begleiten oder er wollte *verdammt* sein.

Verdammt?, dachte er. *Ha! Verdammt ist das richtige Wort.*

Vor sich, zwischen den verlassenen Pavillons und halb niedergetrampelten Ständen, erhob sich die Exekutionsarena. Zahlreiche Menschen strömten aus den Toren – Hexenjäger, Aspiranten, edel gekleidete Lords und Ladies – und blickten immer wieder in Todesangst über ihre Schulter zurück. Andere wagten sich über die Zinnen und benutzten die Ordensbanner, die von den Mauern herabhingen, um halb kletternd, halb rutschend den Boden zu erreichen.

Titus biss die Zähne zusammen und legte mit letzter Kraft einen Schritt zu. Das Portal in die Unterwelt hatte sich ganz eindeutig geöffnet, was bedeutete, dass Hazel höchstwahrscheinlich bereits hindurchgegangen war. Er musste sich beeilen.

Rauchschwaden, schwer vor Schwefel, waberten durch das Tor der Arena. Titus wischte sich die tränenden Augen ab und trat hinein. Der Rauch war furchtbar dicht. Er wünschte sich so verzweifelt, das Portal zu erreichen, bevor es sich wieder schloss, dass er das Pferd mitsamt Reiter, das auf ihn zugaloppierte, erst bemerkte, als es beinahe zu spät war. Er hechtete gerade noch rechtzeitig auf die Seite und sah zu, wie das Tier den Hügel hinunterpreschte.

War das Hopkins?, fragte er sich. Und wer war der Junge in der Aspirantenuniform, der in scheinbar tiefer Ohnmacht schlaff über dem Sattel gelegen hatte? Nicht Hazel – das Haar war zu kurz gewesen. Hopkins musste ihn vor der Gefahr gerettet haben, die nun auch auf Titus wartete. Er drängte sich weiter in die Arena vor.

»Hazel!«, brüllte er. »Hazel!«

Er presste einen Ärmel auf Nase und Mund und ging am Rand der leeren Sitzreihen entlang. Der Rauch lichtete sich ein wenig, und er konnte sehen, dass das Podium, unter das er den magischen Kreis gemalt hatte, durch ein glühendes Loch im Boden ersetzt worden war.

Das Tor *war* offen!

Er versuchte, den stechenden Schmerz in seinem Herzen zu ignorieren, und schob sich immer näher an die Kante des Abgrunds heran, bis er die Öffnung eines Tunnels erkannte, der nach unten führte. Ein donnerndes Rumpeln drang daraus empor, so tief, dass er es fast nicht mehr hören konnte. Titus befand sich mitten in einer Szene des Todes und der Zerstörung, die selbst einen so erfahrenen Hexenfinder wie ihn schockierte.

Ein Soldat lag ausgestreckt auf dem Rücken, den Brustharnisch eingedellt, die Augen starr in den Himmel gerichtet. Ein Mann, den Titus aus der Burgbibliothek als Grimstone wiedererkannte, hing mit dem Kopf voraus über mehrere Sitze, sein fellbesetzter Umhang mit getrocknetem Blut verklebt. Ein uralter Grande des Ordens saß in der ersten Reihe, die Hand auf dem Herzen, das Gesicht im Tode wie eingefroren.

Was zur Hölle ist hier passiert? Und wo ist Hazel? Titus' Beine gaben unter ihm nach, und er fiel auf die Knie, als ihm der Gedanke durch den Kopf schoss, dass auch sie irgendwo tot in diesem Gemetzel lag. *Nein, sie lebt noch – ich kann das bis in meine Knochen spüren*, sprach er sich selbst Mut zu. *Steh auf, alter Mann, und geh zu ihr.* Langsam, voller Schmerzen, rappelte er sich wieder auf und sah, dass zumindest ein Mann noch am Leben war.

John Stearne, der Captain der Hexenjäger, saß gegen die zertrümmerten Überreste eines Pults gelehnt. Sein rechter Arm war von der Schulter bis zum Ellenbogen aufgerissen und lag nutzlos auf seinem Schoß. Vom Blutverlust kreideweiß, füllte er mit seinem gesunden Arm Schießpulver in eine Pistole, die er zwischen seine Beine geklemmt hatte. Er erstarrte, als jemand in der raucherfüllten Tiefe schrie. Als die Schreie verstummten, schnitt er eine Grimasse und widmete sich wieder dem Laden seiner Waffe.

Murrell hat einen Dämon heraufbeschworen, dachte Titus. *Was sonst hätte eine solche Schneise der Zerstörung hinterlassen können?*

Er stieß beinahe selbst einen Schrei aus, als Dorn vom Himmel herabflog und auf seiner Schulter landete. Der für gewöhnlich so ruhige Vogel flatterte vor Angst.

»Wo ist Hazel?«, fragte Titus. »Ist sie noch am Leben? Sag es mir, schnell!«

»Sie lebt, ja«, antwortete Dorn und hüpfte unglücklich hin und her. »Sie hat die Unterwelt bereits betreten.«

»Dann muss ich mich beeilen –«

»Warte! Es gibt noch eine zusätzliche Gefahr – Nicolas hat einen Dämon heraufbeschworen, der seine Feinde vernichten soll.«

»Gottverdammt! Dann ist es also genau so, wie ich dachte ... Ich wusste doch, dass er eigene Pläne verfolgt.«

»Er hat mir nicht gesagt, dass er das vorhat«, zwitscherte Dorn aufgeregt. »All diese Toten ...«

»Die Hexenjäger sind mir egal«, knurrte Titus. »Ich würde sagen, sie haben gekriegt, was sie verdienten. Aber ich muss es durch das Tor schaffen.« Er blickte durch den Rauch, aber alles, was er sehen konnte, waren leere Sitze. »Was für ein Dämon ist es denn? Und wo versteckt er sich? Kann ich es schaffen, ohne dass er mich sieht?«

Über ihm bewegte sich irgendetwas, und als Titus den Blick hob, erkannte er Rawhead, der auf den Rückenlehnen einer Sitzreihe balancierte. Seine Hinterbeine zitterten wie bei einer Katze, die zum Sprung auf ihre Beute ansetzt.

»Du schon wieder!« Titus warf sich auf die Seite, als sich der Dämon auf ihn stürzte. Seine leeren Krallen zerrissen die Luft und sein Kiefer schnappte ins Nichts.

Titus rollte sich zum Rand des Kreises, in der Hoffnung, die Schwelle so zu überschreiten und entkommen zu können, aber Rawhead landete geschmeidig auf allen vieren, rannte zurück und schnitt ihm den Weg zur Öffnung des Tunnels ab. Dorn flog hoch in die Luft, mit heftig schlagenden Flügeln, und verschwand im Rauch.

Titus nahm all seine Kraft zusammen und drehte sich zu seinem Feind um. Er funkelte den widerwärtigen, augenlosen Kopf mit den gebogenen Zähnen böse an und spuckte auf den Boden aus.

»*Das* halte ich von dir«, knurrte er, und schneller als jeder andere Mann, der nur halb so alt war wie er, zog er seine Pistole, visierte sein Ziel über den Lauf hinweg an und feuerte.

Die Kugel drang mit einem dumpfen, fleischigen Schlag in Rawheads Schulter. Blut spritzte aus der Wunde. Als der Dämon auf ihn zutaumelte, griff Titus nach einer verwaisten Hellebarde, die neben ihm auf dem Boden lag. Es gelang ihm, eine Hand um die Stange zu schließen. Er schwang sie herum, um sich zu verteidigen, aber Rawhead preschte bereits los, schlitzte mit den Klauen tiefe Rillen in den festgetrampelten Erdboden und sprang ab, um einen Gegenschlag zu landen.

Ein Schrei entwich Titus' Kehle, als sich der Dämon mit voller Wucht in seinen Bauch rammte und ihn mit einer schnellen Kopfbewegung in die Luft warf. Er spürte einen kurzen Moment der Schwerelosigkeit, gefolgt von einem knochenbrechenden Aufprall, als er hart im Fußraum zwischen den ersten beiden Sitzreihen landete. Er stöhnte auf, geschunden und blutend, tastete und wand sich hilflos hin und her und versuchte, wieder auf die Beine zu kommen. Ein stechender Schmerz in seiner Seite sagte ihm, dass er sich mehrere Rippen gebrochen hatte.

Doch trotz der quälenden Schmerzen tobte und kochte er vor Wut: Dieses verfluchte Biest hatte ihn davon abgehalten, zu dem Mädchen zu gelangen. Am Ende, nach all den Schlachten und

Kämpfen, hatte er versagt. Verdammt noch mal, er war so *dicht* dran gewesen!

Zwei Klauenpaare krallten sich um die Sitze direkt über Titus, bevor der große, bleiche Schädel des Dämons auftauchte. Die violetten Muskeln rund um seinen Hals zogen sich zusammen, als er sein tödliches Maul aufriss.

Und so endet mein Leben, wie es begonnen hat, dachte Titus und weigerte sich, den Blick abzuwenden. *Allein.*

Hoch über ihm kreiste ein Vogel. Es war Dorn. Titus richtete die Augen auf den kleinen Vertrauten und wartete auf das Ende.

Eine Woge aus orangefarbenem Licht schwappte über ihn hinweg. Er keuchte erschrocken, als die Luft ganz trocken wurde, und in der nächsten Sekunde erbebte die Welt mit einem Donnern und wurde von Feuer erfüllt. In der plötzlichen Hitze konnte Titus nicht mehr atmen, rollte sich unter einen Sitz und versuchte, seinen Hinterkopf mit den Händen zu schützen. Seine Nase füllte sich mit dem Geruch von Schwefel und schmorendem Fleisch.

Titus war in der mächtigen Feuersbrunst gefangen und konnte nur hoffen, dass sie bald vorüber sein würde. Als die Welle aus Flammen und Wut wieder verebbte, sah er, dass Rawhead, ebenso wie Dorn, verschwunden war und dass sich der schwarze, sternenübersäte Himmel wieder über ihm ausdehnte.

Er wusste, was geschehen war und wer es ausgelöst hatte, und als er Hazels tränenüberströmtes Gesicht über seinem sah und spürte, wie sie seinen Kopf hochhob und ihn in ihren Armen wiegte, musste er lächeln.

Ah, dachte Titus, als die Welt um ihn verblasste, *doch nicht allein.*

50
Ein neuer Anfang

Im Ruhestand werde ich mir ein ruhiges Plätzchen suchen,
um über mein Leben nachzudenken
und über die, die ich geliebt und verloren habe.

Auszug aus dem Tagebuch von Matthew Hopkins

»Ich bin deinetwegen zurückgekommen, also *wage* es ja nicht, mich jetzt allein zu lassen«, schluchzte Hazel. »Komm schon, alter Mann, wach *auf*!« Sie packte Titus am Kragen und schüttelte ihn kräftig, aber seine Augen blieben geschlossen. Als sein Kopf zur Seite kippte, sah sie, dass sein Haaransatz von getrocknetem Blut verkrustet war.

»Atmet er noch?«, fiepste Bramley und klammerte sich an ihrem Ohr fest.

»Ich glaube schon«, antwortete Dorn auf Hazels anderer Schulter. »Wir müssen ihn aufwecken und von hier wegbringen, bevor dieses Feuer noch schlimmer wird.«

Er hatte recht – genährt vom stetig zunehmenden Wind, breitete sich das Feuer, das Hazel gezaubert hatte, um Rawhead zu töten, immer weiter in der Arena aus und schickte noch mehr Rauch und Funken in den Nachthimmel hinauf. Schon bald würde alles ringsum in Flammen stehen.

Hazel wischte sich die Tränen aus den Augen und durchwühlte Titus' Taschen, bis sie seinen Pfeifenbeutel fand. Sie holte eine Prise Tabak heraus, hielt sie ihm unter die Nase und zerrieb die Blätter zwischen den Fingern, um ihren süßlichen Geruch freizusetzen. Bramley und Dorn sahen ihr schweigend zu und hofften das Beste.

Titus' Nase zuckte ein paar Mal, und dann schnappte er so heftig nach Luft, dass er ein paar Tabakblätter einatmete. »Oh, mein Rücken. Mein *Kopf* …«, stöhnte er, machte die Augen auf und richtete den Blick ganz langsam auf Hazel. »Was ist hier los?«

»Ich rette dich, das ist hier los«, antwortete Hazel und auf ihrem Gesicht breitete sich ein erleichtertes Lächeln aus.

»Wir müssen von hier weg, Titus White«, fügte Dorn hinzu. »Der Orden wird jeden Augenblick zurückkehren.«

»Ist das Tor in die Unterwelt noch geöffnet?«, wollte Titus wissen und hatte Mühe, sich aufzusetzen. »Haben wir noch Zeit?«

Hazel schüttelte den Kopf und biss sich auf die Unterlippe, als sie seinen Arm vorsichtig um ihre Schulter legte und ihm auf die Beine half. »Nein.«

Titus starrte sie an. »Es hat sich … geschlossen?«

»Murrell hat von Anfang an gesagt, dass es nur eine kurze Zeit offen stehen würde.« Sie nickte in Richtung der Mitte der Arena. Alles, was von dem Portal noch übrig geblieben war, waren die verbrannten Umrisse von Titus' magischem Kreis.

»Aber du warst doch schon durch«, stammelte Titus und schüttelte den Kopf, als würde er versuchen, dadurch wieder klarer denken zu können. »Du warst doch schon auf dem Weg …«

»Dorn hat mich gefunden und mir gesagt, dass du ganz allein gegen Rawhead kämpfst. Also bin ich zurückgekommen.«

»Aber Hazel – deine *Mutter*.«

Sie wandte den Blick ab, aber Titus konnte die erbitterten Tränen trotzdem in ihren Augen glänzen sehen. »Ich weiß.«

Titus stützte sich mit seinem ganzen Gewicht auf Hazel und gemeinsam humpelten sie nach draußen. Ein paar Menschen näherten sich ihnen vorsichtig, ihre Gesichter in den Schein des Feuers getaucht. Der Großteil der Arena stand inzwischen in Flammen. Eines der Banner hatte Feuer gefangen, sich aus seiner Aufhängung gelöst und flatterte in einer brennenden Spirale durch die Luft.

»Wir sollten uns lieber bedeckt halten«, bemerkte Bramley.

Dorn flog hoch hinauf und kreiste über ihren Köpfen. »Die Haselmaus hat recht. Es sind mehrere Soldaten und Hexenjäger aus dem Tower auf dem Weg hierher.«

Sie bahnten sich so schnell sie konnten einen Weg zwischen den Marktständen hindurch und spürten, wie die Hitze in ihrem Rücken immer weiter verblasste. Titus zuckte bei jedem schlurfenden Schritt zusammen.

»Wir müssen einen Arzt für dich finden«, sagte Hazel.

»Mir geht's gut. Nur ein paar gebrochene Rippen – ich hab schon Schlimmeres überlebt.«

»Vor ein paar Minuten dachten wir noch, du wärst *tot*«, quiekte Bramley.

»Mir geht's gut.« Titus nahm den Arm von Hazels Schulter und versuchte einige prüfende Schritte. »Seht ihr?«

Sie bogen in eine ruhige Seitenstraße ab, die zum Fluss hinunterführte. Heftig keuchend hob Titus eine Hand und bedeutete ihnen, stehen zu bleiben.

»Du hättest nicht zurückkommen sollen«, sagte er und lehnte sich gegen eine Mauer.

»Titus …«, seufzte Hazel.

»Nach allem, was wir durchgemacht haben, um dieses verdammte Tor zu öffnen, gibst du deine Suche auf –« Er bohrte einen Finger in seine Brust. »Für mich?«

»Oh, du bist manchmal so dämlich!« Die Straße leuchtete auf, als Hazel einen magischen Blitz ausstieß. »Natürlich bin ich zurückgekommen. Weißt du denn wirklich nicht, wer du für mich *bist*, Titus?«

»Wer bin ich denn?«

»Ich liebe meine Mutter von ganzem Herzen und werde alles tun, um sie zurückzubekommen.« Hazel schloss die Augen und ließ ihren Zauber wieder erlöschen. »Alles, außer meine Freunde zum Sterben zurückzulassen.«

Titus' Wut löste sich in Luft auf. »Trotzdem war das ganz schön dumm –«

»Ich weiß«, schniefte Hazel und ließ die Tränen ungehemmt über ihre Wangen strömen. »Aber so ist das nun mal.«

Sie hakte sich bei Titus ein, und gemeinsam gingen sie weiter zum Fluss hinunter, während der Himmel über den Dächern allmählich wieder heller wurde.

Titus runzelte die Stirn, als Dorn auf seiner Schulter landete. »Was glaubst du bitte, was du da machst?«

»Ich bin müde, Titus White«, zwitscherte er. »Ich brauche einen Platz, um mich auszuruhen.«

»Na schön, du kannst eine Weile da sitzen bleiben«, grummelte der alte Hexenfinder, »solange du keinen Lärm machst.«

»Das werde ich nicht«, versicherte Dorn und setzte sich auf sein gesundes Bein. »Ich spreche kaum, es sei denn, es ist absolut notwendig.«

»Und was wollen wir jetzt machen?«, fragte Bramley. »Wir sind so weit gekommen und am Ende doch wieder da gelandet, wo wir angefangen haben.«

»Nicht ganz«, widersprach Hazel. »Wir haben das *Necronomicon*. Wir können also immer noch ein Tor in die Unterwelt öffnen.«

»Aber was ist mit dem Dämonenblut, das wir dafür brauchen?«, fragte Dorn. »Und wer wird die Zauberformel sprechen?«

»Ich würde sagen, wenn es irgendwo in England noch Trägerinnen oder Dämonologen gibt, die uns helfen können, dann kämpfen sie im Norden gegen Cromwell.« Hazel blickte zu Titus hinauf. »Was denkst du, alter Mann?«

»Uns den Aufständischen anschließen, ja?«, brummte Titus. »Das ist doch mal eine Idee. In London sind wir nicht mehr sicher, und ich für meinen Teil helfe liebend gerne jedem, der sich dem Orden widersetzt.«

»Und wenn wir jemanden finden, der uns dabei helfen kann, ein weiteres Tor zu öffnen«, warf Bramley ein, »dann könnten wir uns schon im Voraus auf die Reise vorbereiten und müssten nicht einfach blindlings durch das Portal rennen und das Beste hoffen.«

»Lilith ist ebenfalls auf dem Weg nach Norden«, fügte Titus hinzu. »Zusammen mit all den Gefangenen, die bereit waren, sich ihr anzuschließen.«

»Oh, natürlich!«, rief Hazel aus, fuhr sich mit dem Ärmel über das Gesicht und ließ dabei mehrere rußige Striemen zurück. »Nach allem, was geschehen ist, habe ich die Gefangenen ja ganz vergessen. Was ist passiert? Konntet ihr sie vor dem Feuer retten?«

»Konnten wir. Und ihnen wenigstens eine kleine Chance verschaffen zu entkommen.«

»Und David?«, fragte Hazel. »War er auch dort?«

»War er, Gott sei Dank, auch wenn ich ihn nicht gesehen habe. Aber ich hoffe immer noch, dass wir uns versöhnen können.«

»Ich auch«, stimmte Hazel ihm leise zu. »Ich auch.«

Sie erreichten das Ende der Straße und bogen rechts Richtung London Bridge auf den Uferdamm ab.

»Oh, aber mir ist noch was eingefallen, das dich aufmuntern dürfte«, sagte Titus. »Samson ist gesund und munter und passt auf David auf.«

»Ist er?« Hazel lächelte. »Also, das sind wirklich gute Neuigkeiten.«

Dorn flatterte auf und ließ sich neben Bramley auf Hazels Schulter nieder. »Wer ist Samson?«

»Samson ist ein stinkender, sabbernder Hund«, antwortete Bramley, »der nicht unbedingt mit Intelligenz gesegnet ist.«

»Es ist wirklich eine Schande, dass du so über meinen Hund denkst, Meister Maus«, erwidere Titus. »Weil er nur Gutes über dich zu sagen hat.«

Hazel blickte zurück, als sie durch das Tor auf die London Bridge traten. Sie würde diese Stadt nicht vermissen und war froh, den Tower und die Insel hinter sich lassen zu können. Aber was mochte sie im vom Krieg zerrissenen Norden erwarten? Würden sie die Aufständischen finden? Und selbst wenn, gab es jemanden in ihren Reihen, der ihnen helfen konnte?

Sie sah Titus an. »Wir werden sie finden.«

»Wir vier gemeinsam?«, erwiderte er und deutete mit einer winkenden Handbewegung auf sie, Bramley und Dorn. »Darauf würde ich mein Leben verwetten.«

Epilog

Zwei Wochen später …

John Stearne, der Generalhexenjäger, packte seinen Gefangenen am Kragen und stieß ihn zur Tür hinaus. »Beweg dich, ich hab nicht den ganzen Tag Zeit.«

Matthew Hopkins taumelte einige Schritte auf dem Pfad entlang und stolperte schließlich über die Kette seiner Fußfesseln. Die Sonne war nach der Dunkelheit in seiner Zelle furchtbar grell. Als sich seine Augen daran gewöhnt hatten, sah er mehrere Soldaten, die seinen Garten zerstörten – sie gruben die Erde um und warfen die Blumen und Pflanzen, die er monatelang so mühevoll gehegt und gepflegt hatte, auf ein schwelendes Lagerfeuer.

»Steh auf.« Stearne grapschte nach Hopkins' Hemd und riss ihn wieder auf die Beine.

Hopkins versuchte, seine Stimme ruhig klingen zu lassen. »Ihr müsst das nicht tun. Ich kann Euch helfen …«

»Helfen?« Stearne stieß ein bellendes Lachen aus. »Du willst mir *helfen*? Der Mann, der seinen größten Feind hat entkommen lassen? Ich glaube kaum.«

»Aber warum lasst Ihr mich dann nicht gehen?« Ein Anflug von Zorn mischte sich in seine Stimme, als er hinzufügte: »Verdammt noch mal, John, es *schickt* sich einfach nicht, dass ein Mann wie ich so behandelt wird.«

»Alle Menschen sind vor dem Gesetz gleich«, knurrte Stearne und schubste ihn den Pfad hinunter. »Deine Zeit ist abgelaufen, Hopkins. Meine hat eben erst begonnen – und ich werde einen solchen Sturm der Vergeltung auf unsere Feinde loslassen, dass sie deine Amtszeit als Zeit des Friedens und der Nächstenliebe betrachten werden.«

»Alles, worum ich Euch bitte, ist, mich gehen zu lassen. *Bitte.*«

Sie blieben vor der Metallklappe des Ofens stehen. Stearne riss sie auf und enthüllte die glühende Dunkelheit dahinter. Hopkins begann zu zittern. »Ich verspreche es«, sagte er, »Ihr werdet nie wieder etwas von mir hören.«

Ein Lächeln breitete sich auf Stearnes brutalem Gesicht aus. »Ich weiß.«

Über den Autor

Matt Ralphs wurde in North Lincolnshire geboren und wuchs in Kent auf. Wenn man den Mittelwert betrachtet, stammt er also aus Cambridge. Heute lebt er auf einem Kanalboot namens *Nostromo* und ist Vollzeitschriftsteller.

Fire Witch ist sein zweites Buch.

Danksagungen

Ich habe mein erstes Buch, *Fire Girl – Gefährliche Suche*, über ungefähr fünf Jahre hinweg geschrieben – fieberhafte Kritzeleien beim Pendeln, während langweiliger Meetings bei der Arbeit und in der Stille der Nacht. Ich habe in der Hoffnung, aber niemals in der Erwartung daran gearbeitet, dass es eines Tages veröffentlicht werden würde. Ich hatte keine Deadline und keinen »in Druck«-Termin eines Verlags – daher auch der gemächliche Entstehungsprozess.

Fire Witch entstand hingegen in geradezu halsbrecherischem Tempo – vom ersten Entwurf bis zur finalen Version verging nur gut ein Jahr. Der Unterschied war diesmal, dass ich bereits wusste, dass das Buch veröffentlicht werden würde, und dass Macmillan Children's Books voll und ganz hinter mir stand. Es war fantastisch.

Autoren heimsen meist sämtliche Lorbeeren ein, aber ich habe früher selbst in der Verlagswelt gearbeitet und weiß, wie viel harte Arbeit und Sorgfalt die Menschen hinter den Kulissen in ihre Projekte stecken: Verkauf, PR- und Marketingteams, Buchhändler, Designer und Künstler, Schriftsetzer, Redaktionsassistenten, Manager, Buchhalter, Rechtsabteilungen, Verleger und Lektoren. Ich danke euch allen von Herzen!

Speziell erwähnen muss ich aber unbedingt Rachel Kellehar, meine grandiose Lektorin. Dein Vertrauen in mich und deine unermüdlichen Bemühungen in Hazels Namen bedeuten mir unglaublich viel. Dieses Buch ist ebenso sehr deines wie meines.